Mary & Carol

Higgins Clark

Weihnachtsdieb auf hoher See

Deutsch von

Marie Henriksen

Weltbild

Originaltitel: Santa Cruise
Originalverlag: Simon & Schuster/Scribner, New York

Besuchen Sie uns im Internet:
www.weltbild.de

Weltbild Buchverlag –Originalausgaben–
Deutsche Erstausgabe 2007

2. Auflage 2007

Projektleitung: Gerald Fiebig
Übersetzung: Marie Henriksen
Redaktion: Jürgen Bolz
Umschlag: Hauptmann & Kompanie
Werbeagentur, München–Zürich
Umschlagfotos: Timothy Laman/National
Geographic/Getty Images (Baum),
Haka-Archiv (Rettungsring)
Satz: Andrea Göttler
Gesetzt aus der Walbaum 10/13,5 pt
Druck und Bindung: Bagel Roto-Offset
GmbH & Co.KG, Schleinitz

Gedruckt auf chlorfrei gebleichtem Papier

Printed in the EU

ISBN 978-3-89897-726-5

Danksagung

Nun ist unser Schiff also endlich im sicheren Hafen angekommen. Wir bedanken uns herzlich bei unseren Mitfahrern: unseren Lektoren Michael Korda und Roz Lippel, unseren Agenten Sam Pinkus und Esther Newberg, unserer PR-Frau Lisl Cade und bei Gypsy da Silva für das Redigieren unseres Textes.

Vielen Dank auch an Sigal Miller aus Mahwah, New Jersey, der sich den Titel der Originalausgabe einfallen ließ, *Santa Cruise*. Prost, Sigal!

Und natürlich bedanken wir uns auch bei unseren Familien und Freunden, die uns beim Start nachgewinkt haben und nach dem glücklichen Ende der Reise wieder in Empfang nahmen. Und bei John Conheeney; er war wie immer ein perfekter Reisegefährte.

Und dann gilt unser Dank natürlich Ihnen, unseren Leserinnen und Lesern. Bis zur nächsten Fahrt, wenn es wieder heißt: Anker lichten und Leinen los!

Zur Erinnerung an Thomas E. Newton,
einen echten Gentleman und lieben Freund

1

Montag, 19. Dezember

Der selbst ernannte Commodore Randolph Weed stand an Deck seiner Herzensfreude, der *Royal Mermaid*, eines alten Schiffs, das er gekauft und für dessen Restaurierung er ein Vermögen ausgegeben hatte. Er hatte die Absicht, für den Rest seines Lebens nichts anderes zu tun, als auf diesem Schiff Freunde und zahlende Gäste willkommen zu heißen. Das Schiff lag im Hafen von Miami und wurde soeben für die Jungfernfahrt vorbereitet, eine Weihnachtskreuzfahrt in die Karibik mit einem Halt auf Fishbowl Island.

Dudley Loomis, sein vierzigjähriger PR-Mann, der diese Reise auch leiten würde, gesellte sich zu ihm. Er nahm einen tiefen Zug der frischen Atlantikbrise und ließ einen Seufzer des puren Glücks hören. »Commodore, ich habe noch einmal alle wichtigen Nachrichtenorgane angemailt, um sie von dieser wunderbaren, einzigartigen Reise in Kenntnis zu setzen. Ich habe den Text folgendermaßen begonnen: ›Am 26. Dezember stellt Santa Claus seinen Schlitten in die Garage und schickt Rudolf wie auch alle anderen Rentiere in Urlaub. Er selbst wird sich sodann auf eine Kreuzfahrt begeben – nämlich auf die Weihnachtskreuzfahrt, die Commodore Randolph Weed einer ausgewählten Gruppe von Menschen schenkt; Menschen, die auf ihre ganz eigene Weise im vergangenen Jahr die Welt ein kleines Stückchen besser gemacht haben.‹«

»Ich habe schon immer gerne Geschenke gemacht«,

sagte der Commodore, und ein breites Lächeln überzog sein wettergegerbtes, aber immer noch gut aussehendes dreiundsechzigjähriges Gesicht. »Aber die Menschen wissen das nicht immer zu schätzen. Meine drei Exfrauen haben zum Beispiel nie verstanden, was für ein tief empfindender, treu sorgender Mann ich war. Himmel noch mal, ich habe meiner letzten Frau meine sämtlichen Google-Aktien geschenkt, und zwar bevor sie so in die Höhe schossen!«

»Ein schrecklicher Fehler«, bemerkte Dudley mit großem Ernst und schüttelte den Kopf. »Ein kapitaler Fehler, wenn ich so sagen darf.«

»Ich neide ihr das Geld nicht, verstehen Sie mich nicht falsch. Ich habe schließlich so manches Vermögen gewonnen und wieder verloren. Aber jetzt will ich etwas von meinem Geld abgeben, und wie Sie wissen, wurde diese Weihnachtskreuzfahrt ins Leben gerufen, um Geld für wohltätige Zwecke zu sammeln und diejenigen zu beschenken, die selbst etwas gegeben haben.«

»Ich weiß, es war schließlich meine Idee«, erinnerte Dudley ihn.

»Wohl wahr, wohl wahr. Aber das Geld dafür kommt aus meiner Tasche. Ich habe sehr viel mehr für die Restaurierung der *Royal Mermaid* bezahlt, als ich erwartet hatte, aber dafür ist sie auch ein echtes Schmuckstück geworden. Sie ist jeden Cent wert, den ich hineingesteckt habe.« Er hielt inne. »Jedenfalls hoffe ich das.«

Dudley Loomis war klug genug, an dieser Stelle den Mund zu halten. Jeder hatte den Commodore gewarnt, dass er lieber ein neues Schiff kaufen sollte, statt sein Geld in dieser alten Badewanne zu versenken, aber selbst Dudley musste zugeben, dass die Restaurierung erstaunlich gut gelaufen war. Er war Kreuzfahrtdirektor auf diversen Riesenschiffen gewesen, wo mehrere Tausend Gäste herumwimmelten, Gäste, die er zum

Teil sehr befremdlich fand. Diesmal würde er es nur mit vierhundert Passagieren zu tun haben, von denen die meisten vermutlich absolut zufrieden damit sein würden, an Deck zu sitzen und zu lesen, statt sich vierundzwanzig Stunden am Tag mit Unterhaltungsprogrammen vollstopfen zu lassen. Die Idee zu dieser Weihnachtsfahrt war ihm gekommen, weil die Buchungen für die *Royal Mermaid* am Anfang praktisch gleich Null gewesen waren. Er war ein PR-Mann bis in die Zehenspitzen seiner in teuren Bootsschuhen steckenden Füße.

»Wir könnten eine Gratis-Kreuzfahrt anbieten, gleich nach Weihnachten, und bei dieser Gelegenheit alle Kinderkrankheiten abstellen, bevor zahlende Gäste oder Journalisten das Schiff zum ersten Mal betreten«, hatte er seinem Chef vorgeschlagen. »Sie verschenken die Reise an Wohltätigkeitsorganisationen und Einzelpersonen, die sich im vergangenen Jahr besonders verdient gemacht haben. Es sind nur ein paar Tage, und auf lange Sicht macht sich die Sache durch die gute Presse bezahlt, die wir damit bekommen. Und bis zu unserer offiziellen Jungfernfahrt am 20. Januar werden wir absolut ausgebucht sein, warten Sie nur ab.«

Der Commodore hatte ein paar Minuten darüber nachdenken müssen. »Eine richtige Kreuzfahrt, die überhaupt nichts kostet?«

»Genau«, hatte Dudley bestätigt. »Überhaupt nichts.«

Der Commodore hatte sich gewunden. »Nicht mal die Bar?«

»Überhaupt nichts, von der Suppe bis zu den Erdnüssen.«

Und endlich hatte der Commodore eingewilligt. Die Weihnachtskreuzfahrt würde in einer Woche starten, am Tag nach Weihnachten, und vier Tage später würde das Schiff wieder in Miami sein.

Während die beiden Männer nun über das frisch geschrubbte Deck spazierten, besprachen sie noch ein paar letzte Details. »Ich hoffe immer noch, dass wenigstens eine Fernsehstation bei der Party vor dem Ankerlichten dabei sein wird«, sagte Dudley. »Ich habe die zehn Weihnachtsmänner informiert, dass sie früh genug hier sein sollen, um die leichten Kostüme anzuprobieren, die Sie für sie haben machen lassen. Auf diese Weise sollten sie bereit sein, sich während der abendlichen Cocktailparty unter die Leute zu mischen. Was für ein unerwarteter Segen, dass ich letzten Monat diesen kleinen Auffahrunfall mit dem Weihnachtmann in Tallahassee hatte! Während wir unsere Versicherungsnummern austauschten, hat er mir mit tränenerstickter Stimme erzählt, wie anstrengend es ist, all diesen Kindern zuzuhören und sich mit ihnen fotografieren zu lassen. Und dann haben diese Bälger auch noch alle einen Schnupfen und niesen einen ständig an. Und direkt nach Weihnachten, das wusste er, würde er nicht nur vollkommen erledigt sein, sondern auch arbeitslos. Da ist mir ein Licht aufgegangen, und ich habe mir gedacht, wir müssen unbedingt zehn Weihnachtsmänner unter unseren Gästen haben.«

»Sie denken wirklich an alles«, sagte der Commodore anerkennend. »Ich hoffe nur, wir haben in den nächsten Monaten genug zahlende Gäste, um das Schiff auf Kurs zu halten.«

»Das wird schon, Commodore«, erwiderte Dudley mit seiner fröhlichsten Kreuzfahrtdirektorstimme.

»Beim letzten Mal sagten Sie, wir haben noch nicht von allen Leuten Antwort, die die Reise bei Wohltätigkeitsveranstaltungen ersteigert haben. Wie sieht es damit inzwischen aus?«

»Sie kommen alle – wir warten nur noch auf die Rückmeldung von einem einzigen Gast. Sie hat diese Reise für einen besonders hohen Betrag ersteigert, und ich habe ihr per Kurier einen Brief geschickt und ihr die Luxussuite angeboten, sodass sie noch ein paar Freunde mitbringen kann. Es wäre einfach gut für uns, wenn sie dabei sein könnte. Sie hat vor einiger Zeit in einer Lotterie vierzig Millionen Dollar gewonnen, tritt regelmäßig im Fernsehen auf und hat eine Kolumne in einer wichtigen Tageszeitung.« Er erwähnte nicht, dass er den Namen und die Adresse dieser Gewinnerin zwischenzeitlich verloren hatte. Sie hatte an der Auktion seines Freundes Carl Sweeney teilgenommen, und so hatte er sie zum Glück wieder ausfindig machen können. Als er festgestellt hatte, dass Alvirah Meehan nicht nur ein Promi, sondern auch noch eine Zeitungskolumnistin war, war er fast in Ohnmacht gefallen.

»Großartig, Dudley, großartig! Ich hätte nichts dagegen, selbst mal in der Lotterie zu gewinnen; tatsächlich könnte es nötig werden ...«

»Guten Morgen, Onkel Randolph.« Sie hatten gar nicht gehört, dass der Neffe des Commodore, Eric, hinter sie getreten war.

Elender Schleicher, dachte Dudley, als er sich umdrehte, um den Neuankömmling zu begrüßen. Ich glaube, er könnte seinen Lebensunterhalt echt als Spion verdienen.

»Guten Morgen, mein Junge«, sagte der Commodore herzlich und strahlte seinen Neffen an.

Das warme Lächeln auf dem Gesicht des zweiunddreißigjährigen Eric Manchester war ein Gesichtsausdruck, den er nur für seinen Onkel und andere wichtige Persönlichkeiten einsetzte, hatte Dudley festgestellt. Eric war ganz offensichtlich in der Lage, seine Zeit im Wesentlichen am Strand und im Fitnessstudio zu verbringen, so perfekt gebräunt war seine Haut, so hell waren seine Haare und so gut ausgeprägt waren seine

Muskeln. Er trug ein Hemd mit Bahama-Muster, Khakishorts und Docksider-Schuhe. Dudley wurde krank, wenn er den Kerl nur sah. Er wusste, wenn die Passagiere an Bord kamen, würde Eric als Schiffsoffizier gekleidet sein, obwohl es wirklich keine Aufgabe gab, die er ausfüllen konnte.

Warum bin ich nicht als gut aussehender Neffe eines reichen Onkels geboren?, fragte sich Dudley neidisch.

»Ich fahre in die Stadt, Sir«, sprach Eric den Commodore an. Dudley ließ er vollkommen links liegen. »Brauchst du irgendwas?«

»Ich lasse Sie allein«, sagte Dudley, der froh war, sich das peinliche Schauspiel nicht länger ansehen zu müssen, bei dem Eric versuchte, irgendeinen Nutzen für den Commodore vorzutäuschen, für die *Royal Mermaid* oder die bevorstehende Reise.

Der Himmel wusste, wie der Kerl sich auf die Gehaltsliste des Schiffs hatte schlängeln können, und das unmittelbar, nachdem sein Onkel die *Royal Mermaid* gekauft hatte.

Der Commodore lächelte den Sohn seiner Schwester an. »Nein, weißt du, ich habe doch alles, was ich brauche«, sagte er fröhlich. »Und, war die Party gestern Abend ein Erfolg?«

Eric dachte an das Geldbündel, das er auf dieser Party erhalten hatte, den Vorschuss auf seine Bemühungen, die Weihnachtskreuzfahrt zu einer riskanten und gefährlichen Reise zu machen – und zu einem finanziellen Erfolg für ihn persönlich. »O ja, ein großer Erfolg, Onkel Randolph«, beeilte er sich zu antworten. »Ich habe jedem von unserer Weihnachtsfahrt vorgeschwärmt und davon gesprochen, wie großzügig du bist und dass du auf diese Weise Geld für Wohltätigkeitsorganisationen zusammengebracht hast. Jeder dort hätte gern an der Reise teilgenommen.«

Der Commodore schlug ihm krachend auf die Schulter. »Gut gemacht, Eric. Die Leute müssen sich für uns interessieren, dann werden sie auch bald Reisen bei uns buchen.«
Wenn du wüsstest, was für Leute ich für uns interessiert habe, dachte Eric.
Ihm lief ein leiser Schauer über den Rücken, aber er konnte nicht anders, als über die Ironie dieses Satzes zu lächeln.
Erics Gäste würden die einzigen sein, die für die Kreuzfahrt auf der *Royal Mermaid* bezahlt hatten.

2

Freitag, 23. Dezember

Um sieben Uhr am Abend des 23. Dezember herrschte in New York City leichter Schneefall. Viele Einkäufer mit letzten Weihnachtsbesorgungen und einige Partygänger schlenderten durch die Straßen von Manhattan. Im festlich geschmückten Grillrestaurant des *Vier Jahreszeiten* auf der 52. Straße gleich bei der Park Avenue saßen die Lotteriegewinner Alvirah und Willy Meehan bei einem guten Glas Wein, begleitet von ihren lieben Freunden, der Krimiautorin Nora Regan Reilly und ihrem Mann, dem Bestattungsunternehmer Luke. Sie warteten auf den Rest ihrer Abendgesellschaft, Noras und Lukes einzige Tochter Regan und ihren frischgebackenen Ehemann Jack, dessen Familienname zufällig ebenfalls Reilly war.

Die beiden Paare hatten sich vor genau zwei Jahren zum ersten Mal getroffen, als Luke von dem enttäuschten Erben eines seiner verstorbenen Kunden entführt worden war. Alvirah war damals noch Putzfrau gewesen, hatte aber vierzig Millionen Dollar in der Lotterie gewonnen und betätigte sich seitdem vor allem als Amateurdetektivin. Sie hatte sich bei Regan gemeldet und an der fieberhaften Suche nach Luke teilgenommen. Während dieser aufregenden Tage hatte Regan auch Jack kennengelernt, den Chef der Abteilung für Kapitalverbrechen bei der Polizei von Manhattan. Und die beiden hatten sich verliebt. Wie Luke gelegentlich so trocken bemerkte: »Nichts und niemand ist vollkommen nutzlos.«

Nun saß Alvirah am Tisch, ihre üppige Figur geschickt in ein dunkelblaues Cocktailkostüm gehüllt, und platzte förmlich vor lauter Freude über die Einladung, die sie mit den vier Reillys teilen wollte. Sie überlegte sich immer noch, wie sie es anstellen sollte, dass sie die Einladung unmöglich ablehnen konnten.

Willy, mit dem sie seit dreiundvierzig Jahren verheiratet war, saß neben ihr. Sein Haar war schon lange weiß, aber sein Gesicht verriet immer noch deutlich seine irische Herkunft. Er war mit einem kräftigen Bauch ausgestattet und sah dem legendären verstorbenen Speaker of the House, Tip O'Neill, lächerlich ähnlich. Er war ein reizender Mensch, aber auf der Taxifahrt von ihrer Wohnung am Central Park hierher war er ihr bei ihren Überlegungen keine große Hilfe gewesen.

»Schätzchen«, hatte er gesagt, »du kannst nicht mehr tun, als sie einladen. Und sie werden die Einladung entweder annehmen oder ablehnen. So einfach ist das.«

Jetzt blickte Alvirah über den Tisch hinweg die zierliche Nora an, die wie immer sehr elegant gekleidet war in ihrem trügerisch schlichten schwarzen Kleid. Ihr Blick schweifte hinüber zu Luke, der mehr als einsneunzig groß war und neben seiner Frau aufragte wie ein Turm. Den Arm hatte er locker um ihre Stuhllehne gelegt. Wenn wir zusammen auf Reisen waren, hatten wir bisher immer viel Spaß und Aufregung, dachte Alvirah, aber dann fiel ihr ein, dass ihre Vorstellung von Spaß vielleicht für andere Leute ein bisschen zu aufregend war.

»Ach, da sind sie ja!«, rief Nora aus, als Regan und Jack die Treppen hinaufkamen, sie entdeckten, winkten und zum Tisch herüberkamen.

Alvirah seufzte freudig auf. Sie liebte dieses junge Paar wirklich. Regan hatte die blauen Augen und die helle Haut ihrer Mutter geerbt, war aber einen halben Kopf größer als Nora und hatte die schwarzen Haare von der väterlichen Linie abbekommen. Jack, einsfünfundachtzig groß und blond, mit haselnussbraunen Augen und einem ausgeprägten Kinn, strahlte so viel Vernunft und Selbstvertrauen aus, dass Alvirah vom ersten Augenblick an sicher gewesen war, dies war der richtige Mann für Regan.

Jack entschuldigte sich für die Verspätung. »Im Büro kamen wie immer noch ein paar Sachen in letzter Minute dazwischen, aber es hätte schlimmer sein können. Ich kann voller Glück und Stolz melden, dass wir für die nächsten zwei Wochen freie Menschen sind, Regan Reilly Reilly und ich.«

Das war das richtige Stichwort für Alvirah. Sie wartete, bis der Kellner den beiden Neuankömmlingen Wein eingeschenkt hatte, dann hob sie ihr eigenes Glas, um einen Trinkspruch auszubringen. »Auf eine wunderbare gemeinsame Weihnachtszeit«, sagte sie. »Und ich habe eine Wahnsinnsüberraschung für euch vier, aber erst müsst ihr mir versprechen, dass ihr mir keinen Korb gebt.«

Luke sah sie alarmiert an. »Alvirah, nachdem ich dich gut kenne, werde ich ein solches Versprechen nicht abgeben, ohne jede Menge Einzelheiten gehört zu haben.«

»Ich kann es dir nicht verdenken«, stimmte Willy ihm zu. »Also, es geht um Folgendes: Man hat uns in eine Wohltätigkeitsversteigerung gelockt. Muss ich noch mehr sagen? Ihr habt so etwas doch schon mehr als einmal selbst erlebt. Jedenfalls wusste ich schon, als die Auktion nach dem Abendessen losging, dass wir nicht heil aus der ganzen Sache herauskommen würden. Alvirah hatte auf einmal diesen komischen Gesichtsausdruck ...«

»Ach Willy, es war doch für einen guten Zweck!«, protestierte Alvirah.

»Es gibt jede Menge gute Zwecke. Seit wir in der Lotterie gewonnen haben, sind wir auf der Liste für so ziemlich jeden guten Zweck, den Menschen jemals ersonnen haben.«
»Da hast du allerdings recht«, gab Alvirah lachend zu. »Aber diese Auktion war etwas Besonderes, weil Carl Sweeney sie geleitet hat, Mrs Sweeneys Sohn. Mrs Sweeney ist meine frühere Dienstags-Putzstelle. Carl ist im Verwaltungsrat des Krankenhauses dort, und dieses Krankenhaus braucht dringend Hilfe. Na, wie auch immer, ich habe mich jedenfalls hinreißen lassen, und ich habe eine Karibik-Kreuzfahrt für zwei Personen ersteigert. Dann habe ich lange nichts von der Sache gehört, und so wusste ich gar nicht, dass es sich um eine Weihnachtsreise handelt. Und ehrlich gesagt, es war ein so verrücktes Jahr, dass ich die ganze Angelegenheit schon fast vergessen hatte, bis heute Nachmittag auf einmal ein Kurierfahrer vor der Tür stand und mir einen Umschlag mit Unterlagen überreichte – von einem Kreuzfahrtdirektor. Sie haben wohl irgendwie Schwierigkeiten gehabt, mich ausfindig zu machen, dabei ist die Reise schon nächste Woche. Am 26. Dezember geht es los, und am 31. Dezember sind wir wieder zurück.«
»In drei Tagen! Na, das ist aber ganz schön kurzfristig«, sagte Jack. »Und willst du mitfahren? Wenn nicht, könntest du sie sicher dazu bringen, dich für eine andere Reise einzuplanen. Schließlich ist es deren Schuld, dass du nicht rechtzeitig davon erfahren hast.«
»Schon, aber weißt du, es ist eine ganz besondere Reise«, erklärte Alvirah ihm eifrig. »Sie nennen es die Weihnachtskreuzfahrt. Alle Leute an Bord haben die Kreuzfahrt bei einer Wohltätigkeitsauktion gewonnen oder sind Mitglieder einer Gruppe, die in irgendeiner Weise im vergangenen Jahr anderen Menschen gehol-

fen hat, oder sie haben an einer Verlosung teilgenommen, bei der nur ordentliche Spendenquittungen als Lose verwendet wurden.«

»Willst du damit sagen, niemand auf dem Schiff hat für die Reise bezahlt?«, fragte Luke ungläubig und nahm zerstreut die Speisekarte vom Kellner entgegen. »Diese Kreuzfahrtlinie muss ja im Geld schwimmen, wenn du den Kalauer erlaubst.«

»Ich habe eine Broschüre bekommen, mit Fotos und allen Einzelheiten«, sagte Alvirah und zog das Heft aus ihrer Handtasche. »Das Schiff sieht toll aus, es ist ganz neu. Nein, eigentlich nur *fast* neu, denn es ist vom Bug bis zum Heck renoviert. Stellt euch vor, es hat sogar einen Hubschrauber-Landeplatz und eine Kletterwand, wie diese neuen Riesenschiffe. Aber das Allerbeste an der Sache kommt erst noch: Es ist ihnen nämlich ausgesprochen peinlich, dass sie mich erst jetzt informiert haben, und deshalb haben sie mich eingeladen, noch vier zusätzliche Gäste meiner Wahl mitzubringen. Wir haben drei Luxuskabinen mit Balkon.«

Sie strahlte die vier Reillys an. »Und ich möchte, dass ihr vier uns auf dieser Reise begleitet.«

»Oh, das ist ganz unmöglich«, sagte Nora schnell, schüttelte den Kopf und sah Luke Hilfe suchend an.

»Äh, wisst ihr, wir wollten nächste Woche einfach nur zu Hause bleiben und uns erholen«, begann Luke und räusperte sich, während er verzweifelt überlegte, ob ihm nicht doch noch eine bessere Entschuldigung einfiel.

»Aber wo kann man sich besser erholen als auf einer Kreuzfahrt?«, bohrte Alvirah weiter. »Denkt doch erst mal darüber nach. Ihr zwei fahrt im neuen Jahr ja gleich nach Südfrankreich, und Regan, du und Jack, ihr wollt zu Silvester am Lake Tahoe sein und dort Freunde zum Skifahren treffen. Aber für die Zeit dazwischen könnt ihr unmöglich etwas Besseres geplant haben als eine Kreuzfahrt in die Karibik, oder?« Es war klar, dass die Frage nur rhetorisch gemeint war.

»Regan«, fuhr Alvirah fort, »ich habe gerade von Jack höchstpersönlich gehört, dass er zwei Wochen Urlaub hat. Welche Verpflichtungen habt ihr also zwischen Weihnachten und Silvester?«

»Absolut keine«, antwortete Regan wie aus der Pistole geschossen. »Jack, wir waren noch nie zusammen auf einer Kreuzfahrt. Ich fände das schön.«

»Der Wetterbericht für New York und Umgebung für nächste Woche ist eisig«, führte Willy aufmunternd an. Er wusste, dass seit der Ankunft der Kuriersendung Alvirah nur einen Herzenswunsch hatte: die Reillys mit auf diese Kreuzfahrt zu locken. Damit beschäftigte sie sich jetzt schon seit Stunden.

»Wir chartern ein Privatflugzeug, das uns am 26. nach Miami bringt«, fügte er hinzu und hoffte, Alvirah würde sich jetzt nicht verplappern, denn der Gedanke war ihm eben erst gekommen. »Denkt einfach darüber nach. Ein schönes Schiff, jede Menge gute Menschen als Mitreisende, ein Swimmingpool mitten im Dezember. An Deck sitzen und ein Buch lesen ... Ich wette, viele von den Leuten werden deine Bücher lesen, Nora. Na, was sagt ihr?«

»Es klingt irgendwie zu gut, um wahr zu sein«, erwiderte Nora skeptisch, aber dann machte sie eine Pause und fügte hinzu: »Aber ich weiß natürlich auch, dass wir immer jede Menge Spaß zusammen gehabt haben, und selbstverständlich würde ich zu gern ein bisschen mehr Zeit mit meiner Tochter und meinem funkelnagelneuen Schwiegersohn verbringen.«

Alvirah lächelte – glücklich und triumphierend. Sie hatte gewusst, dass die Reillys mitfahren würden. Nora und Regan begannen schon, sich darauf zu freuen, und

Luke und Jack würden nach kurzem Zögern ebenfalls so weit sein. Während sie auf die gemeinsame Reise anstießen, beglückwünschte sie sich, dass sie nicht von dem gestrigen Wohltätigkeitsessen erzählt hatte, bei dem sie sich von einer Hellseherin hatte die Karten legen lassen. Die Hellseherin war natürlich nur angeheuert worden, um den Leuten noch mehr Geld aus der Tasche zu ziehen. Sobald die Karten auf dem Tisch gelegen hatten, hatte die Frau die Augen verdreht und dann geflüstert: »Ich sehe eine Badewanne. Eine große Badewanne. Dort sind Sie in Gefahr, glauben Sie mir. Sie sollten sich nirgendwo aufhalten, wo Sie von Wasser umgeben sind. Bis Neujahr sollten Sie eigentlich nur duschen.«

3

Sonntag, 25. Dezember

Im Schutze der Dunkelheit am späten Heiligabend glitt ein Ruderboot lautlos durch den Hafen von Miami und auf die *Royal Mermaid* zu. Vom untersten Deck wurde eine Strickleiter heruntergeworfen.

»Du zuerst«, stöhnte Tony Pinto, den man auch »Bullauge« nannte, griff nach der Leiter und reichte ihr Ende an seinen Komplizen weiter.

»Du willst ja nur sicher sein, dass die Leiter fest ist, bevor du raufsteigst«, entgegnete Baron Highbridge mit eisiger Stimme, stand schwankend auf, setzte einen Fuß versuchsweise auf die Leiter und begann hinaufzusteigen.

»Beeilt euch!«, war eine drängende Stimme von oben her zu hören.

Der narbengesichtige Larry, der am Bug des Ruderbootes stand, streckte Bullauge Tony seine fleischige Hand hin. »Keine Sorge, Boss, wir warten gleich vor der Küste von Fishbowl Island auf Sie. Da holen wir Sie an Land, und dann sind Sie frei. Und jetzt versuchen Sie, sich einfach ein bisschen zu entspannen, schließlich ist es eine Kreuzfahrt.«

»Entspannen? Mit diesem Vollidioten Highbridge drei Tage lang in einer Luxuskabine eingesperrt? Ich habe euch immer gesagt, ich will auf der Flucht auf keinen Fall jemanden bei mir haben.«

»Wir hatten Glück, dass es wenigstens so gelaufen ist«, protestierte Larry. »Wenn dieser arme Dummkopf Commodore Weed wüsste, was für eine miese Type er da als Neffen hat! Aber uns soll's recht sein. Sobald die Bullen rauskriegen, dass Ihre Frau Ihre elektronische Fußfessel trägt, werden sie das ganze Land nach Ihnen absuchen.«

»Eine miese Type, aber wirklich. Der Kerl hat vielleicht Nerven, mir eine Million für einen Aufenthalt von drei Tagen abzuknöpfen!«

»Und er wollte eigentlich noch mehr«, erinnerte Larry ihn. »Ich habe hart mit ihm verhandelt.«

Bullauge sah nach oben. Er beobachtete, wie Highbridge sich im schattigen Dunkel mühelos hochhangelte und nach der Hand griff, die ihm entgegengestreckt wurde. Mit heftig klopfendem Herzen stand Tony auf, griff nach dem Seil und setzte seinen Fuß auf die erste Sprosse der Strickleiter. »Na dann, fröhliche Weihnachten«, murmelte er voller Bitterkeit und drehte sich dann noch einmal zu Larry um. »Wenn ihr mir ein Geschenk machen wollt, kriegt raus, wo die Bundespolizei diesen Affen versteckt hält, der mich verpfiffen hat, und verpasst ihm eine ordentliche Tracht Prügel.«

Larry nickte.

»Das wäre das allerschönste Weihnachtsgeschenk, das man mir machen kann«, betonte Bullauge noch einmal.

Von oben beobachtete Eric schwitzend Bullauges Weg die Leiter hinauf. Er war von dem Narbengesicht vorgewarnt worden: Wenn irgendetwas schiefging und Tony wieder im Kittchen landete, würde Eric sich bei den Fischen wiederfinden.

Mit Schrecken sah Eric zu, wie Bullauges Waffe aus der Hosentasche rutschte und ins Wasser fiel. Wenigstens daran bin ich nicht schuld, dachte er.

Für zwei Millionen Kröten – eine Million für jeden Versteckten – hatte Eric sich bereit erklärt, das ungeheure

Risiko auf sich zu nehmen. Aber während nun der fluchende, rotgesichtige Bullauge immer näher kam, nach der Reling griff und seinen fetten Körper an Bord wälzte, begriff Eric, dass er sich vielleicht doch übernommen hatte. Mit dem anderen Kerl wurde er fertig, das war ihm klar. Ich hätte mich weiterhin auf Gentleman-Kriminelle beschränken sollen, dachte er, versuchte aber gleichzeitig, als Herr der Lage aufzutreten, und flüsterte in einem möglichst autoritären Ton: »Folgen Sie mir.« Er musste die beiden nicht dazu auffordern, leise zu sein. Der größte Teil der Mannschaft war bereits an Bord, um die Jungfernfahrt vorzubereiten, aber es war spät in der Nacht, und alles war still.
Angetan mit Kapuzenshirts und dunklen Brillen, folgten die beiden flüchtigen Verbrecher Eric durch einen Servicegang zum Bootsdeck ganz oben auf dem Schiff. Eric warf einen vorsichtigen Blick in den Gang, der mit Teppichboden ausgelegt war. Als er sah, dass die Luft rein war, machte er den beiden Zeichen, weiterzukommen. Gerade vor der Tür zur Kabine des Commodore rutschte etwas unter Highbridge' Sweatshirt hervor und fiel zu Boden. Trotz des üppigen Teppichflors war ein deutlicher Knall zu hören.
»Oje, mein Kulturbeutel!«, flüsterte Highbridge, und bei dem Versuch, nach dem Lederbeutel zu greifen, rutschte er auch noch aus. Er rappelte sich schnell auf und stieß aus Versehen an die Tür des Commodore, wobei er die Türglocke, die wie eine Nixe geformt war, nur knapp verfehlte.
Eric blieb fast das Herz stehen. Sein Onkel hatte einen leichten Schlaf und verbrachte oft einen Großteil der Nacht lesenderweise. Eric rannte den Gang hinunter, die zwei Männer ihm dicht auf den Fersen, blieb vor seiner Luxuskabine stehen und steckte mit zitternder Hand den Schlüssel ins Schloss. Das grüne Lämpchen

leuchtete auf, das elektronische Schloss ließ ein fröhliches Piepsen hören, und er öffnete die Tür. Die zwei Ausbrecher folgten ihm in die Kabine, und Eric schloss die Tür hinter ihnen und drehte den Schlüssel zweimal herum.

Der Steward hatte die Vorhänge zum Balkon schon zugezogen. Auf Erics Kopfkissen lag ein Stück feine Pfefferminzschokolade. Bullauge warf sich auf die Couch, während Highbridge seinen ledernen Kulturbeutel aufs Bett fallen ließ und tief aufseufzte.

Wunderbare Kabinengenossen, dachte Eric. Tony, ein gefährlicher Gangsterboss, und Highbridge, der aus einer reichen Familie stammte und andere Leute um ihr Geld betrog, eigentlich nur so zum Spaß. Sie waren beide Mitte vierzig. Tony war eher klein gewachsen und kräftig gebaut, hatte nur noch wenige Haare auf dem Kopf und ein Gesicht, das aussah, als hätte er ein paar Runden Preisboxen hinter sich gebracht. Highbridge dagegen war groß, dünn und hatte dichtes dunkelbraunes Haar, aristokratische Züge und einen verächtlichen Gesichtsausdruck, den er vermutlich schon seit seiner Geburt sein Eigen nannte.

Ein Klopfen an der Tür hallte wie Donner durch die Kabine. Eric zeigte zum Schrank, und Tony und Highbridge beeilten sich, darin zu verschwinden.

»Eric, bist du da?«, rief der Commodore von draußen.

Eric knipste das Badezimmerlicht an und nahm den Bademantel vom Haken, um den Eindruck zu erwecken, er sei gerade dabei, sich auszuziehen. Mit dem Bademantel über dem Arm öffnete er die Tür. Onkel Randolph war ein starker Anblick, wie er da in seinem maßgeschneiderten blauweißen Pyjama vor ihm stand, der sogar ein handgesticktes Segelboot auf dem Revers trug. »Hallo«, begrüßte Eric seinen Onkel und versuchte, einen todmüden Eindruck zu machen.

»Kann ich kurz reinkommen?«, fragte der Commodore elegisch.
Eric blieb gar nichts anderes übrig, als die Tür weiter zu öffnen, und der Commodore trat ein. »Ich hörte Lärm an meiner Tür und bin auf den Korridor geeilt, sah aber nur noch, wie deine Tür zuging. Du kannst wohl auch nicht schlafen?«
In seiner langen Geschichte zwielichtiger Machenschaften hatte Eric frühzeitig gelernt, dass man sich am besten immer möglichst dicht bei der Wahrheit hielt.
»Ich bin noch ein wenig auf Deck spazieren gegangen; ich bin so aufgeregt vor dieser Reise. Dann habe ich aber doch gemerkt, wie müde ich eigentlich bin, und wahrscheinlich bin ich auch deshalb an deine Tür gestoßen.« Er gähnte und sah dann mit eisigem Schrecken, wie der Commodore nach Highbridge' Kulturbeutel griff, während er sich auf die Couch setzte, wo der Abdruck von Tonys mächtigem Hinterteil noch gut zu sehen war.
»Schöner Kulturbeutel, habe ich noch nie bei dir gesehen. Ist der neu?«
»Ach was, den habe ich schon ewig«, antwortete Eric lässig und gähnte wieder.
»Ich will gar nicht lange bleiben«, sagte Randolph in einem Ton, der ahnen ließ, dass er gerade erst richtig in Fahrt kam. Er erinnerte Eric an den langatmigen Redner bei der Abschlussfeier der Highschool, der die erste Viertelstunde am Rednerpult damit verbracht hatte, »einige einleitende Bemerkungen« zu machen, bevor er zu seiner eigentlichen Ansprache kam.
»Ist schon in Ordnung, Sir, du kannst bleiben, so lange du willst«, sagte Eric matt.
»Ach ja, die Schlaflosigkeit«, hob Randolph an. »Das Gute daran ist ja, man kommt endlich mal zum Lesen. Das Schlechte ist nur, man kommt auch viel zu viel zum

Nachdenken. Heute habe ich zum Beispiel an all die Weihnachtsfeste gedacht, als du noch ein kleiner Junge warst.« Er lachte. »Du warst grauenhaft. Deine Mutter ist fast gestorben, als herauskam, dass du allen ihren Gästen auf der alljährlichen Weihnachtsparty das Kleingeld aus den Taschen geklaut hast.« Der Commodore lachte wieder. »Aber das ist lange her.« Er sah sich um. »Ich bin froh, dass diese Luxuskabinen so schön geworden sind. Es ist schon angenehm, wenn man eine Couch und ein paar Sessel hat, und dann natürlich der Balkon! Der Schrank ist auch schön groß, nicht wahr? Ein Traum für alle Frauen.« Er stand auf. »Morgen ist ein aufregender Tag, wir sollten beide zusehen, dass wir ein bisschen Schlaf bekommen.«

»Weißt du, Onkel Randolph, ich will dir endlich einmal danken, dass du mich an diesem wunderbaren neuen Abenteuer teilhaben lässt.«

»Blut ist dicker als Wasser, mein Junge«, deklamierte der Commodore, klopfte Eric auf die Schulter und ging dann quer durch die Kabine. Die Schranktür war gleich neben der Kabinentür zum Korridor, und aus Versehen erwischte er die falsche Türklinke.

Eric hechtete vorwärts und schlang seine Arme von hinten um seinen Onkel. Der Commodore ließ die Türklinke los, drehte sich um und umfing seinen Neffen mit einer innigen Umarmung. »Ich wusste gar nicht, dass du so gefühlvoll sein kannst«, sagte er mit einer Stimme, die vor Rührung ganz belegt war. »Ehrlich gesagt, bisher habe ich dich immer eher für einen kalten Fisch gehalten.«

»Ach, ich habe dich so lieb, Onkel Randolph.« Inzwischen war Eric so nervös, dass ihm die Stimme zitterte. Sein Onkel hielt das für ein sicheres Zeichen, dass er gleich in Tränen ausbrechen würde. »Ich dich auch, Eric«, sagte er leise. »Mehr, als du ahnst. Wir werden

eine schöne Reise haben. Und nun leg dich hin und ruh dich ein bisschen aus.«
Eric nickte und öffnete seinem Onkel zuvorkommend die Kabinentür. Er trat in den Korridor und sah Randolph nach, bis die Gestalt in dem blauweißen Schlafanzug in der Kabine verschwunden war.
Wieder zurück in der Kabine, brach Eric vor Erleichterung fast zusammen. Er schloss die Kabinentür ab und öffnete den Schrank. »Ich brauche ein Taschentuch«, flüsterte Bullauge. »Ich habe dich so lieb, Onkel Randolph ...«
»Mir blieb doch nichts anderes übrig«, fuhr Eric ungeduldig dazwischen. »Also, hier gibt es ein französisches Bett und eine Ausziehcouch. Wie wollt ihr euch aufteilen?«
»Ich nehme das Bett«, sagte Bullauge kategorisch. »Ihr zwei schlaft auf der Couch.«
Der Baron sah ihn an und schien einen Augenblick lang protestieren zu wollen, aber beim Anblick von Bullauges hässlichem Gesichtsausdruck überlegte er es sich schnell anders.
So verbrachte Eric eine unruhige Nacht auf dem Liegestuhl, der auf dem Balkon seiner Suite stand.

4

Montag, 26. Dezember

An einem eiskalten 26. Dezember trafen sich Alvirah, Willy, Regan, Jack, Nora und Luke am Flugplatz Teterboro, um das Privatflugzeug zu besteigen, das Willy gechartert hatte, und nach Miami zu fliegen. Auf dem Weg dorthin plauderten sie darüber, wie sie Weihnachten verbracht hatten. Die vier Reillys waren bei Jacks Eltern in Bedford gewesen, wo sie auch seine sechs Geschwister mit ihren Familien getroffen hatten.

»Und wir sind doch beide Einzelkinder und haben nur die eine Tochter«, staunte Nora immer noch über das Erlebnis. »Es hat unglaublich viel Spaß gemacht, Weihnachten in einem so großen Familienkreis zu feiern. Jacks Leute sind aber auch wirklich ganz besonders nett, alle, ohne Ausnahme.«

Jack hob eine Augenbraue. »Na, sie haben sich aber auch alle Mühe gegeben, sich von ihrer Schokoladenseite zu zeigen. Was habt ihr gemacht, Alvirah?«

»Wir hatten einen wunderbaren Feiertag«, sagte sie begeistert. »Am Heiligabend sind wir zur Mitternachtsmesse gegangen, und an Weihnachten haben wir ausgeschlafen und dann in einem wirklich tollen Restaurant auf der Upper West Side zu Abend gegessen, zusammen mit Schwester Cordelia. Das ist die einzige von Willys Schwestern, die in der Nähe lebt. Wir haben sie eingeladen, und mit ihr fünf oder sechs weitere Nonnen und ein paar Leute, die sie kennt und die keine Familie haben. Insgesamt waren wir achtunddreißig Personen, und es war wirklich wunderbar.«

»Achtunddreißig?«, rief Jack überrascht. »So viele waren wir ja nicht einmal!«
»Na ja, wenn ich die alle hätte bekochen sollen, wäre es wohl ein ziemliches Fiasko geworden«, lachte Alvirah. »Wir hatten ein Nebenzimmer in dem Restaurant, und am Ende haben wir zusammen Weihnachtslieder gesungen.«
»Das mit dem Nebenzimmer war gut«, fiel Willy ein. »Nächstes Jahr will Schwester Cordelia eine Karaoke-Maschine mitbringen.«
Alvirah beugte sich zu Regan herüber. »Was für eine hübsche Kette«, sagte sie bewundernd. »Ich wette, die hast du von Jack zu Weihnachten bekommen.«
»Alvirah, wenn du irgendwann Lust haben solltest, für mich zu arbeiten, musst du nur anrufen«, lächelte Jack. »Es handelt sich tatsächlich um ein Familienerbstück.«
»Gold und Diamanten«, sagte Alvirah. »Sehr schön, wirklich.«
»Nichts ist zu gut für Regan Reilly Reilly«, sagte Jack.

***

Als sie in Miami landeten, schien die Sonne strahlend vom blauen Himmel, und es war sehr heiß.
»Halleluja«, sagte Luke beim Aussteigen. »Das fühlt sich ja wunderbar an. Die letzten Tage habe ich wirklich gedacht, ich werde zum Eiszapfen.«
Die große Limousine, die Alvirah zum Flughafen bestellt hatte, wartete schon vor dem Terminal. »Wir haben noch jede Menge Zeit, bevor wir aufs Schiff müssen«, sagte Alvirah. »Wollen wir nicht vielleicht noch bei *Joe's Stone Crab* zu Mittag essen? Wenn wir dann um drei Uhr beim Schiff sind, kommen wir pünktlich zum Einchecken.«

»Aber man kann schon ab eins aufs Schiff«, protestierte Willy.
»Und bis um vier. Wenn die ganzen zwanghaft überpünktlichen Typen schon mal eingecheckt haben, gibt es keine Warteschlange mehr, wenn wir kommen.«

***

Alles läuft genau nach Plan, dachte Alvirah zufrieden, als die Limousine zum Terminal hinauffuhr, wo die *Royal Mermaid* sich allmählich mit den Wohltätern des Jahres füllte. Sie stiegen aus dem Wagen, und während der Fahrer ihr Gepäck auslud, betrachteten sie das Schiff, an dessen Bug ein riesiger Adventskranz mit den Worten »Weihnachtskreuzfahrt« hing.
»Irgendwie habe ich mir das Schiff ein bisschen größer vorgestellt«, sagte Willy. »Aber vermutlich habe ich einfach an diese gewaltigen Ozeanriesen gedacht, auf denen Tausende von Passagieren Platz haben.«
»Ich finde es sehr hübsch«, beeilte sich Nora zu versichern.
»In dem Prospekt heißt es, die *Royal Mermaid* bietet Platz für vierhundert Passagiere«, bemerkte Alvirah und winkte mit der Hand. »Das ist eigentlich schon eine ganze Menge.«
Ein Gepäckträger mit einem Wägelchen kam auf sie zu, um sie zu begrüßen. »Gehen Sie bitte direkt in den Terminal«, sagte er. »Ich kümmere mich um Ihr Gepäck.«
Alle drei Männer griffen nach ihren Geldbörsen, um das Trinkgeld herauszuholen. »Ich bin dran«, sagte Luke bestimmt und setzte sich durch.
Dann betraten sie den Terminal, wo zwei Sicherheitsschalter aufgebaut waren. »Ich hoffe, ich muss diesmal nicht wieder alle Haarnadeln rausnehmen«, murmelte Nora. »Das haben sie letztens auf dem Kennedy Airport

von mir verlangt, als wir nach London geflogen sind. Ich habe ausgesehen wie eine Strauchhexe, als wir ins Flugzeug stiegen.«

Aber sie kamen ohne Schwierigkeiten durch die Kontrolle, gingen durch einen langen Korridor zum Einsteigebereich und wurden von einer Reihe von Stewards in Empfang genommen, die beim Einsteigen behilflich waren. Schnell zeigte sich, dass die meisten Passagiere tatsächlich schon an Bord waren; an keinem der Schalter gab es eine Warteschlange. Drei Männer in blauen Blazern, weißen Bootsschuhen und goldbetressten Mützen waren gerade über die Gangway vom Schiff gekommen. Der älteste von ihnen bemerkte die kleine Gruppe und kam eilig auf sie zu.

»Willkommen, willkommen! Wer von Ihnen ist Alvirah Meehan?«, fragte er. »Wir fürchteten schon, Sie hätten es sich anders überlegt und würden nicht mitfahren. Das wäre eine herbe Enttäuschung gewesen.«

»Ein große Enttäuschung, allerdings«, wiederholte der zweite Mann.

»Ich bin Alvirah, und dies ist mein Mann Willy, und hier sind unsere Freunde …« Alvirah stellte alle schnell vor.

»Und ich bin Randolph Weed, Ihr Gastgeber. Aber meine Freunde nennen mich ›Commodore‹, und das gefällt mir auch tatsächlich am besten. Hier haben wir meinen Neffen Eric Manchester und meinen Kreuzfahrtdirektor Dudley Loomis. Nun, checken Sie in Ruhe ein und gehen Sie an Bord. Der Begrüßungscocktail endet in zwanzig Minuten, um vier Uhr heißt es ›Leinen los!‹«

»Oh, schon um vier?«, staunte Alvirah. »In meinem Brief hieß es sechs Uhr. Warten Sie, hier habe ich …«

Dudley ging dazwischen, bevor der Brief mit seiner Unterschrift genauer geprüft werden konnte. Er war vollkommen durcheinander gewesen, als er ihn geschrieben hatte. »Na, was soll's, jetzt sind Sie ja da«, beeilte er sich zu sagen und brachte sie zu dem Schalter, an dem sie schon erwartet wurden. Einer der Stewards kümmerte sich um Luke und Nora, einer um Jack und Regan. Der Commodore und sein Neffe wichen Alvirah und Willy nicht von der Seite.

»Es wird eine wunderbare Reise«, sagte der Commodore. »Eine faszinierende Gruppe wunderbarer Menschen verbringt vier Tage zusammen auf hoher See. Ich verspreche Ihnen, Sie werden jede Minute genießen.«

Der Steward ließ sich Alvirahs und Willys Namen geben und tippte sie in seinen Computer. Dann verzog er das Gesicht und tippte hektisch weiter. »Au weia«, murmelte er.

Es gibt jetzt bitte kein Problem, dachte Dudley. Es kann jetzt kein Problem geben, oder?

»Also, das verstehe ich nicht«, sagte der Steward gerade.

»Was?«, fragte Dudley und versuchte, weiterhin zu lächeln. Der Gesichtsausdruck des Commodore verhieß nichts Gutes.

»Die Kabine, die für das Ehepaar Meehan vorgesehen war, ist schon belegt. Und alle anderen Kabinen sind ebenfalls voll.« Der Steward sah den Commodore an, blickte dann auf Dudley und Eric. »Und was machen wir jetzt?«

»Es gibt keine Kabinen mehr?«, fragte der Commodore mit einem wütenden Blick auf Dudley. »Wie konnte denn das passieren?«

Ich muss mich verzählt haben, dachte Dudley. Ich hätte ihnen nur ein Paar Freunde anbieten sollen.

»Alvirah«, sagte Regan, »Jack und ich verbringen ein paar schöne Tage hier in Miami und fliegen dann wie geplant zum Lake Tahoe. Es macht uns überhaupt nichts aus.«

»Kommt gar nicht infrage«, schnauzte der Commodore.

»Kommt auf keinen Fall in Frage. Wir haben noch eine der schönsten Kabinen frei, nämlich die gleich neben meiner. Eine Suite, in der sich die Meehans sehr wohlfühlen werden.« Er sah Eric an. »Mein Neffe freut sich, diese Kreuzfahrt im Gästezimmer meiner Suite zu verbringen. Nicht wahr, Eric?«
Eric spürte, wie er blass wurde. Aber auf diese Frage gab es nur eine Antwort.
»Selbstverständlich.«
»Ich lasse Ihr Gepäck sofort in die Suite bringen«, sagte Dudley strahlend. Er war zwar sehr nervös wegen seines Fehlers, aber die Freude, Eric Ungelegenheiten zu bereiten, wog vieles auf.
»Eric, es ist mir wirklich sehr unangenehm, Sie aus Ihrer Kabine zu vertreiben«, sagte Alvirah. »Nehmen Sie sich bitte alle Zeit der Welt, um Ihre Sachen zusammenzupacken. Wir gehen jetzt einfach zu dieser Cocktailparty und nehmen in aller Ruhe einen Drink, bis die Reise losgeht. Und dann freuen wir uns, Ihr freundliches Angebot anzunehmen.«
Eric rang sich ein Lächeln ab. »Ich werde gehen und packen, damit die Kabine frischgemacht werden kann«, sagte er. »Bis später dann.« Er drehte sich auf dem Absatz um und verschwand wie der Blitz die Gangway hinauf.
»Was für ein netter junger Mann«, sagte Alvirah zum Commodore.

5

Die Cocktailparty zur Begrüßung der Passagiere war schon seit mehr als einer Stunde in vollem Gange. Die meisten der vierhundert Gäste standen mit ihrem zweiten Glas Champagner da, manche auch schon mit ihrem dritten – und einige hatten auch schon ein bisschen mehr. Wer das ist, kann man sehen, dachte Ted Cannon, der sein eigenes, unberührtes Glas gerade abstellte. Die Band spielte Weihnachtslieder, und gerade waren sie zum vierten Mal bei »Santa Claus is coming to town« angekommen. Mindestens zum vierten Mal. Und ich bin ganz allein, dachte er traurig. Seit fünfzehn Jahren war er in Cleveland als Weihnachtsmann unterwegs, in Krankenhäusern und Kinderheimen. Er hatte sich dazu von seiner Frau Joan überreden lassen, die aber inzwischen verstorben war. Seit zwei Jahren war sie jetzt tot, und er machte weiter, um ihr Andenken in Ehren zu halten. Und irgendwie war sein Name auf die Verlosungsliste für diese Kreuzfahrt geraten, und er hatte gewonnen. Er konnte es selbst kaum glauben.

Ted war eigentlich Steuerberater, aber seit vielen Jahren schloss er sein Büro in der Woche nach Weihnachten, und früher war er dann mit Joan in Urlaub gefahren, nachdem sie das Fest mit ihrem Sohn Bill und mit seiner Familie verbracht hatten. Dort war Ted auch während der letzten paar Tage gewesen, und die Kinder hatten ihm dringend geraten, die Kreuzfahrt mitzumachen.

»Ach Dad, Mom hätte sich bestimmt gewünscht, dass du mitfährst und die Tage genießt. Mit neun anderen Weihnachtsmännern an Bord, da gibt es doch immer was zu erzählen. Und vielleicht sind ja auch ein paar allein reisende Damen an Bord. Vergiss nicht zu tanzen! Du bist schließlich erst achtundfünfzig, und seit Moms Tod hast du keine Frau auch nur angesehen.«

Aber jetzt, mitten zwischen all diesen Fremden, fühlte sich Ted schrecklich allein. Er fragte sich, ob nicht vielleicht noch Zeit wäre, seine Reisetasche zu nehmen und von Bord zu gehen. Aber dann zuckte er innerlich die Schultern. Was würde er tun, wenn er jetzt von Bord ging? Quatsch, dachte er und nahm sein Glas Champagner wieder in die Hand.

***

Ivy Pickering hatte sich die Gästeliste durchgelesen und freute sich riesig, Alvirah Meehan, Regan Reilly und Nora Regan Reilly darauf zu finden. Sie hielt ein Glas Champagner in der Hand und hatte sich einen Platz gesucht, von dem aus sie die drei Frauen auf jeden Fall sehen würde, sobald sie den Raum betraten. Sie wollte sich unbedingt vorstellen, damit sie später, wenn alle sich ein wenig eingerichtet hätten, in der Lage sein würde, ein bisschen Zeit mit ihnen zu verbringen. Seit den ersten Tagen von Alvirahs Kolumne in der New Yorker Zeitung *Globe* war sie ein großer Fan von ihr. Alvirah hatte mit der Kolumne angefangen, nachdem sie in der Lotterie gewonnen hatte. Ivy war vollkommen fasziniert von Alvirahs Erzählung gewesen, wie sie und Regan und Regans frischgebackener Ehemann Jack zusammengearbeitet hatten, um Regans Vater zu retten, als dieser entführt worden war.

Ivy war seit Kurzem Mitglied der Vereinigung von Lesern und Schreibern in Oklahoma, einer alteingesessenen Gruppe in diesem Bundesstaat. Viele der Autoren schrieben Kriminalgeschichten. Ivy jedoch war passionierte Leserin. Sie pflegte zu sagen, dass sie eine gute Detektivin abgab, aber keine gute Schriftstellerin. Die Gruppe hatte fünfzig Mitglieder, und vor Kurzem war ein Artikel in einer Zeitschrift über sie erschienen, weil sie eine ganze Reihe von Programmen zur Leseförderung ins Leben gerufen hatten. Und das war auch der Grund gewesen, warum sie zu dieser Kreuzfahrt eingeladen worden waren.

Aus Spaß hatte die Gruppe einen sogenannten »Ehrengeist« eingeladen, »Linker-Haken«-Louie, einen Krimiautor aus Oklahoma, der sich vor vielen Jahren nach einer Karriere als Schwergewichtsboxer entschlossen hatte, von nun an mit Worten zuzuschlagen. Er hatte vierzig Krimis verfasst, alle mit einem Boxer im Ruhestand als Hauptfigur. Louie war mit gut sechzig Jahren gestorben; in zwei Tagen hätte er seinen achtzigsten Geburtstag feiern können – ein Anlass mehr, ihn zu ehren. Sie wollten Poster aufhängen, die ihn mit zerschlagenem Gesicht zeigten, lächelnd, die Hände noch in den Boxhandschuhen, wie er an der Schreibmaschine saß. Die Poster sollten überall auf dem Schiff zu sehen sein.

Ivy war noch nie auf einer Kreuzfahrt gewesen und wild entschlossen, jeden Quadratzentimeter der *Royal Mermaid* genauestens zu erkunden. Ihre Mutter, fünfundachtzig Jahre alt, kam nicht mehr viel unter Menschen, wollte aber jede Einzelheit von Ivys Abenteuern erzählt bekommen. Sie lebten zusammen in dem Haus, in dem Ivy vor einundsechzig Jahren geboren worden war.

***

Während der Commodore Alvirah und ihre Freunde auf das Deck führte, wo die Party stattfand, freute sich Alvirah sehr darauf, einen ersten Blick auf die Kletterwand zu werfen, die sie schon in dem Prospekt so sehr begeistert hatte. Für einen Augenblick wurde sie abgelenkt, als eine kleine, vogelähnliche Frau auf sie zuschoss und ihr eine Hand auf den Arm legte.

»Mein Name ist Ivy Pickering«, sagte die Frau eifrig. »Und ich bin einer Ihrer größten Fans. Ich lese Ihre Kolumnen von Anfang an, und ich habe auch Noras Bücher alle gelesen. Gerade vor ein paar Tagen habe ich die wunderschönen Foto von Regans Hochzeit aus der Zeitung ausgeschnitten, um sie aufzuheben. Ich wollte Sie nur gern als Allererste hier begrüßen.« Sie strahlte übers ganze Gesicht. »Ich will Sie auch gar nicht aufhalten.«

Aber das tut sie, dachte Commodore Weed, der natürlich im Traum nicht daran dachte, einen seiner wohltätigen Gäste zu beleidigen.

»Ich werde mir jetzt einen schönen Platz an der Reling suchen, um das Ablegen zu beobachten. Aber wenn ich irgendwann in den nächsten Tagen einmal ein paar Fotos von Ihnen machen könnte, um sie meiner Mutter zu zeigen, wenn ich nach Hause komme …«

»Aber sicher, gern«, antwortete Nora stellvertretend für sie alle. Ivy Pickering nickte glücklich und eilte davon.

Ein Mann mit einer Kamera auf der Schulter wurde von einer energischen jungen Frau mit Mikrofon in ihre Richtung dirigiert. Ihre erste Frage richtete sie an Nora.

»Was halten Sie von der Idee von Commodore Weed, Menschen zu ehren, die Gutes tun?«

Regan hätte geschworen, dass ihr Vater murmelte: »Sie ist dagegen.« Wenn ihr Vater eins auf den Tod nicht leiden konnte, dann waren es dumme Fragen.

Nora wurde der leidigen Pflicht enthoben, zu antworten, weil zwei Polizisten in diesem Augenblick das Deck betraten. Sie gingen direkt auf den Steward zu, der ihrer Gruppe mit einem Tablett in den Händen und mit beflissenem Lächeln entgegeneilte. Als er sah, wie alle an ihm vorbeistarrten, drehte er sich um, um zu sehen, was denn hinter ihm so interessant war. Beim Anblick der Polizisten ließ er das Tablett fallen, wandte sich blitzschnell ab und rannte den nächsten Korridor hinunter Richtung Unterdeck. Bevor seine Verfolger auch nur den Korridor erreicht hatten, hörte man schon ein lautes Platschen.

»Mann über Bord!«, schrie Ivy Pickering.

Der Commodore blickte fassungslos auf die Bescherung zu seinen Füßen. Warum habe ich das Geld für die teuren Getränke ausgegeben?, dachte er traurig.

Alle rannten an die Reling, um zu sehen, was unten los war.

»Mein lieber Schwan, kann der schnell schwimmen!«, bemerkte jemand neben ihnen.

Sekunden später hörte man die Sirene eines sich nähernden Polizeibootes, womit klar war, dass der Flüchtige so schnell schwimmen mochte, wie er konnte, man würde ihn bald aus dem Wasser ziehen.

Andere Stewards fegten schnell das zerbrochene Glas zusammen und wischten das Deck sauber. Der Commodore eilte hinüber zu Dudley, der soeben eine Demonstration der Kletterwand vornahm, in einen Klettergurt geschnallt. »Ich weiß nicht, wie das passieren konnte«, stotterte er. »Er wollte den Job so dringend haben, und angeblich hatte er schon im Waldorf Astoria gearbeitet.«

»Nach den neuesten Informationen hat er jemanden mit einer Axt erschlagen«, fuhr der Commodore ihn an. »Wen haben Sie noch eingestellt, ohne nach den Papieren zu fragen?« Das Mikrofon, mit dem er seine Willkommensrede gehalten hatte, stand noch vor der Kletterwand. Jetzt nahm er es in die Hand.

»Nun, meine Damen und Herren, wir haben Ihnen eine

aufregende Kreuzfahrt versprochen ...« Aber es dauerte ein paar Minuten, bis er die Aufmerksamkeit aller Passagiere erlangt hatte. Alle standen da und beobachteten, was mit dem Flüchtigen geschah. Der Commodore setzte noch einmal an und fügte hinzu: »Und es scheint wirklich so zu sein, dass wir zu einer aufregenden Fahrt starten, haha.« Er unterbrach sich kurz. »Ja, so scheint es wohl zu sein«, fügte er etwas lahm hinzu.
Ein junger Schiffsoffizier näherte sich und flüsterte ihm etwas ins Ohr, woraufhin sich der besorgte Gesichtsausdruck des Commodore etwas entspannte. »Ich verstehe, ja, ich verstehe das vollkommen. Manche Frauen haben einfach keine Geduld.« Er wandte sich wieder seinen Passagieren zu. »Der arme Kerl war ein wenig säumig mit seinen Unterhaltszahlungen, wie es scheint. Er war zu keinem Zeitpunkt eine Bedrohung für unsere Gäste. Ach ja, Liebesglück und Liebesleid ...«
Dann machte er sich daran, die gute Stimmung an Bord wiederherzustellen. »So wollen wir die Gläser wieder füllen ... Bitte beachten Sie die Kletterwand hinter mir. Unser Kreuzfahrtdirektor Dudley wird Ihnen nun zeigen, wie viel Spaß es machen kann, sich vorzustellen, man sei am Mount Everest unterwegs.«
Mit strahlendem Lächeln wandte er sich Dudley zu. »Auf zu eisigen Höhen«, kommandierte er. Dudley verbeugte sich, so tief er mit dem Klettergurt konnte, und der junge Mann, der das Seil halten sollte, hob es ohne allzu große Begeisterung auf. Dudley setzte seinen rechten Fuß auf den untersten Griff und begann mit dem Aufstieg. Er fasste über seinen Kopf, bekam den nächsten Griff zu fassen und zog sich hoch.
»Wehe dir, wenn du das versuchst«, flüsterte Willy Alvirah zu.
»Rechter Fuß, linker Fuß«, murmelte Dudley vor sich hin, während ihm allmählich der Angstschweiß aus-

brach. Sein rechter Fuß angelte verzweifelt nach dem nächsten Standpunkt, als er spürte, wie sein linker Fuß den Halt verlor. »Das kann doch wohl nicht wahr sein«, stöhnte er.

Aber so war es. Als er versuchte, sein Gewicht auf die rechte Seite zu verlagern, gab der Griff unter seinem linken Fuß nach und fiel hinunter. So hing er mit beiden Beinen in der Luft und begann am Seil vor und zurück zu schwingen wie Tarzan.

Die Menge rief ihm ermutigende Worte zu, und er versuchte zu lächeln, warf einen Blick über die Schulter und landete dann mit einem Knall auf dem Boden. Der Mann am Seil hatte ihn zu schnell hinuntergelassen.

Nora und Regan wagten es nicht, ihre Männer anzusehen.

6

Nachdem er erfahren hatte, dass er seine Kabine räumen musste, war Eric wie ein geölter Blitz zurück aufs Schiff geeilt.

Er hätte Alvirah Meehan mit bloßen Händen erwürgen können. *Nehmen Sie sich nur alle Zeit der Welt …* Ja, aber sicher doch, Lady! Er hatte keine Zeit. Er wusste, dass dieser widerliche Dudley sich klammheimlich freute, ihm eins auszuwischen. Dabei war Dudley schuld an allem, er hatte sich schließlich mit den Kabinen verzählt. Und nun würde Dudley, der großartige Kreuzfahrtdirektor, ihm eine Horde Stewards auf den Hals schicken, um ihn in großem Stil rauszuschmeißen. Der Mann hasst mich, dachte Eric, ich weiß es, erst recht, nachdem ich eine größere Kabine bekommen habe als er. Dudley hatte nur eine kleine Kabine ohne Balkon, aber wenn er diese Kabine jetzt gehabt hätte, wäre alles gut. Eric spürte plötzlich kalte Angst bei der Vorstellung, mit dieser Nachricht Bullauge gegenüberzutreten.

Da er nicht auf den Aufzug warten wollte, rannte er durch das Treppenhaus. Wie soll ich die beiden bloß verstecken?, dachte er. Und vor allem, *wo* soll ich sie verstecken? Wie kann ich die beiden drei Tage lang im Gästezimmer von Onkel Randolphs Suite verstecken? Der Raum ist so klein! Und der Schrank erst recht! Egal, erst muss ich mit den beiden aus meiner Kabine raus, so viel ist klar.

»Hohoho, Eric!«, rief einer der Passagiere ihm zu. »Wann bekomme ich mein Weihnachtsmann-Kostüm?«

»Fragen Sie Dudley«, rief Eric kurz zurück, während er an ihm vorbeieilte.

Da kam ihm ein Gedanke. Er musste zwei von diesen Kostümen finden, dann konnte er Bullauge und diesen elenden Erbsenzähler Highbridge als Weihnachtsmänner verkleiden, und niemand würde Verdacht schöpfen, wenn er sie auf einem der Korridore antraf.
Aber wo waren diese Kostüme? Sie mussten im Vorratsraum auf Deck 3 sein, erinnerte er sich. Die Kabinen der Weihnachtsmänner lagen alle auf Deck 3. Es war auf diesem Schiff wie überall auf der Welt: Die Menschen, die ihre Zeit und Energie einsetzten, wurden weniger belohnt als diejenigen, die Geld spendeten.
Hatte er genug Zeit, dorthin zu laufen? Bevor er lange darüber nachdenken konnte, hatte er schon die Richtung geändert und rannte Richtung Deck 3. Mit seinem Generalschlüssel würde er auch den Vorratsraum aufschließen können. Er konnte nur hoffen und beten, dass die Kostüme tatsächlich dort aufbewahrt wurden.
Aus einer der Kabinen auf Deck 3 hörte er Stimmen. Er wollte nicht gesehen werden, versteckte sich für einen Augenblick hinter den Koffern, die noch vor den Kabinentüren aufgestapelt waren, zog die Schlüssel aus der Tasche und bog um die Ecke. Am Ende des Korridors konnte er zwei Personen sehen, aber sie wandten ihm glücklicherweise den Rücken zu. Mit zwei Riesenschritten war er bei dem Vorratsraum, steckte den Schlüssel ins Schloss, drehte ihn herum und öffnete die Tür.
Er war entzückt, die Kostüme auf einem Kleiderständer hängen zu sehen. Schnell nahm er zwei herunter, die so aussahen, als könnten sie dem kleinen, kräftig gebauten Bullauge und dem langen, dürren Baron passen, diesen zwei üblen Typen, die ihre Geschenke wohl schon immer eher für sich behalten hatten. Er nahm zwei Bärte, zwei Mützen und zwei Paar schwarze San-

dalen. Weihnachtsmann in den Tropen, dachte er. In einem Schrank fand er eine Rolle mit schwarzen Müllsäcken, riss eine davon ab und stopfte die gesamte Weihnachtsmannausrüstung hinein. Allmählich wurde ihm die Zeit knapp, und er schwitzte entsetzlich.

Er verließ den Vorratsraum und rannte das Treppenhaus wieder hinauf zum Bootsdeck. Ohne irgendjemanden zu treffen, dem er etwas erklären musste, erreichte er seine Kabine. Das Schild »Bitte nicht stören« hing noch an der Tür, es war also noch nicht zu spät. Als er die Kabinentür öffnete, wappnete er sich für die Reaktion seiner Gäste.

Der Baron lag ausgestreckt auf der Gästecouch, sah fern und vertilgte den Inhalt einer Tüte Kartoffelchips. »Pst!«, warnte er Eric und flüsterte dann: »Tony ist gerade eingeschlafen. Er hat schon den ganzen Tag eine grauenhafte Laune.«

»Das wird gleich noch schlimmer«, antwortete Eric. »Ihr müsst nämlich umziehen.«

Entsetzt riss der angeblich schlafende Tony die Augen auf. »Was?«

»Da hat einer Mist gebaut, und sie haben eine Kabine zu wenig. Ein älteres Paar wird gleich diese Kabine hier beziehen.«

»Na, reizend!«, keifte Bullauge los. »Und hast du vielleicht irgendeine Idee, wo du uns verstauen willst?«

Der Baron setzte sich aufrecht hin, blanken Schrecken auf dem Gesicht. Er ließ die Chipstüte fallen, verteilte die Chips auf der gesamten Couch und auf dem Boden und stöhnte: »Du hast gesagt, das ist alles überhaupt kein Problem, wir müssen nur schön brav in deiner Kabine bleiben.«

»Und genau das werdet ihr auch tun. Die neue Kabine ist nur ein Stück den Gang hinunter.«

»Den Gang hinunter?«

»In der Suite meines Onkels.« – »Deines ›Ich-hab-dich-so-lieb‹-Onkels?«, grummelte Tony.
»Ebendieser Onkel«, bestätigte Eric und ließ den Inhalt des Müllsacks auf das Bett fallen. »Zieht das an«, sagte er verzweifelt. »Und dann gehen wir hinüber. Mein Onkel ist nicht dort, und wenn uns jemand sieht, wird niemand Verdacht schöpfen, denn es sind immerhin zehn Weihnachtsmänner bei dieser Kreuzfahrt dabei.«
Es klopfte an der Tür. »Kann ich Ihnen beim Packen helfen, Mr Manchester?«
Eric erkannte die Stimme von Winston, dem pompösen Butler, den sein Onkel eingestellt hatte, weil er glaubte, seiner ganzen Aktion auf diese Weise ein wenig mehr Stil zu verleihen. »Nein, danke!«, rief Eric zur Tür. »Ich brauche noch ungefähr eine Viertelstunde, dann können Sie die Kabine fertig machen.«
»Sehr wohl, Sir, Sie müssen nur nach mir läuten, ich bin sofort zur Stelle.«
»Glaubt der, er ist im Buckingham-Palast?«, zischte Tony.
Die Gefahr, entdeckt zu werden, trieb die beiden Verbrecher zur Eile an. Blitzschnell zogen sie sich aus und stiegen in die Kostüme. Eric reichte ihnen die Bärte und Mützen. Die Sandalen saßen locker, hatten aber Klettverschlüsse. Insgesamt war der Anblick einfach nur lächerlich.
Tonys Augen mit den schweren Lidern blickten bösartig über den weißen Bart hinweg, der sein Gesicht zur Hälfte bedeckte. Am schmalen Gesicht des Barons hing der Bart locker herunter und bedeckte vor allem seinen Mund. Aber die Kostümierung würde immerhin ihren Zweck erfüllen: Wenn sie auf dem Korridor gesehen würden, würde niemand Verdacht schöpfen.
»Ich sehe mal nach, ob die Luft rein ist«, sagte Eric, dem das Herz bis zum Hals klopfte. Er öffnete die Tür und

spähte nach beiden Seiten den Gang hinunter. Niemand zu sehen. »Ich gehe rüber zur Suite meines Onkels und vergewissere mich, dass niemand dort ist«, sagte er, eilte den Gang hinunter, warf einen Blick in die Kabine seines Onkels und durchsuchte schnell die Nebenräume. Dann eilte er zurück, öffnete die Tür und nickte den beiden Männern zu.

Sie folgten ihm den Gang hinunter und in die Suite des Commodore. Mit einem Seufzer der Erleichterung schloss Eric die Tür hinter ihnen. »Die Gästekabine ist da drüben«, sagte er.

»Du machst wohl Witze«, grollte Tony, als er einen Blick in das Zimmer warf. Die einzigen Möbel waren ein Doppelbett, ein Nachttischchen und ein einzelner Stuhl vor einem eingebauten Schreibtisch sowie einige Einbauschränke.

Der Baron öffnete die Schranktür. »Du erwartest doch wohl nicht von uns, dass wir uns da drin verstecken?«, fragte er.

»Nein, natürlich nicht«, sagte Eric. »Ihr geht ins Bad.«

Aber genau wie der Schrank war natürlich auch das Bad sehr klein.

»Wartet hier, bis ich meine Sachen geholt habe«, befahl er den beiden. »Und schließt gefälligst die Tür ab.«

Mit einem Blick, in dem Mordlust aufloderte, nickte ihm Tony zu. »Ich warne dich, Eric. Du bist dafür verantwortlich, dass sie uns nicht erwischen.«

7

Um Punkt vier Uhr am Nachmittag begann die *Royal Mermaid* ihr Ablegemanöver, um den Hafen von Miami zu verlassen. Inzwischen hatte der vollkommen entnervte Commodore seinen Zorn auf Dudley ein wenig abgekühlt, indem er ihn einem Verhör unterzogen hatte, wie um Himmels willen so viele Dinge hatten schiefgehen können, noch bevor das Schiff überhaupt unterwegs war. Nachdem er aber von dem ebenso entnervten Dudley keine besonders befriedigenden Antworten erhalten hatte, hatte er sich auf die Brücke geflüchtet.

Dort stand er jetzt neben Kapitän Horatio Smith, der soeben die Maschinen starten ließ. Smith' Gegenwart hatte etwas Beruhigendes. Er war nach einem arbeitsreichen Berufsleben bei einer kleinen, aber hervorragenden Kreuzfahrtlinie gelandet, war dann in Rente gegangen und hatte jetzt, mit fünfundsiebzig Jahren, noch einmal ein Kommando übernommen, worüber er sehr glücklich war.

»Alles an Bord, Commodore?«, fragte Smith.

»Bis auf einen«, sagte der Commodore grimmig, nicht ahnend, dass er in Wirklichkeit einen Mann zu viel an Bord hatte. »Ich hoffe nur, ich muss jetzt nicht losgehen und das Essen selbst servieren.« Neben Smith, der bisher noch nichts Falsches getan hatte, kehrte allmählich seine gute Laune zurück. Schließlich war jede Jungfernfahrt ein Wechselbad der Gefühle, erinnerte er sich. Er war von dem schmerzverzerrten Gesichtsausdruck seines Neffen ein wenig enttäuscht gewesen, als klar geworden war, dass der Junge aus seiner Kabine aus-

und in die Suite seines Onkels einziehen musste. Letzte Nacht war er noch so sehr darauf bedacht, viel Zeit mit mir zu verbringen, dachte er. Da hätte man doch wirklich erwarten können, dass er sich freut, bei mir zu wohnen. Aber was soll's.

Er drehte sich um, um zu sehen, wie viele Passagiere an dem kleinen Fenster standen, von dem aus man dem Kapitän zusehen konnte. Noch eine Enttäuschung, er sah nur einen einzigen Beobachter, Harry Crater, einen etwas kränklichen Mann, der immer ein wenig so aussah, als würde er gleich umfallen.

Als ich auf der Cocktailparty mit ihm plauderte, dachte der Commodore, war ich wirklich froh zu hören, dass er einen Hubschrauber besitzt, der ihn notfalls von Bord holen kann. Ich wünsche ihm wahrlich nichts Schlechtes, aber andererseits wäre natürlich eine Hubschrauberlandung wegen eines medizinischen Notfalls ein gefundenes Fressen für die Medien, überlegte er weiter. Das würde zeigen, wie gut wir in der Lage sind, jeden Notfall zu managen.

Er beschloss, mit Dudley darüber zu sprechen. Dann winkte er Harry Crater zu und legte die Hand an die Mütze.

Harry Crater winkte vom Fenster aus zurück, eine schwächliche Bewegung mit einem kräftigen Arm, der von einer viel zu großen Jacke versteckt wurde. Alles, was ihn an diesem Schiff interessierte, war der Landeplatz für den Hubschrauber, der für seine Pläne von entscheidender Bedeutung war.

Er schlurfte mit winzigen Schritten davon, immer darauf bedacht, sich auf seinen Stock zu stützen.

Der Commodore sah, wie er davonschlich. Mit seiner Gesundheit steht es nicht zum Besten, aber offenbar ist er doch ein heller Kopf, dachte er. Ich hoffe, die Kreuzfahrt tut ihm gut. Wie viel Gutes er der Menschheit wohl in diesem Jahr getan hat? Ich muss Dudley mal fragen, erinnerte sich der Commodore.

»Wollen Sie den Knopf drücken?«, fragte ihn der Kapitän augenzwinkernd.

»Aber sicher!«, antwortete der Commodore. Wie ein kleines Kind, das mit seinem Tretauto spielt, schlug er mit der Hand auf den Knopf, der die Sirene auslöste.

Tuuuuuut! Tuuuuut!

»Wir sind unterwegs!«, rief er freudig aus. »Jetzt gibt es kein Zurück mehr.«

8

Regans und Jacks Kabine lag am einen Ende des Korridors, an dessen anderem Ende sich auch Noras und Lukes Kabine befand, ein Deck unter der Suite, die Alvirah und Willy bewohnen würden. Sie hatten alle sechs die Kabinen besichtigt, sie für gut befunden und sich dann auf den Weg gemacht, Erics frühere Behausung zu inspizieren. Sie platzten fast vor Neugier. Die Suite lag in einem eigenen Bereich des Schiffs, ganz in der Nähe der Eignersuite, wo normale Passagiere keinen Zutritt hatten.

Die Kabinentür stand offen.

»Hallo!«, rief Alvirah hinein. Ein sehr aufrecht gehender Mann mit Halbglatze und in einer dunklen Steward-Uniform fuhr gerade mit einem Tuch über einen der Nachttische. »Guten Tag, Madam«, antwortete er mit leichter Verbeugung. »Ich nehme an, Sie sind Mrs Meehan?«

»So ist es.«

»Mein Name ist Winston, und ich werde auf dieser Reise Ihr Butler sein. Es wird mir ein Vergnügen sein, dafür zu sorgen, dass es Ihnen an nichts mangelt. Ich serviere Ihnen alles, vom Frühstück in Ihrer Suite bis zur heißen Schokolade beim Schlafengehen. Darf ich noch hinzufügen, wie sehr ich es bedaure, dass Sie Unannehmlichkeiten wegen eines Buchungsfehlers hatten?«

»Ach, das ist doch kein Problem«, sagte Alvirah in ihrem herzlichsten Ton, betrat die Kabine und blickte sich bewundernd um. »Ihr habt ja schon schöne Kabinen«, sagte sie zu den Reillys, »aber das hier schießt natürlich den Vogel ab.«

»Unglaublich«, staunte auch Regan. Sie hatte den Ausdruck auf Eric Manchesters Gesicht durchaus registriert, als er erfahren hatte, dass er die Kabine räumen musste. Absolut verständlich, dass der junge Mann unglücklich war, dachte sie jetzt. Allerdings war irgendwie noch mehr in seinem Blick zu lesen, er sah ja wirklich verzweifelt aus.

Die Schranktür stand offen, und Nora warf einen Blick hinein. »Das ist ja praktisch ein eigenes Zimmer«, kommentierte sie.

»So viel Gepäck, wie Alvirah bei sich hat, braucht sie auch jedes bisschen Platz«, lachte Willy. »Und da kommen unsere Sachen auch schon.«

Ein keuchender Gepäckträger hatte die Suite erreicht.

»Wir ziehen uns zurück und lassen euch in Ruhe auspacken«, sagte Luke. »Und denkt daran, um fünf Uhr ist die Rettungsübung.«

Winston ließ einen letzten forschenden Blick durch die Kabine schweifen, dann schüttelte er den Kopf. »Wie konnte ich das übersehen?«, sagte er missbilligend zu sich selbst, bückte sich und hob ein paar zertretene Kartoffelchips vom Boden auf. »Und ich dachte immer, Eric achtet so auf seine Gesundheit ...« Dann richtete er sich wieder auf und sagte: »So, nun denke ich, jetzt ist alles tipptopp. Wenn Sie noch irgendetwas brauchen, zögern Sie bitte nicht, mich anzurufen.« Er sah die Reillys an und schnüffelte leicht. »Sollen wir die Meehans jetzt allein lassen, damit sie in Ruhe auspacken können?« Seine Stimme war watteweich und sehr britisch.

»Ja, das sollen wir wohl«, antwortete Jack trocken. Und so was will ein Butler sein, dachte er. Du lieber Himmel, wir brauchen doch keinen, der uns aus dem Zimmer komplimentiert.

»Nur keine ungute Eile«, murmelte Luke.

»Wir treffen uns dann zur Rettungsübung«, sagte Alvirah schnell, um Winstons Arroganz ein wenig zu überspielen. »Ist es nicht wunderbar, dass es jetzt endlich losgeht?«

Während die anderen Winston zur Tür hinaus folgten, kämpfte der Gepäckträger mit Alvirahs Koffern, die er aufs Bett legte. Willys Kleidersack war dagegen ein Muster an praktischer Effizienz. Darin befand sich alles, was er brauchte, von einer kleinen Reisetasche abgesehen. Alvirah öffnete die Schublade ihres Nachttischs und legte ihre Kalziumtabletten hinein. Angeblich sollten sie besser wirken, wenn man sie vor dem Schlafengehen nahm.

In der Schublade lag ein Kartenspiel. »Oh, sieh dir das an, Willy! Kannst du dich noch erinnern, wie viel wir früher gespielt haben? Die letzten Jahre haben wir das fast gar nicht mehr gemacht.«

»Weil du ständig irgendwelchen Verbrechern auf der Spur bist«, antwortete Willy.

Die Karten waren mit einem Gummiring zusammengehalten. Alvirah nahm sie aus der Schublade, und Willy warf einen Blick darauf. »Wir sollten Eric fragen, ob sie ihm gehören. Schlimm genug, dass wir den armen Kerl aus seiner Kabine vertrieben haben.«

Er steckte die Karten in seine Jackentasche. »Aber wenn die Rettungsübung zu lange dauert, können wir immer noch im Boot eine Runde Mau-Mau spielen.«

9

Während Regan die letzten Kleider im Schrank verstaute, schloss Jack den Computer an. Sie waren sich einig gewesen, dass sie nicht ganz von der Außenwelt abgeschnitten sein wollten. Zwar waren sie erst heute früh von New York abgereist, aber irgendwie hatten sie schon jetzt das Gefühl, dass sie sich tausend Meilen von ihrem Alltag entfernt hatten.

Die Schlagzeilen des Tages flackerten über den Bildschirm.

»Berüchtigte Verbrecher entflohen«, lautete eine.

Jack ließ einen beeindruckten Pfeifton hören, als er die Geschichte las.

> Der berüchtigte Bandenchef Tony Pinto, genannt »Bullauge«, und der Gentleman-Betrüger Baron Highbridge sind ebenfalls entkommen. Die beiden Männer, die aus verschiedenen Welten zu stammen scheinen, hätten heute früh beide vor Gericht erscheinen sollen. Sie hatten über Weihnachten Freigang, um ihre Familien zu besuchen, warteten aber offenbar nicht, bis der Abwasch erledigt war. In Pintos schlossähnlichem Haus in Miami fanden die Beamten seine Frau schlafend vor. Sie trug seine elektronische Fußfessel. »Keine Ahnung, wie das Ding an mein Handgelenk kommt«, sagte sie. »Ich habe einen sehr festen Schlaf. Wo ist Tony geblieben?«
>
> Auf dem Anwesen der Familie Highbridge in Greenwich, Connecticut, brannten die Lichter am Christbaum noch, aber es war niemand mehr zu

Hause. Seine sechsundachtzigjährige Mutter, die, wie er behauptet hatte, sterbenskrank sein sollte, macht derzeit mit einer Gruppe von Freundinnen Ferien an der Côte d'Azur. »Wir sind sehr glücklich hier«, erklärte sie am Telefon. »Wir nennen uns die ›Golden Girls‹. Bei der Verurteilung meines Sohnes kann es sich nur um einen bedauerlichen Justizirrtum handeln. Er ist ein so guter Junge. Und er hat das Geld so vieler Menschen über all die Jahre so gut angelegt ... ja, es geht mir ausgezeichnet, warum fragen Sie?«

Highbridge' langjährige Freundin befindet sich mit dem zweitklassigen Filmstar Wilkie Winters in Aspen. »Ich will mit diesem Verbrecher nichts mehr zu tun haben«, gab sie zu Protokoll und ließ die Juwelen blitzen, die Highbridge ihr gekauft haben soll.

Regan las über Jacks Schulter hinweg mit, während sie mit den Fingern an der Halskette spielte, die er ihr zu Weihnachten geschenkt hatte. »Ich hoffe, so was muss ich über dich niemals sagen«, scherzte sie.

Jack sah sie drohend an, und dann lasen sie einträchtig weiter.

Der vierundvierzigjährige Highbridge hat den guten Ruf seiner Familie genutzt, um über Jahre hinweg gutgläubige Investoren in ein Schneeballsystem hineinzulocken. Die Anklage lautete auf Unterschlagung von mehreren Millionen Dollar, und es wurde erwartet, dass die Strafe nicht unter fünfzehn Jahren lauten würde. Der Prozess von Bullauge Tony Pinto, der die Ermordung mehrerer Konkurrenten im Baugeschäft befohlen haben soll, hätte am 3. Januar beginnen sollen.

Jack schüttelte den Kopf. »Die beiden wussten genau, was ihnen blüht. Mit Tony hatte ich mal zu tun, als er noch in New York operiert hat, aber irgendwie haben wir nie genug Beweise zusammengebracht, um ihn vor Gericht zu stellen. Mist, ich hatte mich so gefreut, dass ihn seine Leute endlich verpfiffen hatten.«
Regan setzte sich aufs Bett. »Die beiden werden versuchen, irgendwohin zu flüchten, von wo man sie nicht ausliefert. Aber sie mussten doch sicher ihre Pässe hinterlegen, oder?«
»Und mit falschen Pässen dürften sie eigentlich nicht davonkommen, jetzt, wo die Fahndung läuft«, sagte Jack. »Mal sehen, was meine Leute darüber wissen.« Er griff nach seinem Handy und wählte die Nummer seines Büros. Sein Stellvertreter Keith nahm sofort ab.
»Jack, ich dachte, du bist in Urlaub!«, sagte er strafend, als er die Stimme seines Chefs hörte.
»Bin ich auch. Aber ich habe natürlich immer ein Auge im Internet. Und da sehe ich, dass Bullauge-Tony sich aus dem Staub gemacht hat. Ich verstehe ja sowieso nicht, warum sie ihn nicht über Weihnachten hinter Gittern behalten haben. Wenn es bei irgendeinem Verbrecher jemals eine Fluchtgefahr gegeben hat, dann doch wohl bei ihm. Habt ihr schon was von ihm oder Highbridge gehört?«
»Einer unserer Informanten behauptet, Pinto habe versucht, Kontakt zu jemandem aufzunehmen, der ihn außer Landes bringt. Die Bundespolizei bewacht aber alle Flughäfen. Es kann natürlich sein, dass sie versuchen, auf eine dieser karibischen Inseln zu kommen, mit denen wir kein Auslieferungsabkommen haben.«
»Gehört Fishbowl Island zu diesen Inseln? Das ist nämlich unser einziger Stopp.«
»Moment mal, ich habe eine Liste hier«, sagte Keith. Dann hörte man ihn lachen. »Natürlich ist Fishbowl

Island eine dieser Inseln. Also, haltet die Augen auf.«
»Das werden wir tun. Sonst irgendwas Besonderes?«
»Nein, Chef. Entspannt euch und genießt die Zeit. Wie ist das Kreuzfahrtschiff?«
»Frag mich lieber nicht«, lachte Jack. »Einer der Stewards ist noch im Hafen über Bord gesprungen. Er sollte verhaftet werden, weil er mit seinen Unterhaltszahlungen im Rückstand ist. Und gleich danach ist der Kreuzfahrtdirektor von der Kletterwand abgestürzt.«
»Klingt ganz so, als wärt ihr dieses Wochenende beim Skifahren sicherer gewesen.«
»Kann schon sein. Also, halt mich auf dem Laufenden, wenn es etwas gibt, was für mich interessant ist.«
»Also bei so ziemlich allem«, lachte Keith. »Ich bin sicher, wir hören noch so einiges über diesen Pinto.«
Jack starrte das Foto von Pinto auf seinem Bildschirm an, das gerade erschienen war.
»Ich würde mich totärgern, wenn der Kerl uns durch die Lappen geht. Er ist wirklich ein ganz schlimmer Finger.«
Er hatte gerade sein Handy zugeklappt, als der Aufruf zur Rettungsübung durch die Lautsprecher ertönte: »Achtung, Achtung, Passagiere der Weihnachtskreuzfahrt. Hier spricht Commodore Weed. Wir halten jetzt unsere obligatorische Rettungsübung ab. Alle Passagiere sind gehalten, daran teilzunehmen, und zwar ohne Ausnahme. Das Leben, das durch diese Übung gerettet werden könnte, ist Ihr eigenes. Nehmen Sie bitte Ihre Schwimmwesten mit, und bitte stolpern Sie nicht über die Gurte. Die Mitglieder unserer Mannschaft stehen bereit, Sie in die Speisesäle zu bringen, wo wir die Übung abhalten, und Sie dann zu den Rettungsbooten zu führen. Bitte seien Sie ganz ruhig, es handelt sich lediglich um eine Übung.«
Regan öffnete die Schranktür, holte die Schwimmwes-

ten heraus und reichte eine davon ihrem Mann. »Glaubst du, dass wir sie wirklich nur dieses eine Mal anlegen werden?«, fragte sie ihn lachend.

»Wenn das hier so weitergeht, bin ich mir da nicht so sicher«, antwortete er und half Regan, ihre Weste über den Kopf zu ziehen.

»Weißt du, dass du sogar in diesem unmöglichen Orange noch gut aussiehst?«

»Elender Lügner«, gab sie zurück. »Lass uns machen, dass wir hier rauskommen.«

10

Wenigstens die Rettungsübung war ohne Zwischenfälle verlaufen, dachte Dudley, der in dem kleinen Vorratsraum stand und darauf wartete, den Weihnachtsmännern ihre Kostüme zu überreichen. Wenn man mal von dem Idioten absieht, der es für unheimlich witzig hielt, die ganze Zeit die Trillerpfeife an seiner Weste zu betätigen. Ich wünschte, es gäbe nicht diese dämliche neue Sicherheitsbestimmung für den Fall, dass man kein Rettungsboot erreichen kann. Man soll sich mit einer Hand den Mund zuhalten und mit der anderen die Schulter seiner Rettungsweste festhalten, und dann soll man so tun, als ob man einfach von Bord schreitet, und ins Wasser springen.
Es war einfach lächerlich. Ob man nun schritt oder sprang, in jedem Fall schlug man ausgesprochen unangehm auf der Wasseroberfläche auf. Und das Gerede über solche Sachen machte den Leuten Angst. Ihm jedenfalls machte es Angst. Ich kann mir so richtig vorstellen, wie ich auf der Reling des sinkenden Schiffes stehe und so tue, als ob ich einen kleinen Spaziergang mache, dachte er.
Dudley zog die Schultern hoch. Er hatte jetzt weiß Gott andere Sorgen. Wenn hier irgendetwas schiefgeht, bin ich sowieso derjenige, den sie kielholen, dachte er. Nicht zu glauben, wie wütend der Commodore auf mich gewesen ist. Was kann ich denn dafür, wenn dieser Kellner seine blöden Alimente nicht bezahlt? Nichts! Und kann ich vielleicht was dafür, wenn die Griffe an dieser blöden Kletterwand nicht richtig angeschraubt sind? Nein! Der Commodore sollte glücklich sein, dass mir

nichts passiert ist, von ein paar blauen Flecken am Hintern abgesehen. Ich könnte jetzt ein schönes heißes Bad gebrauchen, aber meine Kabine hat natürlich keine Badewanne. Ich muss ja schon dankbar sein, dass sie ein Waschbecken hat.

Aber er hatte den Kellner eingestellt, musste er zugeben. Und die Sache mit der fehlenden Kabine war eindeutig sein Fehler gewesen. Aber wie hätte er Mr Crater abweisen können, dessen Krankenschwester ihm einen Brief geschrieben hatte, in dem sie all die guten Taten des Mannes aufzählte, dessen letzter Wunsch es war, auf einer solchen Kreuzfahrt mit anderen guten Menschen ein wenig von der Zeit zu verbringen, die ihm noch blieb? Er war nur nicht mehr dazu gekommen, sich den Namen aufzuschreiben, als er ihn an die Reservierungsabteilung weitergegeben hatte. Und so hatte die letzte Zählung nicht mehr gestimmt. Aber trotzdem – die Reservierungsabteilung hätte niemals zwei Leute auf dieselbe Kabine buchen dürfen!

»Darf ich reinkommen?« Der erste Weihnachtsmann war da. »Ich bin Ted Cannon«, stellte er sich vor. Einer von der ruhigen Sorte, dachte Dudley. Nicht gerade ein Lachsack. Ob der wohl jemals »Hohoho« sagt? Kann ich mir gar nicht vorstellen.

»Ich freue mich sehr, Sie zu sehen, Ted«, sagte er und legte alle Begeisterung in seine Stimme.

Die Weihnachtsmänner wussten, dass sie nur unter der Bedingung mitfahren durften, dass sie während des ersten und letzten Abendessens auf See ein Weihnachtsmann-Kostüm trugen. Dudley überlegte noch, wie er es den Männern beibringen könnte, dass der Commodore sie am liebsten die ganze Zeit in den Kostümen sehen würde. Der Commodore wollte seinen Gästen eine möglichst festliche Atmosphäre bieten, aber ob all diese Weihnachtsmänner dafür das richti-

ge Mittel waren? Sie machten die Leute auf die Dauer doch eher nervös ...
Die anderen neun Weihnachtsmänner kamen im Laufe der nächsten zwei Minuten an und drängten sich jetzt in dem kleinen Vorratsraum. Inzwischen hatte Dudley sich eine kurze Rede zurechtgelegt. Sie dürfen nicht den Eindruck haben, dass sie uns einen Gefallen tun, schärfte er sich selbst ein. Sie müssen das Gefühl bekommen, dass es eine Ehre für sie ist, an dieser Kreuzfahrt mitzuarbeiten.
Erleichtert stellte er bald fest, dass die Männer lächelten, als er ihnen sagte, wie stolz der Commodore sei, sie alle an Bord zu haben. »Er hat die Absicht, Ihre guten Taten ins rechte Licht zu rücken – all die Menschen, denen Sie während der Adventszeit Wärme und Güte geschenkt haben ...«, erklärte Dudley, der gleichzeitig daran dachte, wie viele Weihnachtsgeschenke diese Männer wohl versprochen hatten, die die Kinder dann nicht bekommen hatten. »Der Commodore weiß, wie viel Liebe Sie fremden Kindern geschenkt haben, während Sie diese Kostüme trugen, und er hofft, dass Sie diese Liebe auch während unserer Kreuzfahrt unter die Menschen bringen, indem Sie die Kostüme möglichst oft tragen.« Dudley deutete mit der Hand auf den Kleiderständer. »So oft wie möglich«, wiederholte er und hob die Stimme. »Morgens, mittags und abends.«
Das Lächeln auf den Gesichtern der Männer verschwand. Bobby Grimes, ein gemütlicher Typ aus Montana, der aussah, als wäre er der fröhlichste von ihnen, sagte: »Ich hatte das eigentlich bisher so verstanden, dass wir eine Reise geschenkt bekommen, als Dankeschön für die Arbeit, die wir schon geleistet haben. Das hört sich jetzt allerdings ganz anders an. Wissen Sie, wenn ich als Weihnachtsmann arbeite, werde ich anständig dafür bezahlt. Das hier ist ein ziemlicher Be-

schiss, muss ich sagen. Man könnte es auch einen Vertragsbruch nennen.«
Womit der Aufrührer in der Truppe bereits identifiziert war, dachte Dudley. Ich würde es ihm durchaus zutrauen, irgend so einen Anwalt anzurufen. Aber inzwischen nickten schon einige andere und wurden unruhig.
»Ich trage jetzt seit Halloween dieses dämliche Kostüm«, sagte einer von ihnen. »Und wissen Sie was, ich kann das Ding nicht mehr sehen. Ich will in Bermudashorts in einem Liegestuhl sitzen und nicht den ganzen Tag in diesem viel zu warmen, kratzigen Ding herumlaufen und mich lächerlich machen.«
»Jaja, das ist jetzt der Dank«, fiel der nächste Weihnachtsmann ein. »Sehen Sie, ich bin ehrenamtlich tätig, ich kriege keinen Cent dafür, dass ich mit diesem schweren Sack auf der Schulter durch die Gegend renne.«
Ted Cannon fühlte ein bisschen Mitleid für Dudley, aber eines war auch ihm klar: Er wollte dieses Kostüm nicht bei jedem Abendessen tragen. Seit seine Frau vor zwei Jahren gestorben war, hatte er bei jedem Auftritt eines Weihnachtsmanns an sie denken müssen, und jedes Mal hatte die Erinnerung wehgetan. Joan hatte ihn früher immer begleitet, wenn er Kinderheime und Krankenhäuser besuchte, und hinterher waren sie oft irgendwohin zum Essen gegangen. Sie hatte immer darauf bestanden, an diesen Abenden das Essen zu bezahlen, und sie hatten immer sehr darüber gelacht. Sie hatte immer gesagt, ein guter Weihnachtsmann hat ein gutes Abendessen verdient, wenn er sich durch so viele Schornsteine gezwängt hat.
»Ich sehe das genau wie Bobby«, grollte Nick Tracy aus Georgia. »Ich werde das Kostüm heute Abend und am letzten Abend tragen, aber damit muss es dann auch gut sein.«

Ted sah den verzweifelten Ausdruck auf Dudleys Gesicht und entschied sich, dem Mann zu helfen. »Ach, kommt«, munterte er die anderen auf. »Wir kriegen die Reise schließlich geschenkt. Was soll so schlimm daran sein, die Kostüme zwischendurch mal für ein oder zwei Stunden anzuziehen?« Er zeigte auf den Kleiderständer. »Die Dinger wiegen doch fast nichts.«

Dudley hätte ihn am liebsten umarmt und geküsst.

»Aber sieh dir die Bärte an!«, unterbrach ihn Rudy Miller aus Alabama. »Wie sollen wir mit den Dingern denn essen? Von Fasten mit Tee und Saft war doch wohl nicht die Rede, oder?«

»Sie können die Bärte beim Essen natürlich abnehmen«, versprach Dudley. »Eigentlich geht es vor allem darum, dass sich die Leute mit Ihnen fotografieren lassen können.«

Ted Cannon ging zu dem Kleiderständer und sah sich die Größen der Kostüme an. »Sieht so aus, als wären sie ziemlich weit geschnitten«, sagte er. »Wird schon passen.« Er nahm einen Kleiderbügel herunter, faltete das Kostüm über dem Arm zusammen, nahm sich dann einen Bart und eine Mütze und griff nach einem Paar Sandalen.

»Ich finde das Kostüm schön«, erklärte Pete Nelson aus Philadelphia. »Ich bin eigentlich eher schüchtern, aber wenn ich das Kostüm trage, fällt es mir leicht, mit fremden Menschen zu sprechen. Mein Therapeut sagt immer, ich bin eigentlich eine Art Schauspieler. Er sagt, viele Schauspieler sind auch eher schüchtern, wenn sie nicht gerade eine Rolle spielen.«

»Klingt ja toll«, fuhr Grimes dazwischen. »Und wen kümmert das? Ob Schauspieler schüchtern sind oder nicht? Die meisten sind doch nichts anderes als überbezahlte Idioten.«

»Das weise ich entschieden zurück«, sagte Nelson. »Im

Übrigen habe ich nur zitiert, was mein Therapeut sagt.«
»Und die meisten Therapeuten sind auch überbezahlte Idioten«, konterte Grimes.
Nelson zog die Brauen zusammen. »Ich glaube nicht, dass Sie der ideale Weihnachtsmann sind.«
»Und recht haben Sie. Dies war meine letzte Saison.«
Vielleicht könnte er nächstes Jahr den Ebenezer Scrooge spielen, dachte Dudley. Dickens würde sich freuen, er wäre eine Idealbesetzung. Das ging ja gut los. Warum in aller Welt hatte er sich diese blöde Weihnachtsreise ausgedacht? Es gab wirklich nichts als Schwierigkeiten.
Er begann, die Kostüme auszuteilen. Als vier Weihnachtsmänner ihre Ausrüstung bekommen hatten, waren nur noch vier Kostüme übrig.
»Das verstehe ich nicht«, sagte Dudley mit Panik in der Stimme. »Wir haben zwei Kostüme zu wenig. Nun, Mr Grimes, solange wir sie nicht gefunden haben, sind Sie davon befreit, auf dieser Reise gute Stimmung unter den Gästen zu verbreiten.«
»Was?« Es war deutlich zu hören, dass Grimes jetzt beleidigt war. In Wirklichkeit liebte er es, als Weihnachtsmann aufzutreten.
Ted Cannon hatte schnell begriffen, dass Grimes immer einen Grund finden würde, sich zu beschweren. »Vielleicht können wir die Kostüme ja reihum tragen. Ich habe meine Kabine gleich neben Pete, und wir sind ungefähr gleich groß. Wir können uns ja ein Kostüm teilen.«
»Mein Therapeut wäre stolz auf Sie«, lächelte Pete Nelson ihn an.
»Mr Grimes, wenn Sie wollen, können Sie sich ein Kostüm mit Rudy teilen. Wenn Sie nicht wollen, können Sie auch ganz ohne Kostüm die Reise machen«, bemerkte Dudley.
»Na, dann arbeite ich halt mit Rudy zusammen«, sagte

der notorische Nörgler Grimes, immer noch beleidigt.
Als die Weihnachtsmänner gegangen waren, acht von ihnen mit Kostümen, durchsuchte Dudley den Vorratsraum. Nicht nur, dass zwei Kostüme fehlten – die Bärte, Sandalen und Mützen waren ebenfalls verschwunden. Als hätten sie sich in Luft aufgelöst. Wer sollte denn Interesse daran haben, fragte er sich. Und wie sollte er nun dem Commodore erklären, dass es nur acht Weihnachtsmänner gab? Wer konnte in diesen Vorratsraum eingebrochen sein? Der Raum war die ganze Zeit abgeschlossen gewesen, also musste es jemand mit einem Schlüssel gewesen sein.
Allmählich wurde Dudley nervös. Ich habe diesen Steward nicht richtig überprüft, dachte er. Und wenn ich ehrlich bin, habe ich überhaupt niemanden richtig überprüft. Wir alle wissen, dass die meisten Referenzen von Leuten stammen, die einem Freund ohne Arbeit einen Gefallen tun wollen, und dass die meisten Zeugnisse von vorn bis hinten erlogen sind.
Aber irgendjemand auf diesem Schiff war ganz eindeutig dabei, Schwierigkeiten zu machen. Und Dudley wusste nicht, ob es jemand von der Mannschaft war oder einer der Passagiere. Was er aber ganz genau wusste: Wenn irgendetwas auf dieser Reise danebenging, dann würde es auf ihn zurückfallen.
Ganz plötzlich fand er den Gedanken, einfach so vom Schiff hinunterzuschreiten, gar nicht mehr so abwegig.

11

Eine Seefahrt, die ist lustig ...«, trällterte der Commodore vor sich hin, als er in den Spiegel über der Couch seines Wohnraums blickte und seinem Spiegelbild zulächelte. Seine neue Uniform, mitternachtsblau und mit goldgestickten Schulterstücken, die zu den goldenen Knöpfen auf der Jacke passten, setzte ihn genau ins richtige Licht. Er wollte, dass seine Gäste ihn als den wahren Kommandanten dieses Schiffes sahen – und als einen genialen Gastgeber.

Aber es wäre schön, dazu noch einmal eine zweite Meinung zu hören, dachte er.

»Eric!«, rief er.

Die Tür zum Gästezimmer war abgeschlossen, eine Geste, die der Commodore nun doch als ein wenig unfreundlich empfand. Schließlich, fand er, lag ja dieser riesige Wohnraum zwischen den beiden Schlafzimmern, man konnte also wirklich nicht behaupten, dass sie sich in dieser Suite auf die Füße traten. Eine Tür hinter sich zuzumachen war eine Sache, dachte er. Aber abschließen ... Eric dachte doch wohl nicht etwa, dass er einfach so bei ihm hereinplatzte? Als er vor ein paar Minuten an die Tür geklopft und niemand geantwortet hatte, da hatte er doch nur einen Blick hineinwerfen wollen, um zu sehen, ob Eric vielleicht ein kleines Nickerchen machte. Er hatte ihm doch nur sagen wollen, dass es Zeit wurde, sich fertig zu machen. Aber die Tür war abgeschlossen gewesen, und Eric hatte ziemlich gereizt geantwortet, er sei gerade aus der Dusche gekommen, und was denn los sei.

Vielleicht hätte der Junge doch lieber ein kleines Nicker-

chen machen sollen, dachte der Commodore. Er fand, dass Eric heute schrecklich müde aussah, kein Wunder, dass er schlechte Laune hatte. Na ja, er teilte eben die Sorge seines Onkels über den Fortgang dieser Reise. Von jetzt an würde ja wohl hoffentlich alles gut gehen.
An der Tür zum Gang war ein Klopfen zu hören. Der Commodore wusste, es würde Winston sein, der ihm einen Teller ausgesuchter Appetithäppchen servierte. Wie gern würde er sie jetzt hier in der Kabine genießen, ein Glas Champagner dazu, statt hinauszugehen, Vorspeisen herunterzuschlingen und Hände zu schütteln und sich mit den Gästen fotografieren zu lassen. Es gab nichts Schlimmeres als Krümel auf dem Kinn oder Senfflecken auf der Wange, wenn man sich zu einem Foto aufstellte. Es sollte erlaubt sein, anderen Menschen zu sagen, wenn sie irgendwelche schrecklichen Essensreste im Gesicht hatten, unabhängig von der gesellschaftlichen Position des Betroffenen.
»Kommen Sie rein, Winston«, rief er.
Winston betrat den Raum mit großer Geste. Er trug ein Tablett mit einer offenen Champagnerflasche hoch über seinem Kopf, zwei Gläser und zwei Teller mit Häppchen. Um seine Lippen spielte ein leichtes Lächeln, das zeigte, wie zufrieden er mit sich selbst war. Aber das war er eigentlich immer. Er stellte das Tablett auf dem Couchtisch ab und schenkte dem Commodore feierlich ein Glas Champagner ein.
Der Commodore betrachtete die Auswahl – winzige Kartöffelchen mit etwas Kaviar, Räucherlachs, gebackene Pilze in Pastetenteig und Sushi mit Sojasauce und japanischem Meerrettich.
Er wurde rot.
Winston war sofort alarmiert. »Sie sind nicht zufrieden, Sir?«
»Keine Hotdogs?«

Winstons Gesicht zeigt blankes Entsetzen. »O nein, Sir!«, protestierte er.
Der Commodore schlug ihm auf den Rücken und lachte herzhaft, während er sich auf die Couch fallen ließ. »Ich mache doch nur Spaß, Winston. Ich weiß, Sie würden eher sterben, als mir solch einen grauenhaften Fraß zu servieren. Aber Sie müssen zugeben, schmecken tun die Dinger.«
Winston enthielt sich jeden Kommentars, aber man sah ihm an, was er darüber dachte. Dieselbe Auswahl an Appetithäppchen wurde in diesen Minuten in allen Kabinen serviert, eine Geste, die die meisten Gäste gar nicht recht zu schätzen wussten, fürchtete Winston. Die meisten hätten eine ordentliche Portion Popcorn wohl vorgezogen. Er stellte einen Teller mit Vorspeisen auf dem Tisch ab, dann nahm er das Tablett auf und ging weiter durch den Raum. Noch bevor er sechs Schritte gegangen war, ging die Tür zu Erics Kabine auf und ebenso schnell wieder zu. Eric warf dem Commodore ein strahlendes Lächeln zu und eilte dann zum Tisch, um sich zu ihm auf die Couch zu setzen.
»Nun, Sir, ich hoffe, ich war nicht zu unfreundlich vor ein paar Minuten, als du nach mir gerufen hast.« Er versuchte ein Lachen. »Tatsache ist, ich hatte mir in der Dusche den Zeh angestoßen und hatte gerade einen nicht zitierfähigen Fluch von mir gegeben, als ich deine Stimme hörte.«
»Ist schon in Ordnung, mein Junge«, versicherte ihm der Commodore und biss herzhaft in eines der Pastetchen mit Pilzen. »Ich habe mir schon gedacht, dass du etwas gereizt klangst, aber ein angestoßener Zeh ist eine böse Sache, kein Zweifel.« Ein leises Stirnrunzeln war auf seinem Gesicht zu sehen. »Du bist ja noch gar nicht für den Abend angezogen! Ganz schön spät, nicht wahr?«

Winston stellte den zweiten Teller und ein Glas Champagner vor Eric ab. Ich frage mich wirklich, ob er nicht lieber noch ein paar Kartoffelchips möchte, dachte er ungehalten. Ich werde mir nachher die Kabine etwas gründlicher ansehen, wenn ich das Bett mache. Das wäre ja wohl das Letzte, wenn er uns die Eignerkabine mit seinem eingeschmuggelten Knabberzeug versaut. Und im Übrigen wäre es schon interessant, zu erfahren, warum jemand, der angeblich gerade aus der Dusche kommt, immer noch oder schon wieder seine Tagesuniform trägt. »Mr Manchester«, sagte er, »gibt es irgendwelche Probleme mit Ihrer Galauniform? Ich bin Ihnen gern behilflich, wenn es nötig sein sollte.«
»Nein«, raunzte Eric ihn an. »Ich habe ja noch nicht einmal geduscht.«
»Oh, ich dachte, du hättest dir in der Dusche den Zeh angeschlagen«, wunderte sich der Commodore.
»Das war, als ich duschen gehen *wollte*«, korrigierte sich Eric schnell. »Aber ich wusste doch, dass du wartest, um mit mir ein Glas Champagner zu trinken, und ich wollte dich nicht warten lassen.«
»Nun gut.« Der Commodore wandte sich an Winston. »Ich denke, das ist im Moment alles, mein Guter.«
Winston verbeugte sich leicht in Richtung des Commodore. »Ich bin sofort bei Ihnen, wenn Sie mich rufen.«
Der Commodore schickte dem sich entfernenden Winston ein strahlendes Lächeln hinterher. Er trank seinen Champagner aus und stand dann auf. »Ich muss mich ein wenig beeilen«, erklärte er Eric. »Versuch, nicht allzu spät zu kommen, Eric, ich zähle auf deine Unterstützung, wir wollen unsere Gäste doch begeistern.« Er zwinkerte ihm zu. »Vor allem die Damen.«
Eric hatte den leicht tadelnden Unterton in der Stimme seines Onkels durchaus vernommen. Er wusste, er hätte eigentlich längst bereit sein müssen, um sich wie-

der unter die Gäste zu mischen. Ebenso wenig war ihm die lästige Neugier von Winston entgangen. »Ich brauche höchstens zehn Minuten, Sir«, sagte er, stand auf und machte Anstalten, in seine Kabine zu gehen.
Doch sobald der Commodore die Kabine verlassen hatte, ließ er die zwei übrigen Häppchen auf seinen Teller fallen. Bullauge hatte sich beschwert, weil er hungrig war. Vielleicht würde ihn das hier ein wenig besänftigen, dachte Eric, der allmählich wirklich verzweifelt war. Es war vertretbar gewesen, die zwei in der Kabine zu lassen, solange die Rettungsübung dauerte, aber jetzt mussten sie schleunigst hinaus, zumindest bis Winston das Bett gemacht und die Handtücher gewechselt hatte. Eine blöde Geschichte war das gewesen mit dem angeschlagenen Zeh. Winston hatte mit Sicherheit bemerkt, wie nervös er war, und jetzt würde er in der Kabine herumschnüffeln, und so konnte er Bullauge und den knickerigen Baron nicht in seinem Bad verstecken. Wenn Winston die Badezimmertür verschlossen fand, ließ er mit Sicherheit sofort den Schiffstechniker kommen.
Gedanken dieser Art quälten Eric, als er zurück in seine Kabine eilte, wo ihn seine beiden Gäste wütend anstarrten. Sie saßen nebeneinander auf dem Bett, immer noch in den Weihnachtsmann-Kostümen, wenn auch ohne Bärte und Mützen.
Eric reichte Bullauge den Teller hinüber. »Was den Hunger angeht, kann ich im Moment nicht mehr tun als das hier«, sagte er. »Ihr müsst sofort hier raus.« Sein Tonfall lag irgendwo zwischen einem Befehl und einer dringenden Bitte um Verständnis.
Die beiden Männer starrten ihn immer noch an.
»Ich muss euch irgendwohin bringen, wo ihr sicher seid.« Er stotterte vor Aufregung. »Auf diesem Deck gibt es eine Kapelle, einen Raum der Stille, da kommt um

diese Zeit sicher niemand hin. Und nach dem Dinner kann ich euch hoffentlich ohne Schwierigkeiten zurück in die Kabine schleusen, bevor mein Onkel kommt.«
»Und das hier soll womöglich unser Dinner sein?«, fragte Bullauge wütend und griff nach einem Stück Sushi.
»Aber nein! Ich besorge euch noch etwas, das verspreche ich euch. Aber wir müssen jetzt hier raus. Winston hat einen Fernseher in seiner Kabine, und so wie ich ihn kenne, macht er sich gerade über den Rest des Champagners her und sieht sich dabei *Der Preis ist heiß* an. So macht er es jedenfalls immer zu Hause bei meinem Onkel. Er würde sterben für diese Sendung. Einmal hat er den Test gemacht und es auch beinahe bis in die Sendung geschafft. Also los, macht, dass ihr rauskommt!«
»Dein Honorar sinkt gerade ins Bodenlose«, schnarrte Highbridge. »Das sage ich dir, du kriegst keinen einzigen Dollar mehr von uns.«
»Und wenn irgendetwas passiert und wir nicht sicher in Fishbowl Island ankommen, sorge ich dafür, dass meine Leute dir jeden Zahn einzeln ausschlagen.« Bullauge sprach ganz ruhig, als hätte er ihn nur mal eben um den Salzstreuer gebeten.
Eric wollte gerade protestieren, überlegte es sich dann aber anders. Warum habe ich auf diesen Bingo Mullens gehört?, fragte er sich, und während er darüber nachdachte, wurde ihm der Mund trocken und die Hände feucht. Der Kerl hatte ihn mit der Aussicht auf schnelles Geld geködert. Er hörte ihn noch sagen: »Dein Onkel hat das Schiff, er vertraut dir, und ich habe einen idiotensicheren Plan.«
Bingo war letztes Jahr in Miami wegen unerlaubten Glücksspiels verhaftet worden und hatte Bullauge in der Untersuchungshaft kennengelernt. Vor einem Monat hatte er Kontakt zu Bullauge aufgenommen und

ihm mitgeteilt, er wisse eine absolut sichere Möglichkeit, ihn außer Landes zu bringen, bevor sein Prozess begann. Und Bullauge hatte sich darauf eingelassen und eine Million dafür geboten. Bingos Cousin arbeitete in Connecticut für Highbridge, und so war die Verbindung hergestellt worden. Und jetzt sitzen die beiden hier in meiner Kabine, dachte Eric, und wenn ich sie nicht versteckt halte, dann werden wir allesamt verhaftet, und das ist noch das Geringste, was mir passiert. Sein Herz raste.

Die nächsten zweiunddreißig Stunden musste er die beiden unbedingt versteckt halten, koste es, was es wolle. Wenn er versagte, war sein Leben möglicherweise keinen Pfifferling mehr wert.

Eric straffte sich bei diesem unangenehmen Gedanken. »Setzt die Bärte und Mützen auf«, kommandierte er, »und dann los.«

Er ging zur Tür, um zu sehen, ob die Luft rein war. Der Gang war menschenleer, und er winkte den beiden, ihm zu folgen. Seine letzten Befehle brachte er so nervös geflüstert heraus, dass seine Stimme zu einem kläglichen Quieken wurde: »Und denkt daran, wenn euch jemand sieht, wird nichts passieren, denn die Leute rechnen ohnehin damit, an jeder Ecke einem Weihnachtsmann zu begegnen. Versucht auf keinen Fall, wegzulaufen!«

Highbridge fluchte leise. Er hatte sich verändert, keine Frage, seine Stimme war eiskalt und drohend, als er zu Eric sagte: »Wenn Tonys Leute es nicht schaffen, meine Jungs kriegen dich, verlass dich drauf.«

Es dauerte kaum eine Minute, aber es kam ihnen vor wie mehrere Stunden, bis sie den Gang erreichten, in dem die Kapelle lag. Eric zog die schwere Holztür auf, schaltete das Licht ein und warf einen Blick hinein. Die Kapelle war der ganze Stolz des Commodore. Sie hatte eine gewölbte Decke und bunte Glasfenster auf beiden Seiten. Ein Mittelgang mit einem schönen Teppich trennte sechs Reihen weißer Bänke voneinander und führte zu einem erhöhten Bereich, der wie ein Altarraum aussah. Der Altar war ein langer Tisch mit einem Samttuch, das bis zum Boden reichte. An einer Seite stand eine Orgel.

»Los, rein«, sagte Eric schnell und schloss die Tür hinter ihnen. »Setzt euch auf den Boden hinter den Tisch. Wenn ihr die Tür hört, kriecht ihr unter den Tisch. Ich komme so schnell wie möglich wieder und hole euch hier raus, sobald das Dinner beendet ist.«

»Und sieh zu, dass du was zu essen mitbringst, wenn du wiederkommst«, befahl Bullauge ihm und riss sich den Bart ab.

»Sicher, sicher!« Eric schaltete das Licht aus, verließ die Kapelle und versuchte, nicht loszurennen und trotzdem so schnell wie möglich den Gang hinunterzugehen.

Alvirah und Willy warteten vor dem Aufzug. »Oh, wie schön, Sie zu sehen, Eric«, sagte Willy. »Alvirah hat in dem einen Nachttisch ein Kartenspiel gefunden, und wir dachten, vielleicht gehört es Ihnen?«

»Nein, wirklich nicht«, sagte Eric gereizt. Dann bemühte er sich um einen freundlicheren Ton, verzog die Lippen zu einer Art Lächeln und sagte: »Schon als Kind habe ich immer nur draußen gespielt. Für Kartenspiele habe ich einfach nicht genug Sitzfleisch.«

Fünf Minuten später, als er endlich unter der Dusche stand, traf ihn ein Gedanke wie ein Hammer: Bullauge hatte in diesem Bett geschlafen, und vermutlich gehörte das Kartenspiel ihm. Und wenn es so war, würde er es vermutlich gern zurückhaben.

12

Die Cocktails zum Aperitif wurden in dem geräumigen großen Foyer serviert, das an den Speisesaal grenzte. Beim Eingang hatte sich ein Fotograf mit seiner Kamera und einem Hintergrund aufgebaut, der eine Schiffsreling und einen herrlichen Sternenhimmel zeigte. Hier würde der Commodore um Punkt acht Uhr für Fotos mit den Passagieren zur Verfügung stehen.

Nach und nach trafen die Gäste zum Essen ein. An den Wänden des Foyers waren jede Menge gerahmte Artikel und Fotos angebracht, die von den menschenfreundlichen Aktivitäten der Passagiere zeugten. Eine Frau, Eldona Dietz, war ausgewählt worden, weil ihr Weihnachtsrundbrief mit allen Einzelheiten über die Aktivitäten ihrer Kinder während der letzten zwölf Monate von einer Familienzeitschrift prämiert worden war. Eine vergrößerte und gerahmte Version des Briefes war an der Wand zu sehen. Und damit auch ja niemand versäumte, ihn zu lesen, gab es auf allen Cocktailtischen eine verkleinerte Version davon.

Der Commodore sprach leise mit dem unglücklich dreinschauenden Dudley, und man sah ihm deutlich an, dass auch er nicht gerade glücklich über das war, was Dudley ihm mitzuteilen hatte.

»Ja, wir haben nur acht Weihnachtsmänner hier, und der Grund ist, dass zwei Kostüme fehlen, Sir.« Dudley hatte vorgehabt, sich einen günstigen Augenblick auszusuchen, um die Nachricht loszuwerden, aber leider hatte der Commodore die bärtigen, kostümierten Gestalten bereits gezählt, die mit »Hohoho«-Rufen durch

das Foyer zogen. Und er hatte Dudley befohlen, die beiden fehlenden herbeizuzitieren.
»Wie kann es sein, dass zwei Kostüme fehlen?«, fragte er ungehalten. »Der Vorratsraum war doch verschlossen, oder?«
»Aber ja, Sir.«
»War das Schloss aufgebrochen?«
»Nein, Sir.«
»Dann muss wohl, wenn ich mich nicht schrecklich irre, jemand mit einem Schlüssel in diesen Raum eingedrungen sein und zwei Kostüme entwendet haben.«
»So scheint es, Sir.« Dudley sah, wie sich der Commodore redlich bemühte, seinen Zorn zu bezähmen.
»Das verletzt meine innersten Gefühle, Dudley. Offensichtlich versucht irgendjemand, diese Kreuzfahrt zu sabotieren. Ich bin wirklich wütend, Dudley! Sie hätten das unbedingt Eric mitteilen müssen, wenn Sie mich nicht finden konnten.«
»Sir, als ich erfuhr, dass die Kostüme fehlten, waren Sie dabei, sich fürs Dinner umzuziehen, und Eric habe ich seit dem Ende der Rettungsübung nicht mehr gesehen.«
»Er war in meiner Suite. Und ich weiß wirklich nicht, warum er immer noch nicht hier ist, er sollte längst da sein. Auf keinen Fall ein Wort zu irgendjemandem! Ich möchte nicht, dass unsere Gäste von der traurigen Tatsache erfahren, dass wir offenbar einen Dieb an Bord haben. Sie haben bereits mitbekommen, wie einer unserer Kellner versucht hat, sich einer Verhaftung zu entziehen. Wo in aller Welt haben Sie dieses Personal angeheuert, in einer Strafkolonie?«
»Jawohl, Sir, ich werde niemandem davon erzählen, und nein, Sir, nicht in einer Strafkolonie ...«
Auf der anderen Seite des Foyers saßen die vier Reillys an einem Cocktailtisch. Regan beobachtete den Wortwechsel zwischen Dudley und dem Commodore. »Ich

habe das Gefühl, Commodore Weed macht seinem Kreuzfahrtdirektor gerade die Hölle heiß«, bemerkte sie.

»Das ist doch der Mann, der vorhin von der Kletterwand gefallen ist, oder?«, fragte Luke.

»Ja, genau, und ich glaube, er war auch derjenige, der den Kellner eingestellt hatte, der vorhin über Bord sprang.«

»Wie hast du das denn schon wieder herausgefunden?«, fragte Jack.

»Ach, als wir vorhin auf die Rettungsübung warteten, habt ihr euch über die möglichen Kandidaten für die nächste Präsidentschaftswahl unterhalten, und währenddessen habe ich ein paar von den jüngeren Offizieren belauscht, die sich über den Typen unterhielten, der da über Bord ging.«

»Und ich dachte, du hängst förmlich an meinen Lippen!«, bemerkte Jack.

Regan überging die Bemerkung. »Diese jungen Offiziere meinten, die ganze Einstellungsgeschichte wäre ein einziger Scherz gewesen. Dudley hat das vorher noch nie gemacht, normalerweise ist das auch nicht die Aufgabe eines Kreuzfahrtdirektors. Und sie meinten, er musste es übernehmen, weil der Neffe des Commodore, Eric, der Junge, dessen Kabine Alvirah inzwischen übernommen hat, eigentlich damit betraut war, aber überhaupt nicht zurechtkam. Am Ende musste Dudley für ihn einspringen und sich die Leute in letzter Minute suchen, obwohl er mit der Gästeliste ja weiß Gott genug zu tun hatte.«

Jack hielt den Weihnachtsrundbrief in die Höhe. »Die Person, die das hier geschrieben hat, muss echt interessant sein. ›In den letzten zwölf Monaten war es wirklich aufregend, zu beobachten, wie Fredericka und Gwendolyn zu zauberhaften jungen Damen aufgeblüht sind. Geigenstunden, Gymnastik, Gesangsunterricht, Tanzstunden, Vogelbeobachtung, Benimm-Kurse ... sie haben gelernt, wie man fettfreie Bio-Kuchen backt und so weiter ... Aber bei all diesen Aktivitäten haben sie es nie versäumt, aufmerksam mit ihren Mitmenschen umzugehen. Wir haben eine Reihe älterer Nachbarn, bei denen sie jeden Morgen anklingeln, um sicherzugehen, dass sie die Nacht gut überstanden haben ...«

»Gott sei Dank, dass diese zauberhaften jungen Damen nicht in unserer Nachbarschaft wohnen«, grummelte Luke. »Diese Bälger sind doch hoffentlich nicht hier auf dem Schiff, oder?«

»Jetzt nicht hochsehen«, warnte Regan, als in diesem Augenblick zwei kleine Mädchen an ihrem Tisch vorbeiliefen, dicht gefolgt von einer Matrone, die hinter ihnen herrief: »Fredericka! Gwendolyn! Gebt Mommy und Daddy die Champagnergläser zurück!«

Jack legte den Weihnachtsbrief zurück auf den Tisch. »Regan, würdest du mir bitte versprechen, dass wir die Menschheit niemals mit etwas Derartigem belästigen?«

»Leichten Herzens«, bestätigte Regan.

Nora hatte das riesige Bild von Linker-Haken-Louie studiert, das in der Nähe ihres Tisches an der Wand hing. »Ein reizender Mensch!«

»Wer?«, fragte Luke.

»Na, dieser Zeitgenosse mit dem linken Haken«, erklärte sie ihm und zeigte auf das Plakat. »Er war Preisboxer, bevor er angefangen hat, Krimis zu schreiben. Sehr erfolgreiche Krimis übrigens. Ich habe mal gemeinsam mit ihm eine Signierstunde gemacht, als ich noch ganz neu im Geschäft war und er schon ein erfolgreicher alter Hase. Bei ihm standen sie Schlange, während sich zu mir nur ein paar Leute verirrten. Da ist er aufgestanden und hat zu den Leuten gesagt, er habe mein Buch gelesen und habe es großartig gefunden, und wer es nicht kaufen wollte, bekäme es hier auf der Stelle mit ihm zu tun.« Nora lachte. »An dem Tag habe ich hundert Bücher verkauft.«

Regan und Jack sahen sich das Plakat genauer an. Sie hatten beide denselben Gedanken: Dieser Louie mit dem linken Haken besaß eine erstaunliche Ähnlichkeit mit Tony Pinto, besser bekannt als Bullauge, dessen Foto sie vor einer Stunde auf dem Bildschirm ihres Computers gesehen hatten.

»Weißt du, ob dieser Mann Kinder hatte?«, fragte Jack Nora.

»Nein, so weit ich weiß, hatte er keine«, antwortete Nora. Dann sah sie zur Tür. »Ach, da kommen ja auch Alvirah und Willy!«

Die Meehans durchquerten den Raum und kamen zu ihrem Tisch. Willy trug einen Smoking wie die anderen beiden Männer, und Alvirah hatte ein weißes Seidenjäckchen und einen langen schwarzen Rock an.

»Tut mir leid!«, sagte Alvirah. »Aber diesmal bin ausnahmsweise nicht ich schuld an unserer Verspätung. Willy fing an, eine Patience zu legen, und er war sicher, sie würde aufgehen. Und als er merkte, dass er keine Chance hatte, blieben ihm nur noch ein paar Minuten, um sich umzuziehen. So ist es doch, Willy, oder?«

»Du hast wie immer recht, mein Engel«, sagte Willy liebenswürdig. »Alvirah hat nämlich in ihrem Nachttisch ein Kartenspiel entdeckt, und ich habe ein bisschen damit herumgespielt. Sie sind schon gebraucht, und so dachten wir, sie gehören vielleicht dem Neffen des Commodore, weil er doch vorher in unserer Kabine gewohnt hat. Aber gerade haben wir ihn am Aufzug getroffen, und er hat uns erklärt, dass er Kartenspiele hasst. Falls also nachher noch jemand Lust auf ein Spielchen hat, ich habe sie hier in meiner Tasche.«

In diesem Moment klopfte der Commodore aufs Mikrofon und pustete darauf. »Achtung, Achtung! Wir werden nun die Medaillen an diejenigen verteilen, die während des vergangenen Jahres so großzügig ihre Zeit und ihr Geld zur Verfügung gestellt haben, um ihren Mitmenschen zu helfen. Zunächst würde ich gern die Leser und Schreiber aus Oklahoma aufrufen. Es ist mir eine Ehre, Sie an Bord zu haben.«
Mehrere Dutzend Hände schossen in die Höhe, um den Kellnern zu signalisieren, dass mehr Getränke gewünscht wurden, denn es war deutlich, dass der Commodore gerade erst in Fahrt kam. Er legte Medaillen um die Hälse aller Mitglieder der aufgerufenen Gruppe. Dann kamen diejenigen an die Reihe, die für gute Zwecke gespendet hatten, darunter auch Alvirah. Und schließlich bekam auch Eldona Dietz ihre Medaille; ihr Mann und ihre Kinder standen bei ihr, als sie sie in Empfang nahm. Die beiden acht und zehn Jahre alten Töchter waren so aufgeregt, dass sie hin und her hüpften.
»Na, seid ihr stolz auf eure Mommy?«, fragte der Commodore sie.
»Wir haben doch die ganze Arbeit gemacht!«, japste Fredericka. »Mommy schläft gern lang, und Daddy muss ihr jeden Morgen Kaffee ans Bett bringen, damit sie überhaupt die Augen aufbekommt.«
Eldona griff nach dem Ellbogen ihrer Tochter und lächelte den Commodore an. »Unser kleiner Spaßvogel, Fredericka, nicht wahr, Liebes?«
Fredericka zuckte mit den Schultern. »Weiß nicht ...«, murmelte sie.
Endlich rief der Commodore die zehn Weihnachtsmänner auf, von denen zwei ohne Kostüme zu ihm kamen. »Eine kleine Verwechslung«, klärte er die Zuschauer auf. »Aber alle diese Männer werden in den nächsten

vier Tagen als Weihnachtsmänner auf dem Schiff unterwegs sein.«

»Gott helfe uns«, sagte Luke leise.

Als der Commodore Bobby Grimes die Medaille um den Hals legte, griff der offensichtlich wütende Grimes nach dem Mikrofon. »Ich sollte eigentlich ein Weihnachtsmann-Kostüm tragen«, sagte er. »Aber auf diesem Schiff gibt es einen Dieb. Passt bloß auf eure Sachen auf, Leute! Wer auch immer sich die Mühe gemacht hat, zwei Weihnachtsmann-Kostüme zu klauen, hat es vermutlich auf euer Geld und euren Schmuck abgesehen.«

13

Harry Crater hatte für sieben Uhr abends eine Telefonkonferenz mit seinen Leuten anberaumt, aber die Satellitenübertragung seines Handys funktionierte nicht. Zunehmend gereizt, saß er und wartete in seiner Kabine mehr als eine Stunde lang, während er alle zehn Minuten versuchte, das Gespräch doch noch zustande zu bringen. Um acht Uhr klopfte es an der Tür: Gil Gephardt, der Schiffsarzt, der es übernommen hatte, nach Crater zu sehen.

Zu spät erkannte Crater, dass er ohne das übergroße Jackett lange nicht so verhärmt wirkte wie sonst. Er versuchte, ein wenig zusammenzusacken, während er auf den kleinen Mann hinunterblickte, der ein wenig wie eine Eule aussah.

»Oh, Mr Crater, wir hatten uns vorhin kurz gesehen, als Sie an Bord kamen. Ich bin Dr. Gephardt, der Schiffsarzt. Ich sah Sie nicht bei der Cocktailparty und dachte mir, vielleicht sind Sie krank geworden.«

Kümmer dich doch gefälligst um deinen eigenen Dreck, dachte Crater. »Ich habe länger geschlafen, als ich vorhatte«, erklärte er. »Wissen Sie, die Aufregung bei der Vorbereitung auf diese wunderbare Reise hat mich vollkommen erschöpft.« Er spürte, dass Gephardt ihn genau beobachtete. Er blinzelte kaum einmal mit den Augen.

»Mr Crater, nach meiner ärztlichen Ansicht sehen Sie aber schon wieder viel besser aus. Ein paar Stunden in der guten Seeluft, und schon spürt man den Unterschied. Ich bin sicher, wir werden den Hubschrauber nicht brauchen. Darf ich Ihnen nun vorschlagen, hinunterzugehen und sich ein wenig zu stärken?«

»Ich komme in ein paar Minuten«, versprach Crater, der sich mit Gewalt daran hindern musste, dem Doktor die Tür ins Gesicht zu schlagen. Er schloss sie leise und eilte zum Spiegel. Tatsächlich, die graue Schminke, die er aufgetragen hatte, bevor er an Bord gegangen war, hatte sich ziemlich abgenutzt. Er trug noch etwas auf, war aber vorsichtig und nahm nur ein wenig. Dieser Doktor war schlauer, als er aussah.

Bevor er die Kabine verließ, versuchte er noch einmal, seine Komplizen zu erreichen. Diesmal kam er durch. Er bestätigte den Plan: Morgen Nacht um ein Uhr würde er einen medizinischen Notfall simulieren, Gephardt würde den Kapitän bitten, den Hubschrauber anzufordern, der Hubschrauber würde kurz vor Tagesanbruch ankommen. Zu dieser Zeit würden die meisten Passagiere und auch die Mannschaft schlafen. Ein Kinderspiel.

Crater beendete das Gespräch und eilte hinaus. Auf dem Weg durch den verlassenen Korridor stellte er mit grimmiger Befriedigung fest, dass in dreiunddreißig Stunden die ganze Aktion beendet sein würde. Und er würde um ein Vermögen reicher sein.

Er nahm den Aufzug ins Foyer, durchquerte humpelnd und schwer auf seinen Stock gestützt den leeren Raum, nicht ahnend, dass vor Kurzem noch ein ebenso frustrierter wie betrunkener Weihnachtsmann die Cocktailparty erschüttert hatte.

An der Tür zum Speisesaal eilte der Restaurantchef auf ihn zu, um ihn zu begrüßen. »Sie müssen Mr Crater sein«, sagte er und stützte ihn am Ellbogen. »Wir haben einen wunderbaren Tisch für Sie reserviert. Dudley hat Sie zu einer äußerst bemerkenswerten Familie gesetzt, wo zwei reizende Kinder nur darauf warten, Ihnen jeden Wunsch von den Augen abzulesen.«

Crater, der für Menschen unter dreißig Jahren weder

Geduld noch Verständnis aufbrachte, schrak zusammen. Als er sich dem Tisch näherte, sah er, dass der einzige leere Stuhl zwischen den beiden kleinen »Lieblingen« stand, die er schon bei der Begrüßung der Gäste unerträglich gefunden hatte.
Als er sich setzte, sprang Fredericka auf. »Soll ich Ihnen helfen, Ihr Fleisch zu schneiden?«
Um nicht hinter ihrer Schwester zurückzustehen, umarmte Gwendolyn ihn heftig. »Ich hab dich so lieb, Onkel Harry.«
O Gott, dachte er, sie wird meine Schminke verwischen!

14

Als Ivy Pickering ihren Platz an einem der Tische der Leser und Schreiber einnahm, vibrierte sie förmlich vor Aufregung. Ein Dieb auf dem Schiff! Sie liebte ihre tägliche Krimilektüre, aber mitten in einem echten Kriminalfall zu landen, das war einfach unglaublich. Sie platzte geradezu vor Eifer, ihrer Mutter in einer E-Mail davon zu erzählen, bevor sie schlafen ging.

Am Tisch entspann sich eine lebhafte Diskussion über die fehlenden Weihnachtsmann-Kostüme. Der Kellner konnte kaum die Bestellungen aufnehmen. »Bist du sicher, dass das nicht dein Werk ist, Ivy?«, scherzte Maggie Quirk, die mit Ivy die Kabine teilte. »Du wolltest einen Mordfall an Bord inszenieren, aber das war zu kompliziert, nicht wahr? Und es ist vielleicht auch nicht ganz angebracht, schließlich sind wir ja Gäste hier.« Maggies haselnussbraune Augen funkelten. Sie war ein ganz klein wenig mollig, und ihr kurzes, braunes Haar fiel in Wellen um ihr hübsches Gesicht. Ihr Mund sah immer aus, als ob sie gleich lächeln würde. Ihren trockenen Tonfall hatte sie sich nach dem Scheitern ihrer scheinbar perfekten Ehe zugelegt. Vor drei Jahren, an ihrem fünfzigsten Geburtstag, hatte ihr Mann sie mit der Nachricht überrascht, er wolle sich scheiden lassen, weil ihm das Leben mit ihr zu langweilig sei. Nachdem sie den ersten Schock verdaut hatte, hatte Maggie begriffen, dass dies das beste Geburtstagsgeschenk aller Zeiten war. »Der Kerl hat mich zehn Jahre gelangweilt«, erzählte sie lachend ihren Freundinnen. »Und jetzt lässt er mich sitzen, weil er es gern aufregender hätte.« Maggie war Bankangestellte, und sie hatte im selben Moment beschlossen, aus ihrer Freizeit das Beste zu machen. Sie hatte sich den Lesern und Schreibern angeschlossen, und jetzt freute sie sich königlich, bei dieser Kreuzfahrt dabei zu sein.

»Weißt du, Maggie, wir brauchen gar keinen inszenierten Mord«, antwortete Ivy. »Würde es dir nicht auch Spaß machen, herauszufinden, wer diese Weihnachtsmann-Kostüme gestohlen hat, und aus welchem Grund?«

»Der arme Kreuzfahrtdirektor sieht ein bisschen verwirrt aus. Vermutlich hat es von Anfang an nur acht Kostüme gegeben«, bemerkte Tommy Lawton, der zweite Vorsitzende der Gruppe, und nahm sich eine Gabel voll von seinem Räucherlachs.

Nein, ich glaube, die beiden Kostüme wurden tatsächlich gestohlen, dachte Ivy. Und ich werde herausfinden, was geschehen ist. Und dann habe ich endlich eine gute Entschuldigung, etwas Zeit mit den Reillys und den Meehans zu verbringen.

Alle stimmten darin überein, dass die Vorspeisen und auch der Hauptgang köstlich waren. »Das Essen ist wirklich erstaunlich gut«, bemerkte Maggie, als der Tisch abgeräumt wurde. »Und es schmeckt noch mal so gut, wenn es nichts kostet.«

Der Kellner brachte den Salat. Lawton sah ihn verdutzt an. »Haben Sie den vor dem Hauptgang vergessen?«, fragte er.

»Nein, Sir«, erwiderte der Kellner etwas hochnäsig, »dies ist die Reihenfolge, wie man sie in Paris kennt.«

»Da war ich noch nie«, sagte Lawton fröhlich. »Vielleicht, wenn ich mal im Lotto gewinne.«

Ivy wusste, dass sie das Dessert nicht schaffen würde, wenn sie jetzt noch Salat aß. Sie schob ihren Stuhl zurück, flüsterte »Erzählt euch nichts Interessantes, bis

ich wieder zurück bin« in die Runde und verließ den Speisesaal. Auf dem Weg hinaus winkte sie den Weihnachtsmännern zu, die am Mittelgang saßen. Sie wusste, einer von ihnen würde morgen Abend an ihrem Tisch sitzen, und sie konnte es kaum noch erwarten. Hoffentlich würde es Bobby Grimes sein, der Mann, der sie alle gewarnt hatte, auf die Uhren und Wertsachen aufzupassen. Aber es konnte natürlich sein, dass der Commodore ihm jetzt das Tragen des Weihnachtsmann-Kostüms ganz verbot. Nach dem Ausbruch vorhin hatten sie ihn jetzt sicher auf dem Kieker.
Als sie wieder aus dem Waschraum kam, beschloss sie, noch einen kleinen Umweg zu machen und einen Blick in die Kapelle zu werfen. Es wäre doch schön, wenn sie ihrer Mutter in ihrer E-Mail diesen Raum beschreiben könnte. Und jetzt war sicher niemand dort, und sie hatte Gelegenheit, sich in aller Ruhe umzusehen.

***

»Dieser blöde Anzug kratzt«, beschwerte sich Bullauge. »Ich muss ihn ausziehen, sonst werde ich wahnsinnig.«
Sie saßen schon eine ganze Weile im Dunkeln hinter dem Altar und klagten einander ihr Leid, wie hungrig sie waren.
»Dann tu es doch«, schnauzte Highbridge ihn an.
Bullauge stand auf, zog sich die Jacke und die Hose aus und ließ beides auf den Boden fallen. Nur noch in Boxershorts, begann er, die Arme auszustrecken und auf und ab zu hüpfen.
Genau in diesem Augenblick ging die Tür zur Kapelle auf, und das Licht wurde eingeschaltet.
Für einen kurzen Moment standen Bullauge und Ivy sich gegenüber und starrten sich an. Dann kreischte Ivy entsetzt los.

Bevor Bullauge sich auch nur rühren konnte, war sie zur Tür hinaus, rannte den Korridor entlang und die Treppe hinunter, und sie schrie immer noch, als sie an ihrem Tisch im Speisesaal ankam.
»Na großartig«, regte Highbridge sich auf, während er den Bart umlegte und die Mütze aufsetzte. »Sieh zu, dass du dich anziehst, wir müssen hier weg.«
Im Speisesaal lief gerade die zweite Schockwelle durch die Kreuzfahrtgesellschaft. Alle drehten sich zu Ivy um, die mitten im Raum stand und schrie: »Ich habe Louies Geist gesehen! Linker-Haken-Louie! Er ist im Raum der Stille und bereitet sich auf den nächsten Kampf vor. Er ist hier bei uns auf dem Schiff!«
Für einen Augenblick war es ganz still, aber dann brachen die Leser und Schreiber aus Oklahoma in lautes Gelächter aus. »Das ist typisch Ivy!«, rief einer von ihnen. Die Heiterkeit breitete sich im ganzen Speisesaal aus. »Aber es ist wahr!«, protestierte Ivy. »Er ist in der Kapelle, kommt mit und seht ihn euch an!«
Mit einer einzigen Ausnahme lachten alle Anwesenden weiter: Eric sprang auf und wandte sich an den Commodore. »Ich werde mal nachsehen, Sir.«
Doch der Commodore zog ihn am Ärmel auf seinen Platz zurück. »Mach dich nicht lächerlich, Junge. Die Frau ist doch nicht ganz richtig im Kopf. Und jetzt genieß dein Dessert.«

15

Bullauge und Highbridge verließen im Laufschritt die Kapelle und rannten den Gang hinunter bis zum nächsten Niedergang. Die Glöckchen an ihren Mützen klingelten, als sie mit fliegenden Füßen ins nächste Stockwerk hinunterliefen. Zwei Ecken weiter fanden sie eine Tür nach draußen, drückten sie auf und traten auf ein großes, verlassenes Deck mit vielen Liegestühlen: kein Versteck in Sicht. So eilten sie zum Bug, eine eiserne Treppe hinauf und aufs Pool-Deck, an dessen einem Ende eine Bar zu sehen war. Durch eine große Fensterfront am anderen Ende konnte man in ein Selbstbedienungsrestaurant hineinblicken, das sich »Lido« nannte. Dort trugen mehrere Kellner Platten herbei und setzten sie auf einen langen Tisch.

»Sie sind schon dabei, dass Mitternachtsbuffet aufzubauen«, flüsterte Highbridge. »Unglaublich, wie viel auf solchen Kreuzfahrten gegessen wird.«

»Die Einzigen, die nichts kriegen, sind wir«, grunzte Bullauge. »Komm, wir gehen rein und holen uns was.«

»Du machst wohl Scherze!«, protestierte Highbridge.

»Mit einem leeren Magen ist nicht zu scherzen. Bleib ruhig, benimm dich, als hättest du Hunger, und folge mir.«

Sie schlenderten am Pool entlang, durch die Doppeltür und zum Buffet, das von einer Eis-Skulptur von Marlon Brando in Seemannsuniform gekrönt wurde.

»Es tut mir leid, aber das Mitternachtsbuffet wird erst um elf Uhr eröffnet«, sagte ein Kellner, der auf seinem Weg zur Küche bei ihnen haltmachte.

»Ja, wissen Sie, wir kommen gerade vom Nordpol, und

im Speisesaal gibt es nichts mehr«, erklärte Bullauge mit einer bemüht scherzhaften Stimme. Selbst in seinen eigenen Ohren klangen die Worte unecht, also versuchte er es mit einem Lachen, aber das klang nicht viel besser.

»Wir nehmen uns nur ein bisschen mit, um bis Mitternacht über die Runden zu kommen – auch für unser Rentier«, fügte Highbridge hinzu. »Wissen Sie, Rudolph kann sehr unangenehm werden, wenn er nicht regelmäßig gefüttert wird.«

Der Kellner zuckte mit den Schultern. »Die warmen Speisen sind noch nicht so weit, aber vielleicht mag Rudolph ja Käse.«

Bullauge nickte, dann flüsterte er seinem Partner atemlos zu: »Schluss jetzt mit dem Geplauder, wir schleichen uns hier später wieder ein. Jetzt nehmen wir erst mal mit, was sie haben, und machen, dass wir weiterkommen.«

16

Glaubt mir denn niemand?«, kreischte Ivy.
Wie aus einem Munde kam die Antwort der Leser und Schreiber aus Oklahoma: »Nei-hein.«
Am Tisch der Reillys und Meehans wurden jedoch besorgte Blicke getauscht. »Ich habe wirklich schon viele Mörder-Wochenenden erlebt«, sagte Nora, »aber niemand klang je so überzeugend wie Ivy. Ich glaube nicht, dass sie das nur spielt.«
»Ich denke auch, sie glaubt wirklich, dass sie etwas gesehen hat«, stimmte Regan ihrer Mutter zu.
Dudley saß in ihrer Nähe, sprang auf und lief zu Ivy. »Mrs Pickering, ich weiß, wir wollen alle unseren Spaß haben auf dieser Reise, aber ...«
Ivy beachtete Dudley überhaupt nicht und eilte zu Alvirahs Tisch. »Alle glauben, ich mache nur Witze. Aber so ist es nicht! Ich habe ihn wirklich gesehen, Linker-Haken-Louie in Boxershorts mit Schottenkaro, unten in der Kapelle. Er machte Aufwärmübungen wie für einen Boxkampf. Sehen Sie, so ...« Und sie begann, auf und ab zu hüpfen und die Arme zu strecken.
Mit einem traurigen Blick auf ihre unberührte Crème brulée erhob sich Alvirah von ihrem Stuhl. »Dann wollen wir doch mal sehen«, sagte sie.
»Wir gehen alle mit, Mrs Pickering«, sagte Jack entschieden.
»Ich danke Ihnen. Sie dürfen mich ruhig Ivy nennen.«
Da sie nicht auf den Aufzug warten wollten, nahmen sie den Niedergang zum Bootsdeck. Nora legte Ivy beruhigend eine Hand auf den Arm, als sie den Gang zum Raum der Stille hinuntereilten. Ivy zitterte spürbar.

Nora war inzwischen klar, dass sie sich wirklich fürchtete.
»Ich wollte nur schnell einen Blick in die Kapelle werfen, weil ich doch heute Nacht meiner Mutter eine E-Mail schreiben will. Wissen Sie, ich mag Salat sowieso nicht, und dann wurde er nicht einmal zur richtigen Zeit serviert. Da dachte ich mir, ich überbrücke die Zeit bis zum Dessert und schaue schnell mal in die Kapelle, während die anderen alle ihr Hasenfutter mümmeln. Vielleicht spreche ich auch ein kurzes Gebet für meine Mutter. Sie ist fünfundachtzig und noch sehr rüstig, vor allem ist sie noch vollkommen klar im Kopf. Vor Kurzem hat sie mit Yoga angefangen und ist ganz begeistert davon. Sie geht jeden Tag zur Kirche, und da dachte ich mir, sie interessiert sich bestimmt für die Kapelle hier auf dem Schiff.«
»Die Kapelle bedeutet dem Commodore sehr viel«, mischte sich Dudley ein. »Er hatte gehofft, dass sich auf dieser Kreuzfahrt vielleicht ein Hochzeitspaar finden würde. Die Kapelle ist der perfekte Rahmen für jeden speziellen Anlass ...«
Jack öffnete die Tür. Der Raum lag im Dunkeln, nur ein schwacher Widerschein des Außenlichts drang durch die bunten Fenster. »Ivy, war das Licht an, als sie hereinkamen?«
»Nein. Ich habe die Tür aufgemacht und sah den Lichtschalter, weil er leuchtet. Da habe ich das Licht eingeschaltet und dann ... oooohhh ... Aber ich habe es nicht wieder ausgeschaltet«, erklärte sie bestimmt.
»Wir wollen unsere Gäste bitten, wo immer möglich das Licht auszuschalten. Es ist eine solche Verschwendung, das Licht in der Kabine anzulassen, wenn man zum Abendessen geht. Der Commodore ist sehr besorgt wegen des Klimawandels«, erklärte Dudley, musste aber feststellen, dass ihm niemand zuhörte.

Jack streckte die Hand aus und schaltete das Licht ein. Die Decken- und Seitenbeleuchtung ging an und erhellte die Kapelle. Ivy deutete neben den Altar. »Da war er, und er ist gesprungen und hat Stretching-Übungen gemacht. Linker-Haken-Louie! Ich weiß, dass es verrückt klingt, aber da war er. Oder jedenfalls sein Geist.«

»Ivy, hat er irgendwas gesagt?«, fragte Alvirah. »Ich bin sicher, er wollte sie nicht erschrecken, schließlich erweisen Sie ihm auf dieser Reise doch die Ehre.«

»Nein, er hat mich bloß angestarrt. Die Schachteln mit der Sonderausgabe seines ersten Romans *Planter's Punch* sind nicht mit an Bord gekommen, vielleicht ärgert er sich darüber.«

»Planter's Punch?«, fragte Regan.

»Ja. Linker-Haken-Louie hatte sich einen Detektiv ausgedacht, der eine Karriere als Boxer hinter sich hatte, und der hieß Pug Planter. Dieser erste Roman war ein großer Bestseller. Aber wie gesagt, die Sonderausgabe davon, die wir eigentlich hier an Bord verkaufen wollten, wurde nicht rechtzeitig geliefert.«

Nora verdrehte mitleidig die Augen. »Davon kann ich ein Lied singen. Ich habe mehr als einmal ohne Bücher bei Lesungen dagestanden.«

»Die Bücher sind nicht gekommen, aber dafür ist er jetzt selbst hier!«, insistierte Ivy. »Ich weiß, es muss ein Geist sein. Aber ich hatte mir immer vorgestellt, dass man durch Geister hindurchsehen könnte. Und er war ziemlich laut, wie er da so herumsprang.«

»Sie sagten, er stand direkt neben dem Altar?«, fragte Jack und ging den Mittelgang hinunter.

»Ja, genau da«, deutete Ivy und folgte Jack.

Regan bemerkte, dass das schwere Damasttischtuch auf dem Altar schief lag. Sie hob eine Ecke an und warf einen Blick darunter, aber da war nichts.

Alvirah blickte auch darunter, und nach alter Gewohnheit aus ihrem Leben als Haushaltshilfe richtete sie das Tuch wieder richtig aus und strich es glatt.

»Ich weiß schon, was Sie jetzt denken«, sagte Ivy. »Sie denken, dass ich mir das alles nur einbilde. Aber ich sage Ihnen, da war wirklich ein Mann in Boxershorts. Und wenn es nicht Linker-Haken-Louie war, dann war es sein Zwillingsbruder.«

»Sagen Sie, Ivy, wusste irgendjemand aus Ihrer Gruppe, dass Sie hierhin wollten?«, fragte Regan.

»Nein, ich wusste es ja selbst nicht.«

»Macht nicht den Eindruck, als hätte Louie hier irgendetwas hinterlassen«, bemerkte Jack.

Ivy warf ihm einen schnellen misstrauischen Blick zu, um zu sehen, ob er sich womöglich über sie lustig machte.

»Vielleicht wollte sich jemand einen Scherz erlauben«, überlegte Jack. »Vielleicht haben Sie ihn überrascht, wie er hier übte. Kennen Sie alle Mitglieder Ihrer Gruppe?«

»Die einen besser, die anderen weniger gut. Ein paar von den Ehemännern habe ich erst einige Male getroffen. Aber niemand aus unserer Gruppe sieht aus wie Linker-Haken-Louie.«

»Sie haben ja Plakate mit seinem Konterfei auf dem gesamten Schiff verteilt. Vielleicht ist jemand an Bord, der Ihre Gruppe überraschen will«, schlug Alvirah vor. »Kein Wunder, dass Sie einen solchen Schrecken bekommen haben und nach einem schnellen Blick davongerannt sind.«

»Was ich gesehen habe, das habe ich gesehen«, erklärte Ivy. »Und ich habe jemanden gesehen, der absolut so aussah wie Louie.«

Luke hatte bei der hintersten Kirchenbank gestanden. Etwas auf dem Boden dort weckte seine Aufmerksam-

keit. Er bückte sich und hob eine kleine Metallkugel auf, mit Schlitzen und einer noch kleineren Kugel im Inneren.
»Was hast du denn da?«, fragte Nora.
»Wo?«, fragte Alvirah, deren scharfes Gehör ein geflüstertes Gespräch auch noch im Nebenzimmer wahrnehmen konnte.
Luke kam nach vorn und streckte die Hand aus. »Wahrscheinlich nichts von Bedeutung. Außer falls Louie mit dem linken Haken das hier an seinen Boxershorts hatte.«
Alvirah nahm die kleine Kugel in die Hand und schüttelte sie.
Sie klingelte leise.
»Das ist ein Glöckchen, eine Weihnachtsdekoration, wie sie jetzt überall zu finden sind.« Sie lächelte. »Die behalten wir als Beweisstück.«
Dudley blieb fast das Herz stehen. Er wusste, dieses Glöckchen stammte von einer seiner Weihnachtsmannmützen. Konnte es von einem der gestohlenen Kostüme sein?
Mit einem letzten Rundblick wandte sich Regan an Ivy. »Sie sehen aus, als hätten Sie ein bisschen Entspannung dringend nötig. Würden Sie gern einen kleinen Schlummertrunk mit uns genießen?«
»Oh, sehr gern«, erwiderte Ivy begeistert. »Es kann ja sein, dass die Leser und Schreiber mir nicht glauben, aber Sie glauben mir, und darüber bin ich sehr froh.«
»Ich verspreche Ihnen, wir finden heraus, was auf diesem Schiff vor sich geht«, versicherte Alvirah ihr herzlich.
Dudley wäre am liebsten in Tränen ausgebrochen. Der einzige Grund für diese Reise war der Versuch, gute Publicity für die *Royal Mermaid* zu bekommen. Die Menschheit sollte erfahren, was für ein wunderbares

Schiff die *Royal Mermaid* war und wie wunderbar eine Kreuzfahrt auf diesem Schiff sein konnte. Die Menschheit sollte dazu verführt werden, eine Menge Geld auszugeben und an Bord zu kommen.
Mit diesen übereifrigen Detektiven hier konnte sich das Ganze in einen PR-Albtraum verwandeln.
Wenn das so weiterging, würde die *Royal Mermaid* bei ihrer ersten kommerziellen Kreuzfahrt einem Geisterschiff gleichen.
Das durfte auf keinen Fall geschehen.
Dudley würde das zu verhindern wissen.

17

Commodore Weed hielt an seinem Tisch Hof und erzählte wieder einmal die Geschichte, wie er beschlossen hatte, seinem Leben eine völlig neue Wendung zu geben, indem er die *Royal Mermaid* restaurieren ließ und dafür sorgte, dass er den Rest seiner Tage an Bord verbringen konnte. »Meine Liebe zur See stammt noch aus der Zeit, als ich mit fünf Jahren mein erstes Gummiboot bekam. Ich trug eine Kinder-Schwimmweste, und mein Vater zog mich über den Teich in der Nähe unseres Hauses ...«

Eric und Dr. Gephardt hatten die Geschichte wohl an die hundert Mal gehört. Sie wurden jeden Abend an den Tisch des Commodore beordert und dazu verdonnert, nett zu den wechselnden Tischgästen zu sein. Heute Abend waren es die Jaspers, ein älteres Paar, das die Kreuzfahrt bei einer Wohltätigkeitsauktion zugunsten bedrohter Amphibien ersteigert hatte. Dazu kamen die Snyders, ein Paar mittleren Alters von den Lesern und Schreibern aus Oklahoma. Sie hatten heute das Privileg, mit den Schiffsoffizieren zu speisen.

Eric wünschte sich meilenweit weg; sein Gehirn arbeitete fieberhaft, während er sich überlegte, was seine beiden Schurken wohl getan hatten, nachdem man sie in der Kapelle aufgespürt hatte. Warum hat Bullauge sein Kostüm ausgezogen? Und warum springt der Mensch da auf und ab? War er jetzt vollkommen durchgedreht? Waren die Reillys und die Meehans mit dieser kreischenden Schreckschraube zur Kapelle gegangen? Er hatte gesehen, wie sie zusammen den Speisesaal verlassen hatten. Bullauge und Highbridge konnten

doch wohl nicht so dumm gewesen sein, in der Kapelle zu bleiben? Oder konnten sie am Ende doch?
Eric ärgerte sich schwarz, dass Dudley vom Tisch hatte entkommen können, als Ivy Pickering durchgedreht war.

***

Dr. Gephardt war auf der Cocktailparty von Gruppe zu Gruppe geschlendert, bevor er sich auf den Weg gemacht hatte, um nach Harry Crater zu sehen. Crater musste ein Vermögen gespendet haben, dachte Gephardt, sonst wäre der Commodore niemals das Risiko eingegangen, jemanden an Bord zu lassen, der so krank war. Er schielte hinüber zu dem Tisch, an dem Crater saß, und sah, wie der alte Mann sich von seinem Platz erhob. Die Kinder, die ihm zu beiden Seiten saßen, sprangen eifrig auf.

***

Crater war kurz davor, den Verstand zu verlieren. Die Kinder hatten ihn während des gesamten Essens wahnsinnig gemacht, und das öde Gerede der Eltern war ebenso grauenhaft. Die Panikattacke dieser Frau mit dem Gespenst hatte seinem Organismus einen dringend benötigten Kick gegeben.
»Mr Crater, ich muss Sie unbedingt mit den Kindern fotografieren«, drängte Eldona. »Wir werden ein Erinnerungsalbum von dieser Reise basteln und es Ihnen schicken. Sie müssen uns unbedingt Ihre Adresse geben. Setzen Sie sich doch bitte noch einen Moment.«
Crater setzte sich widerwillig. Eldona riss vor Schreck die Augen weit auf, als sie sah, dass Gwendolyn Craters Stuhl schon vom Tisch weggezogen hatte, wie sie es in

ihrem Kurs »Älteren Menschen helfen« gelernt hatte. Craters Gesicht wechselte den Ausdruck von Verwirrung zu Panik, als er feststellen musste, dass sein Stuhl verschwunden war. Und mit einem lauten Krach landete er auf dem Boden unter dem Tisch.

Erschrockene Ausrufe seiner Tischnachbarn unterbrachen die Erzählung des Commodores über die glücklichen Jahre, die er als Schüler bei einem Segler-Camp in Cape Cod verbracht hatte.

Crater fluchte verhalten, strampelte mit den Beinen in der Luft und verharrte einen Augenblick, denn er spürte, dass seine Bandscheibe wieder herausgesprungen war. Fredericka beugte sich über ihn und begann, ihm mit einem angefeuchteten Tuch das Gesicht abzutupfen. »Oje, oje«, gurrte sie, »das war Mommys Schuld. Igitt, was haben Sie denn da für ein graues Zeug auf dem Gesicht?«

Crater riss ihr das Tuch aus der Hand. »Das kommt von meiner Medizin«, grollte er. »Finger weg!«

Inzwischen kniete Dr. Gephardt neben ihm, glücklich über die Gelegenheit, vom Tisch des Commodore zu entfliehen. Er hielt einen Finger in die Höhe. »Mr Crater, können Sie meinen Finger sehen?«

Crater wischte die Hand des Arztes weg und versuchte aufzustehen, aber der Schmerz in seinem Rücken ließ ihm keine Chance: Er konnte sich einfach nicht bewegen.

Gephardt machte ein besorgtes Gesicht. »Wir holen eine Trage. Mit einem Mann in Ihrer Verfassung sollten wir kein Risiko eingehen. Was fehlt ihnen genau?«

»Im Moment so ziemlich alles.«

»Können Sie die Beine bewegen?«

»Ich habe Probleme mit meinem Rücken, das ist nicht das erste Mal. Es geht gleich wieder, wenn Sie mir nur aufhelfen würden.«

Gephardt schüttelte ernst den Kopf. »Nein, nein. Das war ein böser Sturz, und wir müssen ausschließen, dass Sie sich ernsthaft verletzt haben. Als erfahrener Mediziner ordne ich an, dass Sie die Nacht in der Krankenstation verbringen. Wenn es nötig sein sollte, lasse ich Ihren Hubschrauber rufen.«

»Nein!«, brach Crater aus, stützte sich auf seinen Ellbogen und jaulte auf, als er die altvertrauten Rückenschmerzen spürte. »Ich will auf keinen Fall dieses Schiff verlassen. Ich habe diese Reise gewonnen, weil ich ein Vermögen für gute Zwecke gespendet habe!«

Fredericka und Gwendolyn sprangen hin und her und klatschten in die Hände. »Jaaa! Wir besuchen Sie in der Krankenstation!«

Zwei Sanitäter kamen mit einer Trage herbeigeeilt. Crater wurde vorsichtig aufgehoben und spürte, wie man ihn mit Gurten auf der Trage sicherte. Als sie ihn durch den Speisesaal hinaustrugen, hörte er den Arzt mit professionellem Tonfall sagen: »Ich habe die Telefonnummer für den Hubschrauber, vielleicht sollte ich dort schon einmal anrufen und sie vorwarnen, dass wir ihre Hilfe jederzeit brauchen könnten.«

18

Das Sportdeck der *Royal Mermaid* befand sich am Heck des Schiffes. Zusätzlich zu der inzwischen auf traurige Weise berühmt gewordenen Kletterwand gab es ein Basketballfeld und eine Minigolf-Bahn. Bullauge und Highbridge hatten ihre Tabletts mit dem schnell am Buffet zusammengerafften Käse, Crackern und Weintrauben hierhergetragen, und nun suchten sie nach einem Platz, wo sie in Ruhe, und ohne gesehen zu werden, etwas essen konnten.

Als sie den Sportbereich entdeckten, zeigte Highbridge auf die Miniaturausgabe eines Kuhstalls, die über dem siebten Loch der Golfbahn angebracht war. Eine Kuh mit offenem Maul lehnte sich aus dem Fenster des Stalls, und die Lücke zwischen ihren Zähnen war offenbar das Ziel für die Golfer. Wenn man das Maul der Kuh mit dem Ball traf, rollte der Ball durch den Stall, durch eine Öffnung im Boden und landete so, dass man ihn mit dem nächsten Schlag ins Loch befördern konnte.

»Komm, wir verstecken uns hinter dem Stall«, schlug Highbridge vor. »Hier hinten wird uns niemand so leicht finden. Die Golfbahn ist ja jetzt auch nicht in Betrieb.«

»Meine Karten!«, rief Bullauge plötzlich laut.

»Was?«

»Wo ich die Spiele sehe, fallen mir meine Karten wieder ein. Ich habe sie in der anderen Kabine gelassen.«

»Ja, und?«

»Ich muss sie wiederfinden, sie sind schrecklich wichtig für mich!«

Jetzt waren Stimmen im Verbindungsgang zu hören. »Komm weiter!«, drängte Highbridge ungeduldig.

Mit schnellen Schritten umgingen sie den eingezäunten Basketballplatz und näherten sich der durchgestylten Golfbahn, bis sie sich hinter dem Kuhstall in Sicherheit gebracht hatten. Sie saßen mit dem Rücken zur Stallwand und schlangen in düsterer Stimmung ihren Käse hinunter.

Der Nachthimmel war mit Wolken verhangen, kein Stern war zu sehen.

»Wir fahren ganz schön schnell«, bemerkte Highbridge, der auf die weiß schäumende Heckwelle auf der schwarzen Wasserfläche starrte. »Aber der Himmel gefällt mir nicht.«

»Warum nicht? Brauchst du Vollmond und Sternenlicht, damit sie uns nicht verpassen?«

»Ich will dir mal was sagen. Ich hatte eine Yacht, bis die Behörden anfingen, Schwierigkeiten zu machen. Und ich kenne diese Art von Bewölkung. Was wir hier erleben werden, ist ein richtig unangenehmer, schwerer Sturm.«

19

Trotz der zahlreichen Unterbrechungen war der Commodore entschlossen, seine Erzählungen aus einem reichen Seefahrerleben zu Ende zu bringen. Und er tat es wahrhaftig, ohne sich bremsen zu lassen. Die zwei Paare am Tisch hatten eine Technik entwickelt, ihr Lächeln auf dem Gesicht festfrieren zu lassen, während er nun Kabine für Kabine die Ausstattung der *Royal Mermaid* beschrieb, das nebenbei bemerkt das schnellste Schiff seiner Art auf den sieben Weltmeeren war.
Als der Commodore sich den Mund mit der Serviette abtupfte und diese neben den Teller legte, sprang Eric auf.
»Einen wunderschönen Abend noch, die Herrschaften«, sagte er. »Ich muss nach Mr Crater sehen und mich dann ein wenig unter unsere Gäste mischen.«
»Lass dich umarmen«, erwiderte der Commodore und streckte die Arme aus.
Eric beugte sich zu ihm hinunter und gab seinem Onkel Gelegenheit, ihn in einer Umarmung förmlich zu zerquetschen, gekrönt von einem Kuss auf die Wange.
»Er ist der Sohn, der mir in meinem Leben immer gefehlt hat«, erklärte der Commodore seinen staunenden Gästen, die jetzt dasaßen wie Wachsfiguren.
Als Eric den Speisesaal verließ, sah er die Meehans und die Reillys mit dem idiotischen Dudley und der kreischenden Frau, wie sie gerade den Niedergang herunterkamen. Für einen kurzen Augenblick spürte er Erleichterung. Offenbar waren sie Bullauge und dem Erbsenzähler nicht begegnet. Er konnte sie in aller Ruhe fragen, ob alles in Ordnung sei.
Mit herablassender Miene sagte Dudley: »Keine Sorge,

Eric, ich habe alles unter Kontrolle. Möglicherweise haben wir einen Scherzbold an Bord, der Mrs Pickering leider ein wenig erschreckt hat. Ich bin sicher, er wird sich in den nächsten Tagen zu erkennen geben.«
»Wir wollten gerade einen kleinen Schlummertrunk einnehmen«, ergänzte Ivy neckisch. »Wollen Sie nicht mitkommen?«
»Oh, vielen Dank, aber ich muss mich um einen unserer Gäste kümmern, der in der Krankenstation liegt.«
»Jetzt schon?«, fragte Alvirah.
»Ja, leider haben wir schon den ersten Fall. Vielleicht ist er ihnen aufgefallen: Mr Crater, der Mann mit dem Stock. Er saß am Tisch mit den Dietz-Kindern ...«
»Der Ärmste«, murmelte Luke.
Eric lächelte und verdrehte die Augen. Er ließ jetzt seinen altbewährten Charme spielen. »Sie hatten die Idee, ihn zu diesen reizenden Kindern an den Tisch zu setzen, nicht wahr, Dudley?«, fragte er fröhlich und klopfte Dudley auf den Arm.
»Die Sitzordnung ist ein schweres Stück Arbeit«, bemerkte Dudley in dem Versuch, sich zu verteidigen.
»Diese Kinder sind an Bord, weil sie freundliche, liebevolle Menschen sind, wie ihre Mutter in ihrem schönen, herzerwärmenden Weihnachtsbrief demonstriert.«
»Genau, und eines der Mädchen war so freundlich und liebevoll, dem alten Herrn den Stuhl wegzuziehen, sodass er rücklings auf den Boden stürzte, als er sich setzen wollte. Und so wurde er eben auf einer Trage aus dem Speisesaal getragen.«
»Und das haben wir alles verpasst?«, fragte Ivy klagend.
»Leider, ja«, erwiderte Eric.
»Na ja, macht nichts«, entschied Ivy. »Jedenfalls habe ich jetzt diese wunderbaren Menschen hier an meiner Seite, die mir helfen werden, den Dingen auf den Grund zu gehen.« Sie zeigte auf Jack. »Wer kann schon von sich sagen,

dass er den Chef der Abteilung für Schwerverbrechen der New Yorker Polizei in seinem Team hat?« Und dann deutete sie auf die anderen. »Und wer kann schon sagen, dass er eine bekannte Privatdetektivin, eine berühmte Krimiautorin und eine preisverdächtige Amateurdetektivin kennt, die sich die Zeit nehmen, die Wahrheit herauszufinden? Nein, das können nicht viele Leute von sich sagen, das will ich Ihnen versichern. Aber Ivy Pickering kann von sich sagen: Ich habe sie alle in meinem Team.«
Inzwischen war Eric der Mund offen stehen geblieben. Er hatte diese Paare schon getroffen, schließlich hatte er den Meehans ja seine Kabine überlassen müssen, aber er hatte keine Vorstellung davon gehabt, wer Alvirahs Gäste eigentlich waren. Der Chef der Abteilung für Schwerverbrechen bei der New Yorker Polizei! Eric machte sich jetzt wirklich große Sorgen. Tatsächlich sah Bullauge diesem berühmten Boxer schrecklich ähnlich, der ein noch berühmterer Krimiautor geworden war. Überall in den Nachrichten wurde über Bullauges Flucht berichtet, und natürlich wurde überall sein Bild gezeigt. Ob Jack Reilly schon Verdacht geschöpft hatte, dass der Mann, den Ivy Pickering gesehen hatte, kein Gespenst war, sondern ein höchst lebendiger entflohener Straftäter? Gott sei Dank hatte Ivy erzählt, dass der Mann Boxershorts getragen hatte und auf und ab gesprungen war. Vielleicht würde Jack Reilly die Verbindung nicht herstellen, das konnte Eric nur hoffen. Für einen kurzen Moment entstand ein unangenehmes Bild vor seinen Augen: er selbst in einer Gefängniszelle ohne Fenster, geschweige denn Balkon. Er musste Bullauge und Highbridge finden, bevor es jemand anderer tat. Er wusste, sie konnten nicht mehr in der Kapelle sein, aber trotzdem wollte er noch einen Blick dorthin werfen, und dann würde er sich durch das ganze Schiff arbeiten, wenn es denn nötig wäre.

Eric rang sich ein Lächeln ab. »Nun, ich denke, mit einer so gewichtigen Mannschaft von Gesetzeshütern an Bord können wir uns alle doppelt sicher fühlen«, sagte er freundlich. »Wenn Sie mich jetzt entschuldigen wollen ...« Er ging an ihnen vorbei zur Treppe.
Er geht nicht zu Mr Crater, dachte Dudley. Die Krankenstation ist auf dem untersten Deck. Was er wohl vorhat?
Während der nächsten zehn Minuten raste Eric durch die Kapelle, schaute in die Kabine seines Onkels – obwohl die Tür abgeschlossen war, sodass niemand hätte hineinkommen können – und durchsuchte alle Verstecke, die er sich vorstellen konnte. Die *Royal Mermaid* war ein großes Schiff, aber viele echte Verstecke gab es nicht. Immer wenn Eric einen Weihnachtsmann entdeckte, eilte er auf ihn zu, aber er wurde jedes Mal enttäuscht. Die beiden müssen inzwischen doch fast verhungert sein, sagte er sich. Oder hatten sie es riskiert, sich irgendwo etwas zu essen zu besorgen?
Eric sah auf seine Uhr und stellte fest, dass das Buffet noch nicht geöffnet sein konnte. Ich werde erst mal einen Besuch bei Crater machen, entschied er sich, und dann gehe ich zum Lido-Restaurant.

20

Nora und Luke entschuldigten sich bei der Gruppe, als sie in die Pianobar kamen.

»Wir sind gestern spät ins Bett gekommen und heute Morgen sehr früh aufgestanden«, erklärte Nora. »Wir sehen uns morgen beim Frühstück.«

Willy gähnte. »Alvirah, dein Stehvermögen ist ja berühmt-berüchtigt, aber wärst du mir sehr böse, wenn ich mich ebenfalls zurückziehe?«

Ivy, deren Stimmung angesichts des drohenden Verlustes ihrer Abendgesellschaft erheblich sank, zuckte zusammen, als Alvirah sagte: »Geh nur, Willy, ich bleibe auch nicht mehr lange.«

»Ich suche uns einen schönen ruhigen Tisch«, versprach Dudley.

Am Eingang zur Bar entdeckte Ivy ein Paar, das an einem Fenstertisch saß. »Oh, da ist meine Zimmergenossin Maggie«, rief sie aus. »Aber wer ist dieser Weihnachtsmann, den sie da bei sich hat?«

»Kann ich von hier aus nicht erkennen«, erwiderte Dudley. »Aber ich würde auf Ted Cannon tippen. Er ist einer der größeren Weihnachtsmänner.«

»Würden Sie sie gern an unseren Tisch einladen?«, fragte Regan.

»Nein«, antwortete Ivy entschieden. Sie mochte Maggie wirklich gern, aber ihre Freundin hatte sie ebenso wie alle anderen ausgelacht, als sie vorhin von ihrer Begegnung mit Linker-Haken-Louie erzählt hatte. Im Übrigen wollte sie mit Regan, Jack und Alvirah noch ein paar ungestörte Minuten verbringen. Dudley war ihr egal, der arme Kerl sah sowieso vollkommen erschöpft aus.

Dudley führte sie an einen Ecktisch. Mit großer Geste sagte er zu Alvirah: »Mrs Meehan, wo würden Sie gern sitzen?«
»Niemals mit dem Rücken zur Tür«, scherzte Alvirah. »Ich will nichts verpassen.«
»Das geht allen anderen in dieser Gruppe genauso«, murmelte Regan. Sie neckte Jack immer, der einzige Nachteil an seinem Beruf sei die Tatsache, dass er nie mit dem Gesicht zur Wand sitzen könne. Wenn sie bei einem Abendessen also nicht nebeneinander sitzen konnten, hatte Regan den ganzen Abend nur Jack vor Augen. Wobei er nicht müde wurde zu betonen, dass jede andere Frau darüber mehr als entzückt gewesen wäre.
»Dudley, wollen Sie sich nicht neben mich setzen?«, fragte Alvirah und griff nach einem Stuhl. »Hui, offenbar wird der Seegang stärker.«
»Die See ist eine unberechenbare Dame«, sagte Dudley mit Kennermiene und half Alvirah beim Hinsetzen. »Aber das ist ja mit den meisten Damen so«, ergänzte er mit hochgezogener Augenbraue. »Wir Männer wissen nie, was uns als Nächstes erwartet, ist es nicht so, Jack?«
Regan amüsierte sich über Jacks Gesichtsausdruck. Sie wusste, es konnte ihm nicht recht sein, wenn Dudley ihn behandelte, als hätten sie schon im Sandkasten zusammen gespielt. Jack hatte ihr schon gesagt, dass er Dudley für einen harmlosen, aber lästigen Dummkopf hielt.
Alvirah bedauerte zutiefst, dass sie ihre Sonnenblumenbrosche mit dem versteckten Mikrofon nicht trug. Oft schon hatte sie etwas Aufschlussreiches aufgenommen, das sich erst beim späteren Abhören als nützlich erwies.
Sobald alle saßen, stand ein Steward vor ihnen und nahm ihre Bestellungen auf.
Alvirah wandte sich zu Dudley. »Sie haben einen harten Tag hinter sich, nicht wahr?«, fragte sie mitleidig. »Gibt

es was Neues von dem Steward, der im Hafen von Miami auf Tauchstation ging?«
Dudley spürte ein leichtes Flattern im Magen. Er hatte noch gar nicht den Mut aufgebracht, in seine Kabine zu gehen und seine E-Mails zu lesen. Gott sei Dank, die meisten lokalen Fernsehstationen wurden von den Antennen des Schiffes nicht empfangen, und wenn die Sache in irgendwelchen nationalen Nachrichtensendungen aufgegriffen worden wäre, hätte er wohl im Voraus davon erfahren. Ich bin wie Scarlett O'Hara, dachte er schuldbewusst. Morgen ist auch noch ein Tag. Aber auf jeden Fall konnte er Alvirahs Frage ehrlich beantworten: »Ich habe nichts mehr von ihm gehört. Wie der Commodore schon sagte, es handelte sich wohl um einen säumigen Unterhaltszahler, mehr nicht.«
Ivy wackelte mit dem Zeigefinger. »So hat es doch auch etwas Gutes, wenn man nie dem sogenannten Mann fürs Leben begegnet. Man muss sich nie über einen lästigen Ex Gedanken machen. Als ich noch ein kleines Mädchen war, gab mein Papa jeden Freitag seinen Gehaltsscheck kommentarlos an meine Mutter weiter, und sie gab ihm ebenso kommentarlos sein Taschengeld. Das ging jahrelang gut, bis er irgendwann um eine Erhöhung bat.« Sie lächelte den Steward an, der ihr einen Martini mit Apfelsaft servierte, und nahm einen kleinen, erwartungsvollen Schluck. »Was man aus Äpfeln nicht alles machen kann ... Oh, ich hätte warten sollen, bis Sie alle Ihre Getränke haben. Wissen Sie, ich bin so aufgeregt, aber wenn Sie in meiner Nähe sind, geht es mir gut.« Sobald alle ihre Getränke hatten, erhob sie ihr Glas. »Einen Trinkspruch!«
»Auf die Gesundheit!«, sagten alle, und in diesem Augenblick hörten sie, wie der Regen heftig an die Scheiben schlug.
»Huh, da möchte man nicht draußen sein«, schauderte

Regan, als sich das Schiff plötzlich heftig von einer Seite auf die andere legte. »Und hört euch bloß den Wind an, der heult ja richtig! Dieser Sturm ist jetzt aber schnell heraufgezogen, nicht wahr, Dudley?«

»Ja, wie ich schon sagte, die See ist eine unberechenbare Dame«, erklärte Dudley, während er sein Glas umklammert hielt. »Ich habe schon viele Stürme erlebt, die uns vollkommen überrascht haben. Wenn dieser Sturm so ist wie die meisten anderen, dann geht er so schnell vorbei, wie er gekommen ist. Das würde ich jedenfalls voraussagen.«

»Solange da draußen keine Eisberge sind, soll es mir recht sein«, bemerkte Ivy fröhlich. »Für heute habe ich genug Überraschungen erlebt. Ah, da kommt die verräterische Schlange.«

»Wer?«, fragte Regan erstaunt.

»Meine Zimmergenossin Maggie.«

Maggie Quirk kam quer durch den Raum auf sie zu, gefolgt von Ted Cannon, der Bart und Mütze abgenommen hatte.

»Du lieber Himmel«, rief Maggie, als sich das Schiff wieder auf die Seite legte. Sie griff nach Teds Arm.

»Das Schiff schaukelt gar nicht, Maggie!«, rief Ivy in zuckersüßem Ton aus. »Das bildest du dir nur ein.«

Maggie erreichte lächelnd ihren Tisch. »Ivy, es tut mir so leid. Zuerst haben wir alle gedacht, du spielst uns nur was vor, weil du doch so gern ein Mörderspiel an Bord organisiert hättest. Inzwischen ist aber allen klar, dass dich wirklich etwas sehr erschreckt haben muss.«

»Ja, irgendetwas stimmt hier nicht«, stimmte Jack ihr zu, während Dudley und er aufstanden. Man stellte sich gegenseitig vor, und dann wurden zwei weitere Stühle an den Tisch gerückt.

»Ted wusste, dass wir das Zimmer teilen, deshalb hat er mich nach dir gefragt«, erklärte Maggie.

Alvirah bemerkte die Weihnachtsmannmütze in Teds Hand. »Ach, daher kommen die Glöckchen!«, rief sie.
»Woher?«, fragte Regan.
Alvirah angelte in ihrer Tasche nach dem »Beweisstück«. »Erinnert ihr euch an die kleine Glocke, die wir in der Kapelle gefunden haben? Es ist genau so eine wie die zwei, die Ted an seiner Mütze hat.« Sie drehte sich zu Dudley. »Wie viele Glöckchen sind gewöhnlich an diesen Mützen?«
Dudley zögerte einen Moment. »Zwei«, sagte er dann.
»Dudley«, sagte Alvirah, »wir sollten alle acht Weihnachtsmannmützen ansehen und feststellen, ob sie alle zwei Glöckchen haben. Wenn das so ist, dann war vermutlich jemand mit einem der gestohlenen Weihnachtsmann-Kostüme in der Kapelle.«
Regan sah Dudley eindringlich an. Er hätte sicher bemerkt, wenn an einer der Mützen Glöckchen gefehlt hätten, und bisher hatte er davon nichts erwähnt. Offenbar will er uns nicht auf den Gedanken bringen, dass derjenige, der das Kostüm gestohlen hat, auf dem Schiff damit frei herumläuft. Aber wenn es doch so ist, gibt es dann irgendeinen Zusammenhang mit Ivys Erlebnis?
Eine neue Rollbewegung des Schiffes warf ihre Gläser um. »Ich glaube, jetzt ist es wirklich Zeit, ins Bett zu gehen«, sagte Jack, als sie sich alle von dem tropfenden Tisch zurückzogen. »Seid bloß vorsichtig, wenn ihr in eure Kabinen geht. Der Sturm nimmt offenbar noch zu.«
Bemüht fröhlich warf Dudley ein: »Nur keine Sorge, Herrschaften. Auf diesem Schiff sind sie so sicher wie in Abrahams Schoß.«
Aber vor Alvirahs innerem Auge tauchte die Warnung wieder auf, die sie vor ein paar Tagen gehört hatte: »Ich sehe eine Wanne. Eine große Wanne. Das ist kein sicherer Ort für Sie …«

21

Das wird ja immer verrückter!«

Bullauge spuckte die Worte förmlich aus, während er und Highbridge hinter dem Stall hockten und der Platzregen sie von allen Seiten her durchnässte.

»Wir werden patschnass! Und was sollen wir machen, wenn es hell wird? Selbst wenn es aufhört zu regnen, werden wir aussehen wie zwei halb ersoffene Ratten. Wir können doch auf keinen Fall weiterhin mit diesen Weihnachtsmann-Kostümen herumlaufen.«

Highbridge sehnte sich nach seinem Anwesen in Greenwich mit dem wunderbar sprudelnden Whirlpool im Badezimmer und mit der herrlichen Aussicht über den Long Island Sound.

Ich hatte ein hübsches Familienvermögen zur Verfügung, ich hätte es wirklich nicht nötig gehabt, Investoren zu betrügen, dachte er.

Aber es machte gerade so viel Spaß!

Wie er jetzt dasaß, elend und nass, in einem kratzigen Weihnachtsmann-Kostüm, begriff er, dass er sich lieber den Luxus einer Therapie hätte leisten sollen, um seine kriminellen Instinkte besser in den Griff zu bekommen. Und wenn er bedachte, dass er das ganze schöne Geld an diese habgierige kleine Schlampe verschwendet hatte, die jetzt wohl mit irgendeinem anderen reichen Kerl auf den Pisten von Aspen herumgondelte …

Wenn er nicht nach Fishbowl Island kam, konnte er sich auf eines verlassen: Sie würde sich niemals für eine solche Wohltätigkeits-Kreuzfahrt qualifizieren, indem sie ihn im Knast besuchte.

Der Gedanke daran, seine Armani-Anzüge gegen einen

orangefarbenen Overall einzutauschen, machte ihm mehr Angst als alles andere.

»Eric sucht sicher schon nach uns«, sagte er. »Schließlich geht es auch um seinen Kopf.«

In diesem Augenblick lösten sich die Windmühlenflügel am neunten Loch, die sich bisher wild gedreht hatten, und zischten durch die Luft.

Sie landeten nur Zentimeter vor ihren Füßen, die in Sandalen steckten.

22

Wenn Eric Alvirah Meehan auf einem einsamen Deck begegnet wäre, hätte er sie vermutlich über Bord geworfen. Wäre sie nicht aufgetaucht, dann säßen Bullauge und Highbridge immer noch sicher und trocken in seiner Luxuskabine, und er wäre seinem großen Zahltag wesentlich näher. So wie die Dinge lagen, würden sie ihm wohl kaum die zweite Rate seines Honorars auszahlen, wenn sie sicher nach Fishbowl Island kamen. Und er konnte von Glück sagen, wenn sie nicht irgendwann einen netten Brief an die Behörden schrieben, in dem sie erklärten, wie sie außer Landes gekommen waren.

Ein anderer Gedanke schoss ihm durch den Kopf: Wenn er Dudley auf einem einsamen Deck begegnete, würde es ihm noch viel größere Freude bereiten, ihn über Bord zu werfen.

All das ging ihm durch den Kopf, während er kurzzeitig die Suche nach seinen zwei Schützlingen unterbrach, um nach Crater zu sehen. Er hielt sich am Geländer fest und eilte Treppe für Treppe hinunter, um die Krankenstation tief unten im Schiff zu erreichen. Je weiter er hinunterkam, desto weniger spürte er das Rollen des Schiffes, aber selbst hier musste er sich immer wieder festhalten.

Er hatte mit einem leeren Wartezimmer gerechnet, musste aber zu seinem großen Missfallen feststellen, dass sich hier eine ganze Reihe von Passagieren aufhielten, die nach Pflastern gegen ihre Seekrankheit fragten. Bobby Grimes, dessen betrunkener Auftritt während der Cocktailparty inzwischen in aller Munde

war, hielt sich den Kopf mit beiden Händen. Als er Eric erblickte, schnauzte er ihn an: »Ich wusste gleich, ich hätte zu Hause bleiben sollen.«
Das wäre mir auch bedeutend lieber gewesen, dachte Eric, der den kleinen Wartebereich durchquerte und die Tür zu Gephardts Büro und den Behandlungszimmern öffnete. Die Schwester hinter dem Schalter sortierte Medikamente. Sie wirkte ein wenig wie ein Wachhund. Beim Anblick von Eric verzog sie missbilligend das Gesicht.
»Mein Onkel möchte, dass ich mit Mr Crater spreche«, sagte er. »In welchem Zimmer liegt er?«
»Zweite Tür rechts«, antwortete sie knapp. »Dr. Gephardt ist bei ihm.«
Die Tür stand offen. Gephardt war neben dem Bett zu sehen, und Eric hörte ihn sagen: »Diese Spritze nimmt ihnen auf jeden Fall die Rückenschmerzen, Mr Crater. Und sie sollte Ihnen ein bisschen Schlaf ermöglichen.«
»Ich will zurück in meine Kabine«, protestierte Crater, aber seine Stimme klang schon sehr schläfrig.
»Nicht heute Abend«, sagte Gephardt mit fester Stimme. »Ihr Rücken ist nicht in Ordnung, und wir fahren durch einen schlimmen Sturm. Das Letzte, was wir jetzt brauchen können, ist, dass Sie noch einmal stürzen. Hier unten befinden Sie sich im ruhigsten Teil des Schiffs, und wir können Sie ein bisschen unter Beobachtung halten.«
Crater versuchte, sich aufzusetzen, sank aber stöhnend wieder in die Kissen zurück.
»Verstehen Sie jetzt, was ich meine?«, sagte der Arzt triumphierend. »In ein paar Minuten beginnt das Medikament zu wirken. Also, entspannen Sie sich und bleiben Sie ruhig liegen.«
Eric klopfte an die Tür, um seine Anwesenheit bekannt zu machen, und kam ans Bett. »Mr Crater, wir bedau-

ern Ihren Unfall sehr. Aber bei Dr. Gephardt sind Sie in den besten Händen.«
»Diese elenden Teufelsbraten«, stöhnte Crater. »Welcher Idiot hat mich an diesen Tisch gesetzt?«
»Keine Sorge«, sagte Eric beruhigend, »ab sofort sitzen Sie am Tisch des Commodore. Er ist ein wunderbarer Unterhalter.«
»Ja, wirklich«, bestätigte der Arzt. »Mr Crater, Sie sagten selbst, diese Rückenschmerzen seien eine eher kurzfristige Erscheinung. Wir hoffen, Sie sehr bald wieder auf den Beinen zu haben. Aber jetzt dürfen Sie sich wirklich nicht bewegen. Wir können natürlich immer noch Ihren Hubschrauber anfordern, sobald der Sturm sich gelegt hat, falls Sie doch lieber nach Hause möchten …«
Craters Gesicht verfärbte sich dunkelrot. »Wo ist mein Handy?«, fragte er, aber er war schon fast eingeschlafen.
Gephardt nickte Eric zu, den Raum zu verlassen. Eric folgte ihm ins Büro. Gerade eben war ihm ein großartiger Gedanke gekommen.
»Er scheint allein zu reisen«, sagte er. »Oder hat er jemanden bei sich?«
»Nein«, antwortete Gephardt langsam. »Der Mann gibt mir wirklich Rätsel auf. Offenbar hat er tatsächlich schreckliche Rückenschmerzen, aber ansonsten ist er lange nicht so krank, wie er behauptet. Er ist erstaunlich muskulös, und alle Vitalzeichen sind bestens. Ich verstehe überhaupt nicht, warum er dieses graue Make-up im Gesicht trägt. Darunter ist seine Haut vollkommen normal, aber diese Schminke – er sieht wirklich aus wie ein lebender Leichnam.«
Eric starrte auf die Tischplatte. Craters Krankenblatt lag vor ihm, die Kabinennummer stand gleich unter seinem Namen. »Sie werden ihn auf jeden Fall heute Nacht hierbehalten, oder?«, fragte er den Schiffsarzt.

Gephardt nickte feierlich. »Auf jeden Fall wird er hier die Nacht verbringen. Ich weiß schon, er würde lieber in seiner eigenen Kabine liegen, aber die Spritze, die ich ihm gegeben habe, knipst ihn ohnehin bis morgen früh aus.« Er lächelte. »Stellen Sie sich vor, die Kinder haben ihm schon eine Karte mit Genesungswünschen gebastelt. Aber er hat sie zerrissen, ohne den Umschlag zu öffnen.«
Eric lachte, bemüht, einen möglichst entspannten Eindruck zu machen.
»So, Eric, wenn Sie mich jetzt entschuldigen wollen, ich habe das Wartezimmer voller Patienten«, sagte der Schiffsarzt plötzlich. Für den Bruchteil einer Sekunde wollte Eric anfangen, sich zu ärgern, dass man ihn so hinauskomplimentierte, obwohl er doch selbst nichts mehr wollte, als diese Krankenstation zu verlassen. Aber der Ärger legte sich schnell wieder. Immerhin hatte er jetzt einen Plan.
Noch eiliger als auf dem Hinweg begab er sich zum Lido-Restaurant. Es war fast leer. »Nicht so richtig viele Gäste beim Mitternachtsbuffet heute, oder?«, fragte er einen der Stewards.
»Na ja, bei dem Wetter ...«
»Ich hatte erwartet, ein paar von den Weihnachtsmännern hier anzutreffen«, sagte Eric und versuchte, dabei möglichst lässig zu klingen. »Sie mussten beim Abendessen mit so vielen Leuten reden, da hatten sie wahrscheinlich nicht viel Zeit, um satt zu werden.«
»Zwei von ihnen waren schon ganz früh hier, da hatten wir noch nicht mal fertig aufgebaut. Sie haben sich ein bisschen Käse und Weintrauben mitgenommen.«
Erics Herz schlug schneller. Das mussten Bullauge und Highbridge gewesen sein. »Haben sie hier drin gesessen?«
»Nein, sie haben sich etwas zu essen mitgenommen und

sind zum Heck gegangen.« Der Steward wandte seine Aufmerksamkeit wieder dem Buffet zu. »Na, wir werden heute jedenfalls früh abbauen«, sagte er. »Wollen Sie noch was?«

»Nein, danke«, erwiderte Eric. »Bis später dann.«

Er wusste, der Steward würde denken, er wäre verrückt geworden, wenn er jetzt durch die hintere Tür hinaus in den Regen marschierte. So nahm er lieber den Durchgang, der zu den Aufzügen führte, und ging dann durch eine Seitentür hinaus aufs Deck. Der Platzregen durchnässte sofort seine Uniform. Er ließ sich auf Hände und Knie nieder, damit die Stewards nicht sahen, wie er im Regen herumlief, und begab sich so schnell er konnte zum Heck des Schiffes. Wenn Bullauge und Highbridge sich da draußen versteckten, musste er ihnen ein Zeichen geben, damit sie ihn erkannten.

Er wartete, bis er den Sportbereich erreicht hatte, und begann dann laut zu singen: »Santa Claus is coming to town.«

23

Regan und Jack begleiteten Alvirah bis zu ihrer Kabine. »Leg dich bloß gleich hin, Alvirah«, mahnte Jack. »So wie dieses Schiff schaukelt, kannst du wirklich leicht stürzen.«
»Macht euch keine Sorgen um mich«, antwortete Alvirah. »Ich habe vierzig Jahre lang auf wackligen Tischen gestanden, um Kronleuchter abzustauben. Ich habe immer gesagt, ich hätte eigentlich Seiltänzerin werden sollen.«
Regan lachte und zwickte Alvirah in die Wange. »Halt dich an Jacks Rat. Bis morgen dann.«
Alvirah schloss die Tür auf und warf einen Blick aufs Bett, wo Willy unter all den Decken kaum zu erkennen war, hätte man nicht sein charakteristisches Schnarchen gehört. Die Lampe auf dem Tisch hatte er netterweise angelassen. Ich bin viel zu aufgekratzt, um jetzt schon zu schlafen, dachte sie. Und außerdem will ich alles aufzeichnen, was heute geschehen ist, solange ich es noch frisch in Erinnerung habe. Mein Redakteur Charlie hat gesagt, wenn mir auf dieser Reise eine aufregende Geschichte begegnet, ist er durchaus interessiert, aber er will auf keinen Fall bloß ein Reisetagebuch oder so ein Gutmenschenzeug. »Ich weiß die guten Taten, die all diese Leute vollbracht haben, wirklich zu schätzen«, hatte er gesagt, auch wenn seine Stimme dabei ziemlich wenig wertschätzend geklungen hatte. »Aber für die Zeitungsauflage bringt mir das alles nichts.«
Na, ich meine doch, heute ist allerhand Interessantes passiert, dachte Alvirah, holte ihre Sonnenblumenbrosche mit dem versteckten Mikrofon aus dem Safe und setzte sich an den Schreibtisch.

»Als wir beim Schiff ankamen, hatten sie keine Kabine für uns«, begann sie mit leiser Stimme.
»Mmmmmmm.« Sie hörte, wie sich Willy im Bett bewegte. Manchmal schlief er so fest, dass er nicht einmal einen Feueralarm gehört hätte, aber auf diesem schaukelnden Schiff würde sie ihn vermutlich aufwecken, wenn sie hier sprach. Na gut, dachte sie, ich werde noch mal vor die Tür gehen.
Im Korridor klammerte sie sich mit der einen Hand am Geländer fest, und mit der anderen hielt sie ihre Brosche dicht vor den Mund, während sie die Ereignisse des Tages in allen Einzelheiten erzählte. Es war wirklich eine lange Liste: die Probleme mit der Kabine, Dudleys Sturz von der Kletterwand, der Steward, der über Bord gegangen war, die gestohlenen Weihnachtsmann-Kostüme, Ivys Gespenst. Sie hielt kurz inne, bevor sie noch ein weiteres Detail aufzeichnete. »Es ist schon komisch, dass Dudley nicht gleich erklärt hat, woher das Glöckchen kommt, das wir in der Kapelle gefunden haben. Er muss doch sofort erkannt haben, dass es von einer der Weihnachtsmannmützen stammt. Das ist wirklich bemerkenswert.«
Alvirah schaltete ihren Recorder ab und kehrte wieder in ihre Kabine zurück. Im Bad schminkte sie sich ab, putzte sich die Zähne und zog sich ihr Nachthemd und einen Morgenmantel an. Dann krabbelte sie ins Bett zu Willy und wollte gerade das Licht ausmachen, als sie die Spielkarten bemerkte, mit denen Willy gespielt hatte. Sie lagen noch auf der Decke. Sie nahm die Karten auf und wollte sie gerade zurück in die Nachttischschublade legen, als ihr etwas auffiel.
»Das ist ja komisch«, sagte sie laut. Die oberste Karte war ein Herzbube, aber irgendetwas war anders als sonst. Nur was? Rund um den Kopf des Buben war ein Rahmen zu sehen, und darin eine Art abstrakter Zeich-

nung. Alvirah betrachtete die Zeichnung genauer. Um besser sehen zu können, ging sie mit den Karten ins Bad und schaltete das Licht ein. Neben dem Waschbecken war ein Schminkspiegel mit einem Vergrößerungsglas angebracht. Sie hielt die Karte vor den Spiegel, und tatsächlich: Was ihr zuerst wie eine abstrakte Zeichnung vorgekommen war, war in Wirklichkeit eine Reihe von Zahlen.

»Hab ich's mir doch gedacht!«, murmelte sie triumphierend und blätterte das Kartenspiel weiter durch. Nur die Bildkarten waren verändert. Sie legte die Buben, Damen und Könige heraus und hielt eine Karte nach der anderen vor den Spiegel. Die Zahlenreihen auf allen Karten waren unterschiedlich. Wofür stehen diese Zahlen, und wem gehören die Karten?, fragte sie sich. Als wir sie Eric gezeigt haben, hat er so brüsk und herablassend reagiert, dass ich sicher war, er hat sie nie zuvor gesehen.

Hmmm. Noch einmal ging Alvirah die Ereignisse des Tages durch und versuchte, sich zu erinnern, wie erstaunt Winston gewesen war, Kartoffelchips auf Erics Teppich zu finden. Und dann war dieses rätselhafte Kartenspiel zum Vorschein gekommen, und zwar in seiner Nachttischschublade. Hatte sonst noch jemand Erics Kabine benutzt? Hatten vielleicht einige der Arbeiter, die in der vergangenen Woche der *Royal Mermaid* den letzten Schliff verpasst hatten, diese Kabine als inoffiziellen Pausenraum genutzt? Man konnte es ihnen kaum verdenken. Nach der Suite des Commodore war dies die beste Unterkunft auf dem ganzen Schiff.

Aber als Alvirah nun endgültig ins Bett ging, sagte ihr Instinkt ihr, dass es nicht die Arbeiter waren, die diese Kabine benutzt hatten.

Irgendetwas geht hier vor, dachte sie. Und ich werde herausfinden, was es ist.

24

Bianca Garcia war seit September bei einer kleinen Fernsehstation in Miami als Reporterin beschäftigt. Sie war jung, engagiert, ehrgeizig und entschlossen, sich im Fernsehgeschäft einen Namen zu machen. Bisher hatte man sie nur zu langweiligen Aufträgen geschickt, die hinterher etwa dreißig Sekunden Sendezeit bekommen hatten. Die Weihnachtskreuzfahrt hatte sie übernommen, weil niemand anders sich gemeldet hatte: ein langweiliger Nachmittag, nichts, was man ernsthaft berichten konnte.

Aber als der Steward über Bord gesprungen war und Biancas Crew alles mitgedreht hatte, wusste sie, dass aus dieser Sache vielleicht doch noch etwas werden konnte. Als die Geschichte dann doch nicht in die Sechs-Uhr-Nachrichten gekommen war, weil die Aufmacherstory ein Lkw war, der umgestürzt war und den halben Highway mit Joghurt überschwemmt hatte, hätte sie heulen können.

Aber es hatte sich gezeigt, dass ihre Großmutter recht hatte, die zu sagen pflegte: »Manchmal hat Gott seine eigenen Pläne, wenn er dich in die Jauche schubst.« Liebe alte Großmama. Im biblischen Alter von fünfundachtzig Jahren war sie immer noch Biancas beste Verbündete.

Und tatsächlich hatte der Produzent nach den Sechs-Uhr-Nachrichten zu ihr gesagt: »Weißt du was, Bianca, jetzt reicht es mir mit dieser Rührei-Geschichte, in den Zehn-Uhr-Nachrichten bekommst du mehr Sendezeit.« Den ganzen Abend lang hatte Bianca engen Kontakt mit ihrem Informanten bei der Polizei gehalten, um jede mögliche Neuigkeit über den schwimmenden Steward zu erfahren, abgesehen von der Tatsache, dass er offenbar ein säumiger Unterhaltszahler war. Und sie erfuhr in der Tat noch mehr.

Im Übrigen verbrachte sie ihre Zeit damit, Einiges über die Vorgeschichte des Kreuzfahrtschiffs zu recherchieren. In freudiger Erwartung ihrer nun viel saftigeren Geschichte erneuerte sie um Viertel vor zehn ihr Makeup und bürstete ihr langes dunkles Haar noch einmal durch. Während der Werbepause schlenderte sie betont lässig durchs Studio, nahm auf dem Hocker neben der Nachrichtensprecherin Platz und brachte ihre wohlgeformten Beine ansehnlich zur Geltung.

»Hallo, Mary Louise«, sagte sie freundlich zu der Frau, die die Zehn-Uhr-Nachrichten seit etwa einem Jahrzehnt für ihre ganz persönliche Show hielt. Bianca hatte die Absicht, in absehbarer Zeit ihren Platz zu erobern und von dort aus zu größeren, besseren Jobs weiterzuziehen.

Aber Mary Louise war nicht dumm. Sie war schon ganz andere ehrgeizige Aufsteiger losgeworden, und einige von ihnen hatten nach einer kurzen Stippvisite in dieser Fernsehstation sogar komplett den Beruf gewechselt. Auf dieses dunkelhaarige Schätzchen hatte sie gerade gewartet. Sie begrüßte Bianca mit einem schmallippigen Lächeln. »Hallo, Bianca. Wie ich höre, haben Sie eine nette kleine Kreuzfahrtgeschichte für uns.«

»Ja, ich bin sicher, sie wird Ihnen gefallen«, versprach Bianca, gerade als der Produzent auf Mary Louise deutete zum Zeichen, dass die Werbepause zu Ende war.

»Es ist Ferienzeit«, begann Mary Louise, »und unsere Kollegin dort draußen, Bianca Garcia, war heute am Hafen von Miami, um einer ganz speziellen Gruppe von Menschen beim Ablegen ihres Schiffes nachzuwinken. Es ging um eine ...« Mary Louise hob die Finger und

zeigte damit Anführungszeichen an. »Weihnachtskreuzfahrt. Bianca, wie ich höre, gab es dort einige Aufregung.«
Bianca schenkte der Kamera ihr strahlendstes Lächeln. »So ist es, Mary Louise. Dies war keine normale Abschiedsparty ...« Sie berichtete kurz über den Hintergrund der Kreuzfahrt, über die Menschen, die sich in Wohltätigkeitsorganisationen engagiert hatten und deshalb diese Reise geschenkt bekommen oder gewonnen hatten. Sie erzählte von den Lesern und Schreibern aus Oklahoma, die auf dieser Tour den achtzigsten Geburtstag des legendären Krimiautors Linker-Haken-Louie feierten, und – apropos Krimiautoren – auch von der Anwesenheit einer aktuellen Berühmtheit an Bord: Nora Regan Reilly. Ein Foto von den Reillys und den Meehans erschien auf dem Bildschirm.
Dann berichtete Bianca sehr intensiv von dem Steward Ralph Knox, der versucht hatte, der Polizei zu entkommen, indem er über Bord sprang. »Die Passagiere eilten erschrocken an die Reling, und es wurden Wetten angenommen, ob Knox der Hafenpolizei entwischen könnte. Was natürlich nicht der Fall war. Zunächst wurde angenommen, Knox sei nur deshalb ins Fadenkreuz der Ermittler geraten, weil er mit seinen Unterhaltszahlungen im Rückstand war. Viele unserer Zuschauerinnen kennen sich damit nur allzu gut aus«, fuhr sie fort und nickte der Nachrichtensprecherin zu. »Nicht wahr, Mary Louise?« Ohne eine Antwort abzuwarten, sprach sie weiter. »Inzwischen hat sich aber herausgestellt, dass Ralph Knox wohl auch ein begabter Hochstapler ist, der sich darauf spezialisiert hat, auf Kreuzfahrten reiche Frauen anzubaggern. Es liegen sieben Haftbefehle gegen ihn vor, und er wird beschuldigt, seine Opfer zu Investitionen in windige Projekte verführt zu haben.«

Bianca holte kurz Luft. »Und als ob das nicht schon genug Aufregung für die Passagiere gewesen wäre, stürzte der Sportdirektor der Kreuzfahrt bei einer Vorführung an der Kletterwand ab, weil ein Griff unter seinem Fuß abbrach und der Mann am Seil ihn im entscheidenden Moment nicht festhielt.«
Man sah einige Bilder von Dudley, der aufs Deck stürzte. »Autsch«, kommentierte Bianca. Dann ließ sie kurz die Geschichte des Schiffes und seiner zwei Vorbesitzer Revue passieren. Gebaut worden war das Schiff für Angus »Mac« MacDuffie, einen exzentrischen Ölmagnaten aus Palm Beach, der irgendwann in finanzielle Schwierigkeiten geraten war. Das Schiff hatte er nicht halten können, wollte es aber auch nicht hergeben und ließ es stattdessen in den riesigen Hinterhof seines inzwischen baufälligen Hauses bringen und dort aufbauen, den Bug Richtung Meer gerichtet.
Ein Foto von MacDuffie erschien auf dem Bildschirm, die Yachtmütze tief in die Stirn gezogen, das Gesicht weitgehend hinter einer dunklen Brille verborgen, angetan mit Bermudashorts im Schottenmuster und Bootsschuhen.
»MacDuffie hat die letzten Jahre seines Lebens damit verbracht, an Deck dieses Schiffes zu sitzen, den Horizont mit einem Fernglas abzusuchen und einer nicht existierenden Mannschaft seine Befehle zuzurufen«, fuhr Bianca fort. »Bei seinem letzten Atemzug war er genau dort, wo er sein Leben hatte verbringen wollen, nämlich an Deck seines Schiffes. Oft hatte er betont, dass er das Schiff niemals aufgeben würde, und daraus resultieren wohl die Gerüchte, sein Geist würde immer noch dort umgehen. Der nächste Besitzer war eine kleine Firma, die die Yacht für Fahrten mit wichtigen Kunden benutzen wollte. Das Schiff wurde notdürftig seetüchtig gemacht, aber schon bei der Jungfernfahrt

bekam es Schlagseite. Kurz darauf meldete die Firma Konkurs an, und die Geschäftsführer beschuldigten sich gegenseitig, das Schiff gekauft zu haben, denn, wie sie sagten: ›MacDuffie hat das Schiff mit einem Fluch belegt. Er hat es niemand anderem gegönnt, und wir würden uns nicht wundern, wenn er immer noch darauf herumspukte.‹ Der nächste und gegenwärtige Besitzer ist Commodore Randolph Weed, der alle Berichte über das böse Schicksal des Schiffes in den Wind geschlagen hat. Er ließ verlauten, die *Royal Mermaid* sei nichts anderes als eine ehemals stolze Dame, die nur ein wenig liebevolle Zuwendung benötige.«

Bianca faltete ihre Papiere zusammen und blickte beschwörend in die Kamera. »Hat Commodore Weed recht? Oder ist es möglich, dass Angus ›Mac‹ MacDuffie tatsächlich wieder in See gestochen ist, als sein Schiff zur Weihnachtskreuzfahrt die Anker lichtete? Wenn es so ist, wird ihm sein Lieblingsdrink Gin Tonic jedenfalls nicht von dem Steward serviert werden, der wegen seiner Probleme mit dem Gesetz über Bord ging und Ströme von verschüttetem Champagner und Berge von zerbrochenem Glas zurückließ. Wir werden unsere Zuschauer selbstverständlich über den Verlauf der ›Wohltäter-Kreuzfahrt‹ auf dem Laufenden halten. Durchaus möglich, dass Sie sich glücklich schätzen können, in diesem Jahr nicht allzu viele gute Taten vollbracht zu haben. Sonst wären Sie am Ende auch noch auf diesem Schiff gelandet.« Mit einem schelmischen Lächeln und einem lange geübten Augenzwinkern beugte sich Bianca leicht vor. »Und nicht vergessen: Ich freue mich immer, von Ihnen zu hören. Meine E-Mail-Adresse finden Sie unten eingeblendet.«

»Vielen Dank, Bianca«, sagte Mary Louise ein wenig herablassend. »Und nun wird uns Sam berichten, wie es mit dem Sturm in der Karibik steht. Soweit wir hier

sehen können, müssten die Passagiere des seltsamen Kreuzfahrtschiffs zumindest seine Ausläufer kräftig zu spüren bekommen.«
Als Bianca zu ihrem Schreibtisch zurückkehrte, warf sie sofort einen Blick in ihren E-Mail-Eingang. Sie hatte auf der Cocktailparty der Kreuzfahrtpassagiere reichlich Visitenkarten verteilt und immer wieder darauf hingewiesen, dass sie für jeglichen Klatsch und Tratsch dankbar sei. Jetzt klickte sie auf eine E-Mail von Loretta Marron, eine der Frauen aus der Oklahoma-Gruppe, die ihr schon auf der Party damit in den Ohren gelegen hatte, dass sie vor vierzig Jahren die Herausgeberin ihrer Highschool-Schülerzeitung gewesen sei.

Liebe Bianca,
hier die letzten Neuigkeiten! Eine Frau aus unserer Gruppe, Ivy Pickering, schwört, sie habe den Geist von Linker-Haken-Louie gesehen. Louie ist der Autor, dem wir auf dieser Fahrt besonders die Ehre erweisen wollen. Angeblich stand er in der Schiffskapelle und sprang auf und ab, als würde er sich auf den nächsten Kampf vorbereiten. Ich schicke sein Foto mit, sie können es runterladen. Am Anfang haben wir gedacht, sie macht Witze, aber inzwischen fragen sich viele aus unserer Gruppe, ob nicht tatsächlich sein Geist auf diesem Schiff umgeht. Aus einem verschlossenen Vorratsraum sind bereits zwei Weihnachtsmann-Kostüme verschwunden. Ob Louie wohl damit zu tun hat?
Ich halte Sie auf dem Laufenden.
Viele Grüße, Loretta

Bianca schluckte schwer. In ihrem ersten Journalistik-Kurs hatte sie gelernt, dass die meisten Menschen ganz verrückt nach Geschichten über paranormale Erscheinungen waren. Und nun hatte sie eine solche Geschichte an der Angel, und vor allem: Sie hatte den Boden dafür unwissentlich schon selbst bereitet, indem sie vom alten MacDuffie erzählt hatte. Schnell lud sie das Foto von Louie herunter und hielt die Luft an. Linker-Haken-Louie, ein ausgesprochen kräftig gebauter Mann, war auf diesem Bild zu sehen, wie er an der Schreibmaschine saß, in karierten Shorts, ein Fernglas in der Hand. MacDuffie hatte gesagt, er würde das Schiff niemals aufgeben. So ein Blödsinn, wer brauchte denn diesen Louie? Das war Mac, *er* war der Geist auf diesem Schiff!

Sie arbeitete schon an ihrer nächsten Story: »Ist womöglich ein zusätzlicher Passagier auf diesem Schiff, der nicht zu den Wohltätern gehört?«

25

Dudley hatte seine Kabine kaum betreten, als auch schon sein Piepser ansprang. Er musste gar nicht hinsehen, es war ohnehin klar, dass es sich um den Commodore handelte. Mit einem Blick auf seine Armbanduhr stellte Dudley fest, dass es gerade erst elf Uhr nachts war. Im Hafen sah es sich immer gern die Lokalnachrichten an, aber heute Abend war er wirklich froh, dass auf dem Schiff keine Nachrichtensendungen zu empfangen waren. Er wollte nicht einmal darüber nachdenken, was die Reporterin der Lokalstation in Miami, die auf der Willkommensparty herumgelaufen war, über diese Kreuzfahrt berichten würde. Na, er würde es noch früh genug erfahren.

Er griff nach dem Telefonhörer und rief den Commodore an. Schon nach einem Ton hörte er den Commodore stöhnen. Mit seiner fröhlichsten Stimme zwitscherte er: »Commodore Weed, hier ist ihr Lieblings-Kreuzfahrtdirektor. Was kann ich für Sie tun?«

»Ich habe jetzt wirklich keine Zeit für Späße«, grollte der Commodore. »Sehen Sie zu, dass Sie sofort hierher kommen. Ich erhalte jede Menge Anrufe wegen der Berichterstattung über unsere Kreuzfahrt und über den kriminellen Steward, den Sie eingestellt haben.«

»Bin gleich da«, versprach Dudley. »Das können wir alles ganz schnell aus der Welt schaffen, Sir.«

Aber der Commodore hatte schon aufgehängt.

Dudley hasste seine Kabine, aber jetzt warf er einen sehnsuchtsvollen Blick auf sein Bett. Ausziehen. Hände und Gesicht waschen. Die Zähne putzen. Zahnseide. Ins Bett kriechen ... Nichts von alledem würde in abseh-

barer Zeit geschehen. Wenn überhaupt jemals, dachte er verzweifelt.
Winston öffnete ihm, als er vor der Kabine des Commodore angekommen war. Der Butler trug einen feierlichen Gesichtsausdruck zur Schau, der Dudley durch und durch ging. Nein, Pluto ist kein Planet mehr, dachte Dudley sarkastisch. Versuch, darüber wegzukommen.
Er marschierte an Winston vorbei in den Wohnbereich der Suite. Der Commodore stand da wie ein Flottenadmiral, mit geraden Schultern, die Hände hinter dem Rücken verschränkt, und starrte aus dem Fenster. Als er sich umdrehte, sah Dudley zu seinem Schrecken, dass seinem Chef die hellen Tränen in den Augen standen.
Der Commodore deutete in Richtung Miami. »Sie lachen über uns, Dudley. Sie machen sich über uns lustig. In den letzten paar Minuten habe ich vier Anrufe erhalten. Wissen Sie, was sie sagen? Pech für dich, wenn du auf dieser Weihnachtskreuzfahrt dabei bist. Pech! Ja, Pech für uns! Ich verliere gerade jede Menge Geld. Und Ihre ganze großartige Idee entwickelt sich zu einem echten Schlag ins Wasser. Dieser Steward erzählt da an Land herum, unser Schiff sei ein echter Seelenverkäufer.« Die Stimme des Commodore wurde schneidend. »Sie haben sogar schon Aufnahmen von Ihrem Sturz von der Kletterwand gezeigt. Die Nachrichtensprecherin hatte die Stirn, Sie als ›Sportdirektor‹ zu bezeichnen.«
Dudley war verzweifelt. »Sie haben Aufnahmen davon gezeigt? Hat es ihnen denn nicht gereicht, diesen dämlichen schwimmenden Steward zu zeigen?«
»Offenbar nicht. Wir bringen gerade die gesamte Stadt Miami zum Lachen, und Gott weiß, wo dieser Bericht noch gesendet wird. Solche Filmchen werden im Internet doch Millionen Mal abgenudelt.«
Auf dem nächsten Klassentreffen werde ich mich wohl

kaum blicken lassen können, dachte Dudley. »Aber hören Sie, Sir ...«, begann er. »Man sagt ja, jede Publicity ist gut.«
»Aber doch nicht in diesem Fall! Wo ist Eric?«
»Keine Ahnung.«
»Er ruft nicht zurück, obwohl ich ihn schon angefunkt habe. Ich verlange, dass er auf der Stelle hier auftaucht.«
»Sir, eine Frage.«
»Was?«
»Das Fernsehen hat doch wohl nichts über Mrs Pickerings Halluzinationen berichtet, oder?«
Die tränenverschleierten Augen des Commodore schienen aus ihren Höhlen zu treten. »Nein. Aber ich bin sicher, das bringen sie in den Morgennachrichten. Wie viele von unseren Wohltätern der Menschheit haben wohl ein Handy an Bord und berichten gerade detailliert, was hier an Bord passiert ist, seitdem wir Miami verlassen haben?«
»Sir, die meisten Handys dürften hier keinen Empfang mehr haben. Nur mit einem speziellen Satellitentelefon kann man hier noch telefonieren.«
»Dann telefonieren sie eben von ihren Kabinen aus. Ich bin sicher, das sickert durch. Sehen Sie zu, dass Sie Eric hierherbringen. Wir müssen diesem unglückseligen Tratsch mit Würde begegnen.«

26

Hörst du das auch?«, fragte Bullauge seinen Komplizen, der sich in ihrem Versteck zusammengerollt hatte. »Wer singt denn hier Weihnachtslieder?«, schnauzte Highbridge, während der Regen gnadenlos auf sie beide herniederprasselte.

»Sei doch nicht so blöd, Herrgott! Das ist Eric, der da singt. Hör doch mal hin!«

»Wer kann denn bei diesem Sturm irgendwas hören?«

»Schnauze! Vermutlich sucht er nach uns.«

Der schwache Klang von Erics Stimme drang kaum zu ihnen durch. Highbridge strengte seine Ohren an und versuchte auszumachen, was Eric da sang. Eine Zeile aus »Santa Claus is coming to town« konnte er erkennen: »He knows if you've been bad or good ...«

»Falsch singt er auch noch«, murmelte Highbridge.

»Aber er versucht, uns zu finden«, schnauzte Bullauge ihn an. »Er kann ja wohl kaum unsere Namen da draußen rumbrüllen.«

Die beiden Männer kamen mühsam auf die Beine und blickten sich suchend um. Eric stand am ersten Loch der Golfbahn und sang aus vollem Halse.

»Psst! Hier sind wir!«, rief Bullauge ihm zu.

Eric eilte zu ihnen. »Ich suche euch schon überall.«

»Na, nun hast du uns ja gefunden«, sagte Bullauge. »Und wie geht's jetzt weiter?«

»Jemand hatte im Speisesaal einen Unfall und verbringt die Nacht auf der Krankenstation«, erzählte Eric. »Ich habe den Schlüssel zu seiner Kabine. Kommt mit, aber seid um Himmels willen vorsichtig. Im Moment wird das Buffet im Lido abgeräumt, und sie dürfen uns nicht

sehen. Wir müssen an den Fenstern vorbeikriechen.«
Drei Minuten darauf, so durchnässt, als hätten sie ein Bad im Meer genommen, hatten die drei endlich Craters Kabine erreicht. Highbridge eilte ins Bad und drehte sofort das heiße Wasser in der Dusche an. Bullauge schälte sich aus dem nassen Weihnachtsmann-Kostüm und stand nun wieder in den karierten Boxershorts da, die Ivy so treffend beschrieben hatte. Er holte einen Bademantel mit dem Wappen der *Royal Mermaid* aus dem Schrank und zog ihn an. Dann riss er die Wolldecke vom Bett und wickelte sich hinein. »Ich werde mir eine Lungenentzündung holen. Gibt es hier eine Bar?«
Erics Piepser ertönte. Er warf einen schnellen Blick darauf. »Mein Onkel. Er versucht mich schon die ganze Zeit zu erreichen. Im Schrank ist eine Minibar. Ich bin bald zurück.«
Nachdem Eric gegangen war, schenkte sich Tony einen Scotch ein und setzte sich aufs Bett. Er hatte den Verdacht, dass Highbridge das gesamte heiße Wasser verbrauchen würde, das auf dem Schiff noch vorhanden war. Er nahm einen großen Schluck von dem Scotch, blickte durch die Kabine und entdeckte eine Fernbedienung auf dem Bett. Er schaltete den Fernseher ein, nicht sicher, ob er irgendetwas anderes finden würde als Touristeninformationen über Fishbowl Island oder ein Sicherheitsvideo, in dem erklärt wurde, wie man im Fall einer Havarie die Schwimmweste anlegte. Aber als der Bildschirm hell wurde, sah er zu seinem äußersten Schrecken ein Foto von sich.
»Die Ermittler befragen zurzeit Bingo Mullens über seine Kontakte mit Tony Pinto, der am Weihnachtstag aus seinem Haus verschwunden ist. Es wird vermutet, dass Pinto versuchen wird, außer Landes zu kommen, und ein Informant hat das FBI darüber in Kenntnis ge-

setzt, dass Bingo Mullens nach jemandem gesucht hat, der ihn über die Grenze bringen könnte.«

Der Scotch brannte Pinto in der Kehle. Bingo wird mich verpfeifen, dachte er. Er wird in irgendeinem Zeugenschutzprogramm unterschlüpfen und so tun, als hätte er sein Leben lang nichts anderes verkauft als Schuhe.

»Bingo, wenn du mich hopps gehen lässt«, sagte er laut Richtung Bildschirm, »dann bringe ich dich um. Der letzte Typ, der mich verpfiffen hat, ist ungeschoren davongekommen, jedenfalls bis jetzt. Aber das wird bei dir anders sein, das schwöre ich dir. Du kommst mir damit nicht durch.«

27

Zurück in ihrer Kabine, machten sich Regan und Jack fertig zum Schlafengehen und plauderten dabei über ihren ersten Tag auf See.

»Nicht zu glauben, dass uns Alvirah zu dieser Tour überredet hat«, sagte Regan, die in der Tür zum Bad stand und sich die Zähne putzte. »Ich kann mir so richtig vorstellen, was mein Vater gerade zu meiner Mutter sagt.«

»Wir wissen doch beide, dass Alvirah jede Art von Schwierigkeiten magisch anzieht«, antwortete Jack und zog sich die Schuhe aus. »Aber es ist schon wirklich wahr, für eine Kreuzfahrt, die den Anspruch hat, die größten Wohltäter der Menschheit einmal für ihre Mildtätigkeit zu belohnen, ist dies eine außergewöhnlich ereignisreiche Reise.«

»Allerdings«, stimmte Regan ihm zu. »Wenn einer der Stewards schon mal mit dem Gesetz in Konflikt geraten ist, sollte das wohl vor seiner Einstellung bekannt sein. Du lieber Himmel, wer mag wohl sonst noch an Bord dieses Schiffes sein? Derjenige, der die Weihnachtsmannkostüme gestohlen hat, ist ja auch noch da, und Ivy hat ja wirklich jemanden gesehen, der sich offenbar nicht zu erkennen geben will.«

»Morgen früh versuche ich, von Dudley eine Liste aller Passagiere und Mannschaftsmitglieder zu bekommen. Dann können meine Jungs in New York die Leute kurz durchchecken und sehen, ob irgendwo faule Eier darunter sind.« Jack schaltete den Fernseher ein. Die Nachrichtensendungen, die man aufgezeichnet hatte, wurden ständig wiederholt. Schon wieder tauchte das Foto von Tony Pinto genannt Bullauge auf dem Bildschirm auf. »Regan, komm doch mal«, sagte Jack. Regan kam aus dem Bad. »Was denn?«

Beide hörten zu, was über Tony Pintos Komplizen Bingo Mullens erzählt wurde, der angeblich Tonys Flucht arrangiert hatte. »Sieh dir doch bloß mal dieses Gesicht an, Regan«, sagte Jack. »Er sieht doch aus wie dieser Preisboxer, oder?«

»Aber wirklich. Und er ist tatsächlich geflüchtet.« Regan hob die Augenbrauen. »Was, wenn Ivy Pickering in Wirklichkeit ihn gesehen hat?«

Sie lachten beide.

In diesem Augenblick legte sich das Schiff noch einmal besonders stark auf die Seite. »Wenn er an Bord ist, hoffe ich in seinem eigenen Interesse, dass er nicht rein zufällig Alvirah begegnet«, kommentierte Jack. »Und jetzt lass uns endlich ins Bett gehen.«

Regan lächelte. »Mein Lieber, das ist ein Angebot, das ich unmöglich ablehnen kann.«

28

Nicht gerade tropfend, aber immer noch sehr nass, betrat Eric die Suite des Commodore. Er erwartete einen frostigen Empfang, weil er nicht sofort zurückgerufen hatte, als der Piepser ertönt war, obwohl er genau wusste, dass sein Onkel das von ihm erwartete. Schlimmer noch, er hatte drei aufeinanderfolgende Anrufe nicht beantwortet, was für den Commodore einer offenen Meuterei gleichkam. Aber er konnte natürlich alles erklären.

Der Commodore und Dudley saßen nebeneinander auf der Couch. Sie blickten ihn beide grimmig an, als er die Kabine betrat, aber Eric wusste genau, im Stillen freute sich Dudley wie ein Schneekönig, dass er in Schwierigkeiten war.

»Onkel Randolph …«, begann er.

»Du siehst aus wie eine ertrunkene Ratte«, schnauzte ihn der Commodore an. »Man kann wirklich nicht behaupten, dass du den Ansprüchen genügst, die ich an einen Offizier der *Royal Mermaid* stelle.« Er hielt kurz inne. »Solange ich dieses Schiff denn halten kann.«

»Sir, ich bin so nass geworden, weil ich mir Sorgen um unsere Passagiere gemacht habe. Ich hörte einige von ihnen darüber sprechen, wie lustig es doch sein müsste, bei diesem Sturm ein wenig draußen an Deck spazieren zu gehen, und so habe ich alle Decks abgesucht, um sicherzugehen, dass niemand so dumm sein würde, sich bei diesem Wetter draußen aufzuhalten. Du weißt ja, wie dumm die Leute manchmal sind. Sie sehen einfach die Gefahr nicht!«

»Und hast du jemanden draußen angetroffen?«, fragte

der Commodore mit tonloser Stimme und hob die Augenbrauen.
»Nein, Gott sei Dank, nein«, antwortete Eric nachdrücklich. »Und ich bin wirklich froh, dass alle in Sicherheit sind. Die Korridore sind leer, offenbar sind alle Passagiere in ihren Kabinen, und nun wollen wir hoffen, dass sie alle im sicheren Schoß der *Royal Mermaid* in den Schlaf gewiegt werden. Möge unser Schiff wie eine bergende Wiege im stürmischen Meer sein.«
Der Commodore hob eine Hand. »Ich wusste gar nicht, dass du so poetisch sein kannst, Eric. Und nun sieh zu, dass du aus diesen nassen Sachen kommst und dich dann wieder zu uns setzt. Beeil dich, wir haben eine Krise an Bord.«
»Alle Passagiere wurden darauf hingewiesen, dass es gefährlich ist, sich bei diesem Sturm auf Deck aufzuhalten«, sagte Dudley steif. »Das sollte doch wohl reichen.«
In seiner Kabine schälte sich Eric schnell aus seinen Kleidern und zog sich einen Jogginganzug an. Als er in die Kabine des Commodore zurückkam, starrte sein Onkel auf den verschlossenen Glasschrank am anderen Ende des Raums.
»Eric«, sagte der Commodore und deutete auf den Schrank, »ich habe dir noch nichts davon erzählt, weil ich es mir als wunderbare Überraschung für dich aufgehoben hatte. Weißt du, wir haben noch einen Passagier an Bord.«
Eric bekam weiche Knie. »Noch einen Passagier? Wen?«
»Großmutter.«
»Großmutter? Die ist doch vor acht Jahren gestorben!«
»Die Asche Ihrer Großmutter«, warf Dudley ein. »Sie ist in dem silbernen Kästchen dort im Schrank.«
»Großmutter wurde verbrannt?«, fragte Eric verblüfft.
»Das war ihr Wunsch. In ihrer letzten Stunde vertraute

sie mir an, sie wisse, dass ich meinen Traum wahr machen würde, ein Kreuzfahrtschiff zu besitzen. Und sie wünschte sich von mir, dass ich sie zu der ersten Fahrt mitnehmen sollte, um ihre Asche auf dem Meer zu verstreuen.«

»Und mir erzählt kein Mensch was davon!«, beschwerte sich Eric.

»Wenn du zu der Trauerfeier gekommen wärst, hättest du es erfahren«, rügte ihn der Commodore. »Meine drei Exfrauen waren alle dabei. Sie schätzten deine Großmutter sehr. Deine Extante Beatrice, deine Extante Johanna und deine Extante Reeney saßen alle nebeneinander und weinten. Und als ich vor Kurzem mit Reeney gesprochen habe, da habe ich ihr erzählt, dass es jetzt endlich so weit ist und dass ich Großmutters Asche auf unserer Jungfernfahrt endlich ins Meer streuen werde. Sie wäre zu gern mitgefahren, aber selbst meine Großmut hat ihre Grenzen. Ja, und nun wird uns diese Kreuzfahrt durch schlechte Publicity verdorben …«

»Wie kommst du denn darauf?«, fragte Eric, und sein Herz setzte einen Schlag aus. »Was sagen die Leute denn über unsere Kreuzfahrt?«

Der Commodore brachte ihn schnell auf den neuesten Stand. »Es ist eine solche Missachtung des Andenkens deiner Großmutter! Sie hat ihr Leben lang so viel Gutes getan, und ich dachte, es wäre eine besondere Ehrung ihres Andenkens, wenn wir sie nicht nur auf der Jungfernfahrt meines Schiffes auf ihre letzte Reise schicken würden, sondern nun auch noch umgeben von so vielen, vielen guten Menschen. Und nun wird das alles in den Schmutz getreten …« Die Stimme des Commodore brach, und er suchte in seiner Tasche nach einem Taschentuch. »Das ist so unfair!«, schluchzte er und tupfte sich die Augen ab. »Kein einziger Passagier auf diesem

Schiff hat für die Fahrt bezahlt. Kein einziger! Und alle machen sich über mich lustig!«
Eric setzte sich neben seinen Onkel, legte ihm ungeschickt den Arm um die Schultern und erstarrte vor Schreck, als der Commodore ihm den Kopf an die Schulter legte. »Ist ja gut, Onkel Randolph.«
»Das hat deine Großmutter nicht verdient. Beim Dinner morgen Abend wollte ich ankündigen, dass die Asche meiner lieben Mutter am frühen Mittwochmorgen der See übergeben würde. Das wäre nämlich ihr fünfundneunzigster Geburtstag gewesen. Als Dudley den Vorschlag machte, diese Weihnachtskreuzfahrt auszuschreiben, die mich, nebenbei gesagt, ein Vermögen kostet, da war die Tatsache, dass der Geburtstag deiner Großmutter in die Zeit der Reise fallen würde, einer der Gründe, die mich bewogen haben, zuzustimmen. Ich wollte unseren Passagieren morgen Abend mitteilen, dass es eine kurze, aber bewegende Feier in unserer Kapelle geben wird, und zwar beim Morgengrauen, und dass es mich sehr freuen würde, wenn man mir dabei Gesellschaft leistet. Natürlich weiß ich, dass du mich begleiten wirst, Eric, denn du bist ja in den letzten acht Jahren doch sehr gereift. Aber nun weiß ich wirklich nicht, was ich tun soll ...«
Eric blickte hinüber zu dem Glasschrank. »Hallo, Großmutter«, sagte er leise.
Der Commodore weinte jetzt hemmungslos. »Diese wunderbare Frau befindet sich in dem kleinen silbernen Kästchen dort. Hinter Schloss und Riegel.«
»Ja, du hast sie immer gut behütet.«
Der Commodore nickte. »Im Leben wie im Tode. Ich habe schreckliche Geschichten gehört, wie ahnungslose oder achtlose Haushaltshilfen die Asche geliebter Vorfahren verstreut haben. Und deshalb habe ich dieses Kästchen bewacht wie meinen Augapfel.«

»Wo hast du Großmutter in all diesen Jahren aufbewahrt?«
»Ihre Urne war in meinem Schlafzimmer in einem ähnlichen Schrank wie diesem hier untergebracht. Der Schrank ist feuerfest, wasserdicht und diebstahlsicher. Ich habe nicht viel darüber gesprochen ... die Erinnerung war zu schmerzlich für mich. Aber ich habe deine Großmutter immer liebevoll behandelt.«
Dudley räusperte sich. »Sir, ich habe schon viele Krisen gemeistert, und deshalb weiß ich, dass alles darauf ankommt, wie wir die Situation jetzt angehen. Du lieber Himmel, ich bin einmal auf einem Kreuzfahrtschiff gewesen, das versehentlich losfuhr, ohne Desserts und Gebäck an Bord genommen zu haben. Der Konditor hatte gekündigt, und nun stellte sich heraus, dass er uns noch einen letzten Streich gespielt hatte, indem er alle Bestellungen für Mehl, Schokolade und so weiter stornierte. Der Ersatzmann, den wir in letzter Minute anstellten, hatte keinerlei Zutaten an Bord, nichts, wir konnten nicht einmal einen kleinen Milchshake servieren. Unter den Passagieren brach ein Aufruhr aus, aber am Ende konnten wir das Missgeschick sogar noch in einen Vorteil verwandeln. Wir haben nämlich Gymnastikstunden angeboten und einen Wettbewerb ausgeschrieben: Die Person, die während dieser Kreuzfahrt am meisten Gewicht abnahm, sollte den Reisepreis erstattet bekommen. Am Ende war es ein Kopf-an-Kopf-Rennen, es ging um fünfzig Gramm.«
Dudley stand auf und durchquerte mit ein paar Schritten die Kabine. »Ich würde vorschlagen, wir schicken noch heute Nacht eine Pressemitteilung raus, in der wir den guten Zweck dieser Reise noch einmal betonen. Dann erzählen wir die wunderbare Geschichte von Ihrer Mutter und berichten von den Verdiensten einiger Passagiere. Vieler Passagiere. Und wenn die Medien

dann nicht verstehen, dann sollen sie sich schämen. Und Sie sollten Ihre Pläne in Bezug auf die zauberhafte Feier für Ihre Mutter unbedingt weiterverfolgen. Morgen geben wir dann die nächste Pressemitteilung heraus, in der wir den neuen Tag begrüßen und davon sprechen, wie glücklich unsere Gäste sein können, die erste Nacht auf hoher See auf diesen herrlichen Schiff verbracht zu haben.«

Der Commodore wischte sich die Augen und putzte sich geräuschvoll die Nase. »Ich bin so froh, euch beide bei mir zu haben. Ob ihr es glaubt oder nicht, ich vermisse eine Ehefrau an meiner Seite. Die Gemeinschaft mit euch beiden bedeutet mir sehr viel.«

Dudley ging zur Tür. »Ich werde jetzt zurück in meine Kabine gehen und die erste Pressemitteilung formulieren.«

»Und du, Sir, solltest dich hinlegen und ein wenig schlafen«, sagte Eric zu seinem Onkel.

»Bald. Aber erst einmal werde ich mich ein wenig hier auf der Couch ausstrecken und Zwiesprache mit deiner Großmutter halten. Ich habe schließlich nicht mehr viel Zeit, bevor sie mich endgültig verlässt.«

Innerlich brach Eric schon wieder in Panik aus. Er musste hinunter zu Bullauge und Highbridge. Wie konnte er unauffällig entkommen?

»Eric, ich bestehe darauf, dass du jetzt gehst, eine heiße Dusche nimmst und dich dann ins Bett legst. Wir werden uns am eigenen Schopf aus dem Sumpf ziehen und diese Kreuzfahrt zu einem Erfolg machen. Aber dafür müssen wir alle in Topform sein. Und nun sag deiner Großmutter gute Nacht.«

29

Der Scotch hatte Bullauge nicht beruhigen können, sondern seine Frustration noch gesteigert. Er fühlte sich in der Falle. Wenn Bingo ihn verpfiff, würde das FBI nicht lange brauchen, um mit einem Hubschrauber hier aufzutauchen oder ein Schiff zu schicken, und dann wäre er geliefert.

Er stand vom Bett auf, schenkte sich noch einen Scotch ein, zog die Schublade neben dem Barfach auf und fand eine Dose Erdnüsse, ein Päckchen Schokocrossies und eine Rolle Pfefferminzbonbons. Er brauchte etwa anderthalb Minuten, um sie zu vertilgen. Wenn Highbridge das ganze heiße Wasser für sich beanspruchte, würde er in der Zwischenzeit alles aufessen, was er finden konnte.

Die meisten anderen Schubladen waren leer. Wer auch immer diese Kabine normalerweise bewohnte, hatte nicht viel Gepäck mitgebracht. Aber in der letzten Schublade fand Bullauge eine Tube mit grauer Paste. Auf dem Etikett konnte er lesen, dass es sich um Bühnenschminke handelte. Ein Verdacht kam in ihm auf, jener Instinkt, der ihn immer schon begleitet hatte, und er begann, die Kabine genau zu untersuchen.

Er ging hinüber zum Schrank, öffnete die Tür und sah in der aufflammenden Innenbeleuchtung drei Jacketts und einen Anzug mit Weste. Größe XL, bemerkte er, meine Größe. Er untersuchte die Jackentaschen, und in der dritten schlossen sich seine Finger plötzlich um eine Pistole, eine Glock, genau die Waffe, die ihm am liebsten war. Wer ist der Mann, der diese Kabine bewohnt?, dachte er, als er die Waffe in seine eigene

Tasche steckte. Dann griff er ins obere Fach und fuhr mit der Hand über das Schrankbrett unter der Schwimmweste. Als er weiches Leder zu fassen bekam, zog er es zu sich heran. Eine Art Tasche, vermutete er, und richtig, es war eine teure Aktenmappe mit dreiseitigem Reißverschluss.
Er ging damit zum Bett, griff nach dem Scotch, nahm noch einen großen Schluck und öffnete die Brieftasche. Aufstöhnend vor Überraschung starrte er auf etwa ein Dutzend Päckchen mit Hundert-Dollar-Noten. Er schüttelte den Inhalt der Tasche aufs Bett.
Drei US-Pässe kamen zum Vorschein. Als er den ersten öffnete und das Passbild sah, wurde ihm heiß und kalt. Schnell sah er sich das zweite und dritte Passbild an. Die drei Gesichter sahen vollkommen unterschiedlich aus, aber wenn man genau hinsah, konnte man erkennen, dass es sich um ein und denselben Mann handelte. Und es war ein Mann, den er gut kannte.
Eddie Gordon, die elende Ratte, deren Zeugenaussage Tonys Vater in den Knast gebracht hatte. Bullauge war seit fünfzehn Jahren auf der Suche nach diesem Kerl. Gordon reiste unter verschiedenen Tarnnamen, und nach dem Datum des Passes zu urteilen, war der neueste Harry Crater.
Er ist nicht auf dieser Kreuzfahrt, weil er ein so großer Wohltäter der Menschheit ist, dachte Bullauge. Und ich frage mich wirklich, was er vorhat. Eric hat gesagt, er ist auf der Krankenstation. Ein neuer Gedanke schoss ihm durch den Kopf. Was, wenn Eddie Gordon nur simulierte?
Egal, beschloss er. Simulant oder nicht, wenn ich mit dem Kerl fertig bin, braucht er keinen Arzt mehr.

30

Ted Cannon hatte immer schon einen leichten Schlaf gehabt. Und durch Joans Krankheit war es sogar noch schlimmer geworden, denn er hatte auf jeden ihrer Atemzüge gelauscht. Er war froh, eine der wenigen Einzelkabinen auf dem Schiff ergattert zu haben. Sie war nur halb so groß wie die Doppelkabinen, aber ausgesprochen gemütlich, und sie hatte einen eigenen Balkon. Der einzige Nachteil war die Verbindungstür zur Nachbarkabine – eine gute Sache für Familien mit Kindern, aber weniger großartig für Menschen, die nicht unbedingt dem Fernseher eines anderen zuhören wollten.
Ted wusste, dass sein Nachbar, dieser kränklich wirkende Mr Crater, in die Krankenstation gebracht worden war, nachdem er beim Abendessen gestürzt war. Aber als sich Ted nun bettfertig machte, hörte er plötzlich den Fernseher in der Nachbarkabine. Ach, dachte er, dann war er wohl doch nicht so schwer verletzt. Andererseits besteht meine einzige Hoffnung auf einen anständigen Nachtschlaf darin, einzuschlummern, bevor ich Gelegenheit haben, allzu viel zu grübeln. Und wenn dieser Fernseher zu lange läuft, ist diese Möglichkeit dahin.
Das Schiff schaukelte immer noch heftig, und er war froh, sich ins Bett zu legen und in die Decken zu kuscheln. Gestern Abend um diese Zeit habe ich noch gedacht, es sei ein Fehler gewesen, mich für diese Reise zu entscheiden, dachte er. Aber eigentlich ist es ganz schön. Allein in der Dunkelheit, lächelte er vor sich hin, während die Ereignisse des Tages ihm noch einmal durch den Kopf gingen. Beim Abendessen war es seine

Aufgabe gewesen, von Tisch zu Tisch zu gehen, aber das hatte ihm nichts ausgemacht. Er unterhielt sich gern mit den anderen Reisenden. Die Menschen auf dieser Kreuzfahrt waren wirklich nett und freundlich, dachte er, beispielsweise diese Ryans, die an Bord waren, weil sie so viel Geld gesammelt hatten, um die Erforschung einer seltenen Krankheit voranzubringen, an der ihr Sohn gestorben war. Die Art und Weise, wie sie ihre Trauer in etwas Positives und Hilfreiches für andere Menschen verwandelt hatten, brachte Ted dazu, sich zu fragen, ob sein Sohn am Ende recht hatte, wenn er ihm einen sanften Hinweis gab, er solle nicht zu sehr im Selbstmitleid versinken. Bill hatte natürlich einen vollkommen falschen Ton angeschlagen, aber die Richtung war nicht verkehrt. Vermutlich, dachte Ted ein wenig unruhig, hätte Joan es auch so gesehen. Sie hätte es nicht gut gefunden, wenn ich mir nur selbst leidtue.

Der Fernseher in der Nebenkabine war inzwischen ausgeschaltet worden, aber jetzt konnte er hören, wie Schubladen aufgezogen und wieder geschlossen wurden, und dann hörte er Stimmen. Vielleicht ist jemand bei diesem Crater und hilft ihm ins Bett, dachte er, als er sich auf die Seite drehte und die Decke höherzog, sodass sie seine Ohren bedeckte.

Im Einschlummern dachte er noch, wie froh er war, dass er Maggie Quirk wegen Ivy Pickering angesprochen hatte. Maggie war eine witzige Frau voller Selbstironie. Sie trug keinen Ehering, also war sie vermutlich nicht verheiratet. Sie hatte ihm erzählt, dass sie um sechs Uhr früh zum Joggen gehen wollte. Wenn der Sturm über Nacht abflaute, würde er aufstehen und seinen Jogginganzug ebenfalls anziehen.

Ted war Frühaufsteher, aber um sicherzugehen, dass er nicht verschlief, schaltete er noch einmal das Licht an und stellte sich den Wecker für halb sechs.

31

Dienstag, 27. Dezember, 3:45 Uhr

Wie die meisten anderen Passagiere gingen Maggie und Ivy ins Bett, sobald sie ihre Kabine erreicht hatten. Es war ohnehin nicht leicht, bei diesem Sturm aufrecht zu stehen, und schließlich war es ja auch ein langer Tag gewesen. Maggie schlief sofort ein, aber um Viertel vor vier wurde sie wach und stellte fest, dass Ivy auf der Bettkante saß. Maggie schaltete das Licht ein.

»Alles in Ordnung, Ivy?«, fragte sie. »Du hast doch wohl nicht schon wieder ein Gespenst gesehen, oder?«

»Wahnsinnig witzig, Maggie«, sagte Ivy und lachte gegen ihren Willen. »Es wäre mir lieber, ich wäre deshalb wach, das kann ich dir sagen. Mir ist so schwindlig, und ich bin ganz zitterig.«

»Los, wir gehen sofort zum Schiffsarzt«, schlug Maggie vor und stieg aus dem Bett. »Du bist seekrank.«

»Ich komme gar nicht bis dorthin, fürchte ich. Ich werde mich einfach wieder hinlegen und hoffen, dass es vorübergeht.«

Maggie griff nach ihrem Bademantel. »Dann gehe ich und sehe, ob ich ein Pflaster für dich bekomme oder was sie hier gegen Seekrankheit haben.«

»Ich will nicht, dass du allein um diese Zeit auf dem Schiff herumläufst«, sagte Ivy, aber dann stöhnte sie auf. »Na gut, wenn du darauf bestehst«, sagte sie mit schwacher Stimme. »Ich hätte nie gedacht, dass ich einmal seekrank werde.«

»Ich hole dir einen Waschlappen mit kaltem Wasser, den legst du dir auf die Stirn, bis ich wieder da bin.«

32

Als Highbridge aus der Dusche kam, hatte Bullauge den Inhalt der Aktenmappe schon wieder eingesammelt, die Mappe verschlossen und unter dem Bett versteckt. Er wusste jetzt, was er zu tun hatte, und eine der ersten Lektionen, die er in seinem Leben als Krimineller gelernt hatte, war: »Feind hört mit.

Der Anblick der Bonbonpapierchen und der leeren Erdnussdose erbitterte Highbridge. »Du hättest mir wohl keinen Krümel davon übrig lassen können, oder?«

»Ich hatte solchen Hunger!«, sagte Bullauge gehässig. »Und ich bin immer noch hungrig.«

Nun saßen die beiden Männer schmollend nebeneinander auf dem Bett. Als Bullauge ins Bad ging, sah er, dass Highbridge sein Weihnachtsmannkostüm aufgehängt und Handtücher in die Ärmel gestopft hatte, damit es nicht verknitterte. Als er ihn fragte, warum er plötzlich einen solchen hausfraulichen Ehrgeiz entwickelte, erklärte ihm der Erbsenzähler, er wolle zum Frühaufsteher-Buffet gehen und sich etwas zu essen holen. »Und ich werde dir nichts mitbringen, damit das klar ist.«

Als Bullauge aus der Dusche kam, schlief Highbridge schon auf seiner Seite des französischen Bettes. Bullauge legte sich neben ihn und löschte das Licht. Wie konnte Highbridge einfach so einschlafen?, dachte er. Seine Gedanken rasten – er musste irgendwie seine Spielkarten wiederbekommen. Und außerdem musste er sich an Eddie Gordon heranmachen. Sobald er nämlich von diesem Kahn herunter war und sich nach Fishbowl Island abgesetzt hatte, würde er ihm vermutlich nie wieder begegnen. Und er war es seinem Vater schuldig, dass er diesen Gordon endlich zur Strecke brachte. Wenn er es nicht wenigstens versuchte, dann würde er sich für den Rest seines Lebens in Grund und Boden schämen.

Er wusste, dass er ein ziemliches Risiko einging, aber versuchen musste er es.

Bullauge hatte den Plan, bis vier Uhr zu warten, denn dann waren die Korridore vermutlich absolut menschenleer. Irgendwo hatte er gehört, dass die meisten Menschen gegen vier Uhr nachts sterben, jedenfalls mehr als zu jeder anderen Uhrzeit. Als er die Augen schloss, wohl wissend, dass er keinen Schlaf finden würde, hoffte er, dass er dieser seltsamen Statistik in Kürze ein weiteres Beispiel hinzufügen würde.

Um halb vier konnte er nicht länger warten. Er stand auf, zog den Gürtel des Bademantels fest, legte sich ein dickes Handtuch um den Hals und setzte eine von Gordons dunklen Sonnenbrillen auf, die er auf dem Nachttisch gefunden hatte. Was für ein Glück, dass sie nur Fensterglas enthielten.

Der schwach beleuchtete Korridor lag verlassen da. Beim Aufzug fand er einen Plan des Schiffs, auf dem alle wichtigen Räume aufgezeichnet waren. Wie er schon erwartet hatte, befand sich die Krankenstation auf dem untersten Deck. Er merkte sich den Korridor, den er nehmen musste, und ging los, ohne auf dem Weg eine Menschenseele zu treffen.

Mit unendlicher Vorsicht öffnete er die Tür und fand sich in einem unheimlich stillen, leeren Wartezimmer wieder. Eine große Aufschrift am Schalter besagte: »Bereitschaftsdienst, bitte klingeln.«

Er trat hinter den Schalter und öffnete verstohlen die Tür zum Allerheiligsten. Langsam, nur von der schwachen Notbeleuchtung geleitet, schaute er in das kleine

Büro zu seiner Linken, wo er die schlafende Schwester in ihrem Ruhesessel erkennen konnte. Ihre tiefen, schweren Atemzüge versicherten ihm, dass von ihrer Seite keine Schwierigkeiten zu befürchten waren, jedenfalls nicht in nächster Zeit. In ihrem eigenen Interesse hoffte er, dass sie weiterschlafen würde.
Im zweiten Raum auf der rechten Seite entdeckte er den Mann, der seiner Familie so viel Schaden zugefügt hatte. Selbst im Halbdunkel erkannte er noch das Profil von Eddie Gordon, dem Mann, der derzeit unter dem Decknamen Crater herumlief. Bullauge dachte an seine arme Mutter, die fünfzehn Jahre lang einmal im Monat die lange Reise zum Gefängnis von Allentown in Pennsylvania unternommen hatte, um seinen Vater zu besuchen. Die ganze Zeit hatte er den leeren Platz seines Vaters am Abendbrottisch ansehen müssen. »Was ich jetzt tue, tue ich nur für dich«, flüsterte er, als er die dunkle Krankenkabine betrat, das Kissen unter Craters Kopf hervorzog und mit einer blitzschnellen, entschiedenen Bewegung auf das Gesicht des Schlafenden drückte.

Irgendwo in seinem Narkoseschlaf durchlebte Crater/Gordon einen Albtraum. Er bekam keine Luft mehr. Er würgte. Er begann zu gurgeln und mit den Händen in der Luft zu rudern. Aber was er erlebte, war die Wirklichkeit, kein Albtraum. Sein Überlebenstrieb ließ ihn das Kissen ergreifen, das sein Gesicht bedeckte, und kräftig daran ziehen. Aber da spürte er starke Daumen, die auf seine Kehle drückten. Und er hörte eine flüsternde Stimme: »Jetzt bekommst du genau das, was du verdienst.«
»Aaaahhh!« Craters Schrei hatte nur noch die Form eines Flüsterns.
In diesem Augenblick schrillte die Klingel im Warteraum durch den Gang. Bullauge erstarrte. Er kämpfte

darum, das Kopfkissen auf Craters Gesicht festzuhalten, aber ihm war klar, dass das Klingeln die Schwester wecken würde. Irgendjemand war im Warteraum.
Also tat er das Einzige, was ihm übrig blieb: Er warf das Kopfkissen zur Seite, rannte aus Craters Kabine und versteckte sich nebenan.
»Aaaahhh!!!«, begann Crater zu schreien.
Bullauge sah, wie die Schwester den Gang entlanggeeilt kam und in Craters Kabine verschwand. Das Handtuch hochgezogen, die dunkle Brille auf der Nase, öffnete er die Tür zum Warteraum. Mit einer Hand halb über dem Gesicht verließ er die Krankenstation, ohne auch nur einen Blick auf die Frau zu werfen, die gerade auf einem der Stühle Platz genommen hatte.

Crater versuchte, sich einen Reim auf das zu machen, was er soeben erlebt hatte. Er hatte sich das nicht eingebildet, irgendjemand hatte tatsächlich versucht, ihn umzubringen. Er hatte immer schon den Verdacht gehabt, dass »sie«, die große Chefin, noch jemand anders mit dieser Sache betraut hatte. Vielleicht bekam derjenige jetzt kalte Füße und fürchtete, Crater würde in der Narkose etwas verraten, und hatte deshalb versucht, ihn umzubringen. Er musste zurück in seine Kabine und die Tür zwei Mal abschließen, bis der Hubschrauber kam.
»Was ist denn los, Mr Crater?«, fragte die Schwester und schaltete das Deckenlicht an.
»Ich habe schlecht geträumt«, krächzte er.
»Sie sind ja ganz rot am Hals! Und warum liegt ihr Kopfkissen auf dem Boden?«
»Ich habe einen sehr unruhigen Schlaf.«
»Dr. Gephardt hat mir gesagt, Sie dürften noch eine Schlaftablette nehmen.«
»NEIN!« Er wusste, solange er sich auf diesem Schiff be-

fand, durfte er kein Auge mehr zutun. Seltsam, aber sein Rücken fühlte sich nach dem kleinen Ringkampf viel besser an. »Ich gehe jetzt zurück in meine Kabine.«

»Auf keinen Fall, das hat der Doktor verboten. Sie müssen erst mit ihm sprechen, um sieben Uhr beginnt sein Dienst.«

»Um eine Minute nach sieben bin ich hier draußen.«

Aber die Schwester hatte die Kabine bereits verlassen.

Ein paar Minuten später marschierte die erschöpfte Maggie zurück in ihre Kabine, ein Pflaster gegen Ivys Seekrankheit in ihrer Hand. Als sie endlich wieder in ihrem Bett lag, fühlte sie sich verquollen und unruhig, hatte aber keinerlei Absicht, ihren Joggingtermin um sechs Uhr abzusagen.

Wenn ihre Antennen nicht vollkommen außer Funktion waren, würde Ted Cannon um diese Zeit dort unterwegs sein. Da war sie sicher.

33

Alvirah schlug um Viertel vor sechs die Augen auf. Willy schlief noch, anscheinend in derselben Stellung wie gestern Abend. Das Schaukeln des Schiffs war viel sanfter geworden. Leise stieg Alvirah aus dem Bett. Im Bad spritzte sie sich kaltes Wasser ins Gesicht und putzte sich die Zähne. Sie zog ihren Jogginganzug an und steckte ihre Sonnenblumenbrosche an. Am besten kann ich immer noch am frühen Morgen denken, vor allem, wenn ich eine Tasse Kaffee dazu bekomme, überlegte sie. Und ich weiß, von sechs bis sieben Uhr werden im Lido Kaffee, Saft und Bagels serviert, damit die Frühaufsteher etwas zu beißen haben, bevor das richtige Frühstücksbuffet eröffnet wird.

Sie kritzelte eine kurze Nachricht für Willy auf einen Zettel, stellte den Zettel an die Tischlampe und öffnete dann unendlich vorsichtig die Kabinentür. Sie schloss sie lautlos, eilte den Gang hinunter und bemerkte mit Staunen, dass die Tür zur Suite des Commodore ebenfalls geöffnet wurde. Ein verschlafener Eric stand vor ihr, angetan mit einem verknitterten Jogginganzug.

»Der frühe Vogel fängt den Wurm«, sagte Alvirah fröhlich und versuchte, die Gelegenheit beim Schopf zu ergreifen und Eric in ein kurzes Gespräch zu verwickeln. »Wollen wir nicht eine Tasse Kaffee zusammen trinken? Sie waren wirklich schrecklich nett zu uns, indem Sie uns Ihre Kabine überlassen haben. Ich werde eine sehr freundliche Kolumne über diese Kreuzfahrt schreiben, und es würde mir gut gefallen, wenn ich Sie darin meinen Lesern vorstellen könnte.«

Eric entging das scharfe Glitzern in Alvirahs Augen

nicht. Er wusste genau, dass sie ihn aufmerksam beobachtete. Er hatte so getan, als legte er sich schlafen, hatte aber die Tür einen Spalt offen gelassen, sodass er sehen konnte, wenn sein Onkel zu Bett ging oder auf der Couch einschlief. Das Problem war nur, dass er selbst eingeschlafen war, bevor es sein Onkel tat. Und nun war er gerade eben aufgewacht und hatte mit Schrecken festgestellt, dass es schon früher Morgen war und Crater jede Minute in seine Kabine zurückkehren konnte. Eric hatte in der Krankenstation angerufen und von der Schwester erfahren, dass es Crater tatsächlich viel besser ging und dass er darauf bestand, sofort entlassen zu werden, sobald der Arzt um sieben Uhr seinen Dienst begann. Das hieß, Eric hatte genau eine Stunde, um Bullauge und Highbridge aus Craters Kabine zu entfernen und sie zu verstecken, bis Winston die Suite aufgeräumt hatte und er sie wieder in seine eigene Kabine schmuggeln konnte.

»Oh, vielen Dank, Mrs Meehan«, antwortete er Alvirah. »Aber ich muss hinunter in die Krankenstation und nach Mr Crater sehen, und dann muss ich schnell wieder hier hinauf und mich zum Dienst umziehen.« Er lachte und tätschelte ihr den Arm. »Mein Onkel macht zwar einen sehr entspannten Eindruck, aber er hält die Leinen straff gespannt, wie man so sagt.«

Straff gespannt?, dachte Alvirah. Nach allem, was ich bisher hier erlebt habe, fährt dieses Schiff geradewegs zur Hölle, weil niemand mehr den Überblick hat. »Na, dann ein andermal«, schlug sie dem jungen Mann freundlich vor. »Ist dieses Morgenlicht nicht einfach wunderbar? Ich könnte Bäume ausreißen, wenn ich so früh aufstehe. Wissen Sie, man sagt ja, ich sei eine ganz brauchbare Amateurdetektivin. Wenn ich versuche, herauszufinden, was tatsächlich passiert ist, dann setze ich am frühen Morgen meine Denkmütze auf, und meis-

tens dauert es nicht lange, bis ich eine gute Idee habe.«
Für einen kurzen Augenblick zogen sich Erics Halsmuskeln zusammen. »Und was versuchen Sie derzeit herauszufinden?«, fragte er und versuchte so zu klingen, als amüsiere er sich köstlich.
»Oh, das eine oder andere«, antwortete Alvirah leichthin. Sie hätte Eric für ihr Leben gern gefragt, ob er gerne Kartoffelchips aß, aber sie wusste, die Frage würde ihm sauer aufstoßen. »Zum Beispiel würde ich zu gern herausfinden, wer diese Weihnachtsmann-Kostüme gestohlen hat. Die Dinger können ja nicht viel wert sein, aber egal, wie man es auch dreht und wendet, Diebstahl bleibt Diebstahl.«
Eric konnte und wollte das Gespräch nicht weiterführen. Mit jedem Wort, dass diese Frau sprach, klopfte sein Herz lauter und schneller. Diese lästige alte Scharteke spielte mit ihm Katz und Maus, das war mehr als deutlich. »Ich bin sicher, Sie sind eine hervorragende Detektivin, Mrs Meehan«, sagte er. »Genießen Sie Ihren Kaffee, während ich nach unserem Patienten sehe.«
Mittlerweile hatten sie die Aufzüge erreicht, aber Eric rannte die Treppe hinunter. Offenbar bewegt er sich gern, dachte Alvirah, der Weg da runter ist doch ganz schön weit. Na, ich werde meine Knie lieber schonen. Sie drückte auf den Knopf und wartete auf den Aufzug.
Um vier Minuten nach sechs stand sie im Lido-Restaurant vor dem Kaffeeautomaten und schenkte sich die erste wunderbare Tasse Kaffee ein. Hinter den schweren Schwingtüren konnte sie die Küchenmannschaft mit dem Geschirr klappern hören. Ich vermute, ich bin der erste Gast heute Morgen, dachte sie. Aber als sie einen Blick aus dem Fenster warf, sah sie einen hochgewachsenen Weihnachtsmann mit einem Tablett vorbeigehen: Kaffee, Saft, Bagels. Er ging mit schnellen Schritten über das Deck, weg vom Restaurant und zum Heck des Schiffs.

Ob das wohl der nette Mr Cannon war? Er war doch einer von den größeren Weihnachtsmännern. Sie eilte hinüber und drückte die Glastür auf. »Hallo, Weihnachtsmann!«, strahlte sie ihn an. Der Weihnachtsmann warf einen Blick über seine Schulter, eilte aber eher schneller weiter, statt langsamer zu gehen. In diesem Augenblick sah Alvirah – jedenfalls war sie ziemlich sicher, dass sie es sah –, dass er nur ein Glöckchen an seiner Mütze hatte. Sie wollte ihm nachlaufen, aber das Deck war noch rutschig vom Regen, und das Nächste, was sie wahrnahm, war ihr Kaffeebecher, der durch die Luft flog, und sie selbst, die zu Boden stürzte und mit dem Kopf an der Seite eines der Liegestühle aufschlug.
Für einen Augenblick war sie vollkommen benommen und schnappte nur nach Luft. Ihr Kopf schmerzte fürchterlich, und sie fühlte, dass ihr Blut übers Gesicht lief. Benommen blickte sie auf. Der Weihnachtsmann war nirgendwo zu sehen. Ich werde gleich ohnmächtig, dachte sie, aber in einem plötzlichen Reflex schaltete sie mit der linken Hand noch das Mikrofon an ihrer Brosche ein. »Ich bin sicher, dass er mich gesehen hat«, begann sie mit unsicherer Stimme. »Er war groß gewachsen. Ich habe gedacht, es wäre Ted Cannon. Und ich glaube, er hatte nur noch ein Glöckchen an seiner Mütze. Meine Stirn blutet. Ich bin gestürzt, als ich ihm nachlaufen wollte, und nun liege ich hier auf dem Deck wie ein Käfer, der auf den Rücken gefallen ist.«
Dann wurde sie ohnmächtig. Später erinnerte sie sich verschwommen, dass jede Menge Leute um sie herumgestanden hatten, dass sie auf eine Trage gelegt wurde und dass irgendwer ihr etwas Kaltes auf die Stirn drückte. Dann waren sie mit dem Aufzug hinuntergefahren. Als sie wieder vollständig zu sich kam, sah sie als Erstes Willy, der angstvoll auf sie herunterblickte.

»Das war aber ein schwerer Sturz, mein Schatz«, sagte er. »Beweg dich bloß nicht.«
Ihr Kopf tat schrecklich weh, aber ansonsten schien alles noch heil zu sein. Sie bewegte ihre Finger und Zehen: alles in Ordnung. Sie drehte ihre Schultern und bemerkte erleichtert, dass auch ihr Rücken unverletzt zu sein schien.
Dr. Gephardt stand in seiner weißen Uniform neben Willy. Die Jacke hatte er noch nicht einmal ganz zugeknöpft. »Mrs Meehan«, sagte er, »da haben Sie aber einen bösen Schlag abbekommen. Ich werde jetzt die Wunde an Ihrer Stirn nähen, und dann werden wir Sie röntgen. Die nächsten paar Stunden sollten Sie sich lieber ein wenig ruhig verhalten.«
»Mit mir ist alles in Ordnung«, protestierte Alvirah. »Aber glauben Sie mir, auf diesem Schiff gehen wirklich seltsame Dinge vor.«
»Was meinst du denn damit, Schätzchen?«, fragte Willy.
Alvirahs Schädel brummte, aber ihr Gehirn arbeitete schon wieder tadellos. »Gleich nachdem ich mir meinen Kaffee geholt hatte, sah ich einen von den Weihnachtsmännern. Ich dachte, es wäre der nette Ted Cannon ...«
»Der sitzt im Wartezimmer«, unterbrach Willy sie. »Er war mit Maggie beim Joggen, und sie kamen gerade um die Ecke, als du da lagst. Du hast irgendwas geredet ...«
»Ja, in mein Mikrofon!«, bestätigte Alvirah.
»Und dann bist du ohnmächtig geworden.«
»Mir ist schon klar, dass Ted nicht einfach weggelaufen wäre. Aber der Weihnachtsmann, den ich gesehen habe, der ist weggelaufen, als ich nach ihm rief. Er hat sich umgedreht und mich angesehen, und dann ist er einfach weitergegangen. Und vor allem: Er hatte nur ein Glöckchen an seiner Mütze. Ich sage euch, er muss eines dieser gestohlenen Kostüme getragen haben. Wir müssen heraus-

finden, welcher Weihnachtsmann das gewesen ist und wo er ist. Holt Dudley, Regan und Jack!«
»Regan, Jack, Luke und Nora sitzen ebenfalls im Wartezimmer.«
»Na, dann hol sie doch rein!«, forderte Alvirah ihn auf.
»Mrs Meehan, ich denke, Sie sollten wirklich Ruhe ...«, begann Dr. Gephardt.
»Es geht mir gut, Doktor«, beharrte Alvirah. »Ich habe weiß Gott schon ganz andere Schläge abbekommen als diesen. Meine Familie ist berühmt für ihre harten Schädel. Ich kann doch nicht ruhig hier herumsitzen, wenn da draußen ein Dieb herumläuft und dieses Schiff unsicher macht!«
Aus der Nebenkabine vernahm man eine laute Stimme: »Ich höre den Schiffsarzt, und ich verlange, dass er auf der Stelle zu mir kommt.«
»Bitte entschuldigen Sie mich einen Augenblick«, murmelte Dr. Gephardt und verließ eilig die Kabine.
»Das muss Crater sein«, sagte Alvirah zu Willy. »Für einen Mann, der gestern noch so aussah, als würde er gleich ins Koma fallen, hat er ein bemerkenswert lautes Organ.«
»Er klingt tatsächlich viel besser«, stimmte Willy ihr zu. »Ich hole jetzt die Reillys.«
»Sag Maggie und Ted, sie sollen auch reinkommen. Wir haben jede Menge Arbeit vor uns.«
In den wenigen Augenblicken, die sie allein war, richteten sich Alvirahs Gedanken auf Eric. Er hatte doch zu Mr Crater hinuntergehen wollen ... Sie war fast sicher, dass er das nicht getan hatte.
»Alvirah! Alles in Ordnung?«, fragte Nora, als sie sich alle in der kleinen Kabine drängten.
»Ja, alles bestens, kein Grund zur Sorge.«
»Was ist denn passiert?«
Alvirah fasste noch einmal die Geschichte mit dem un-

freundlichen Weihnachtsmann zusammen. Ted und Maggie hatten den Reillys schon berichtet, wie sie Alvirah auf dem Boden gefunden hatten. »Ich bin fast sicher, er trug eine Mütze mit nur einem Glöckchen«, sagte Alvirah. »Wir müssen Dudley holen, damit er die acht verbleibenden Kostüme inspiziert und feststellt, ob sie alle zwei Glöckchen haben. Und dann habe ich mir gedacht, wir sollten die Weihnachtsmänner um Hilfe bitten. Wir müssen die Kostüme irgendwie kennzeichnen, damit wir feststellen können, wenn jemand mit einem von den gestohlenen Anzügen herumläuft. Denn meine Vermutung ist, dass irgendwer die Anzüge gestohlen hat, damit jemand unerkannt auf dem Schiff herumlaufen kann, der hier nicht hingehört. Und diesen Jemand hätte ich beinahe erwischt.«

»Und du bist sicher, er hat dich gehört?«, fragte Regan.

»Unbedingt. Er hat sich ja sogar umgedreht. Nur konnte ich hinter dem Bart sein Gesicht nicht erkennen.« Sie wandte sich an Ted. »Von hinten habe ich gedacht, Sie könnten es sein. Er war ziemlich groß.«

Ted lächelte. »Da bin ich ja froh, dass ich eine vertrauenswürdige Zeugin habe, die mein Alibi bestätigt.«

»Und das bin ich«, fiel Maggie lachend ein.

Jack schüttelte den Kopf. »Das hat schon eine gewisse Logik, dass jemand die Kostüme gestohlen hat, um sich unerkannt auf dem Schiff bewegen zu können. Außerdem kann ich mir nicht vorstellen, dass einer der offiziellen Weihnachtsmänner sich aus dem Bett wälzt, sein Kostüm anzieht und dann ein vorzeitiges Frühstück einnimmt.«

»Vollkommen lächerlich«, stimmte Alvirah ihm zu. »Es hätte ihn ja niemand gesehen. Und von mir wollte er offenbar auch gar nicht gesehen werden.«

Willy nahm ihre Hand. »Ich freue mich immer, wenn ich dich sehe«, sagte er.

»Das weiß ich doch«, erwiderte Alvirah zärtlich. Die Krankenschwester steckte den Kopf zur Tür herein.
»Wie geht's uns denn, Mrs Meehan?«
»Na, mir geht es gut, und Ihnen?«, antwortete Alvirah.
Regan wusste, wenn Alvirah irgendetwas wirklich abgrundtief hasste, dann war es dieses Krankenschwestern-Wir.
Die Schwester ignorierte die Frage. Mit einem Blick durch die Kabine entdeckte sie Maggie. »Sie sind ja früh auf, nachdem Sie heute Nacht noch hier waren. Wie geht es Ihrer Freundin?«, fragte sie.
»Als ich die Kabine verließ, schlief sie noch«, antwortete Maggie. Die anderen blickten sie fragend an, und sie erklärte den Grund für ihren nächtlichen Ausflug. »Das Pflaster hat ihr sehr geholfen.«
»Es war wirklich stürmisch heute Nacht«, mischte sich Luke ein. »Sie haben sicher jede Menge Pflaster ausgegeben, oder?«
»Bis gegen Mitternacht hatten wir viel zu tun, aber danach war Mrs Quirk unsere einzige Besucherin – bis Mrs Meehan kam.«
Alvirah sah den ungläubigen Ausdruck auf Maggies Gesicht. »Was ist los, Maggie?«, fragte sie.
»Ach, nichts, ich habe nur einen Mann durch das Wartezimmer gehen sehen, als ich hier war, und ich hätte wirklich geschworen, er wäre ein Patient.«
Die Schwester sprach weiter, aber dann hielt sie inne. Dr. Gephardt stand hinter ihr und hatte das Gespräch offenbar mitgehört.
»War hier noch jemand letzte Nacht, als Mr Crater seinen Albtraum hatte?«, fragte er jetzt, und seine Stimme klang ernst und zutiefst beunruhigt.
»Nein, natürlich nicht, das hätte ich doch gemerkt«, antwortete die Schwester schnippisch.
Dr. Gephardt wandte sich an Maggie. »Nach unseren

Aufzeichnungen waren Sie gegen vier Uhr hier im Wartezimmer.«
»Genau«, gab Maggie zurück.
»Und Sie sagen, während Ihrer Wartezeit sei ein Mann durchs Wartezimmer gegangen?«
»Ja, er kam aus den Behandlungsräumen. Ich hatte mich umgedreht, wollte mich gerade setzen, und da ging er an mir vorbei.«
»Wie sah er aus?«, fragte Alvirah.
Maggie zögerte. »Ich weiß, dass ich mich wirklich gewundert habe, und es klingt jetzt vielleicht ein bisschen komisch …«
»Sagen Sie es bitte trotzdem«, beharrte Alvirah.
Maggie schüttelte den Kopf und verzog das Gesicht. »Halten Sie mich bitte nicht für verrückt, aber er sah … er sah aus wie Linker-Haken-Louie.«

34

Als Eric das Deck erreichte, auf dem Craters Kabine lag, blickte er den Gang hinunter und sah Jonathan, den zuständigen Steward, aus der letzten Suite kommen. Vermutlich hatte irgendein Frühaufsteher bereits Kaffee bestellt, dachte er und versteckte sich. Er hatte absolut keine Erklärung dafür, warum er sich hier aufhielt, und wenn Jonathan ihn entdeckte, musste er irgendetwas sagen. Er lief die Treppe hinunter, drehte eine Runde und kam langsam wieder hinauf. Diesmal war der Steward nirgendwo zu entdecken. Aber zu seinem Schrecken sah er einen hochgewachsenen Weihnachtsmann, der sich an der Tür zu Craters Kabine zu schaffen machte. Highbridge! Und er hatte ein Tablett bei sich. Sofort öffnete sich die Tür von innen, und Highbridge verschwand im Inneren der Kabine. Mit seinem Generalschlüssel in der Hand eilte Eric den Gang entlang und öffnete die Tür. Highbridge stellte gerade das Tablett auf dem Tisch ab, riss sich den Bart herunter und sah Eric an.

»Was für eine erfreuliche Überraschung! Ich dachte schon, du hättest uns komplett vergessen.«

»Ich muss euch sofort hier rausschaffen. Crater setzt Himmel und Hölle in Bewegung, um wieder in seine Kabine zu kommen. Der Arzt beginnt seinen Dienst erst um sieben Uhr, aber es könnte gut sein, dass Crater gerade dabei ist, seine Entlassungspapiere zu unterschreiben.«

Bullauge verschlang bereits sein erstes Bagel. Mit vollem Mund schnauzte er Eric an: »Geht klar, Onkel Randolphs kleiner Liebling, und wohin dann?« Ohne eine Antwort abzuwarten, fuhr er fort: »In dreiundzwanzig Stunden sind wir nahe genug an Fishbowl Island, damit unsere Leute uns abholen können. Wir sollten dafür sorgen, dass wir die Zeit hier irgendwie überstehen.« Er starrte Eric wütend an.

Eric fürchtete sich wirklich vor Bullauge. In seiner Gegenwart fühlte man sich, als säße man mit einem wütenden Löwen in einem Käfig. Eric versuchte, sich daran zu erinnern, wie er die Vereinbarung getroffen hatte, die beiden Schurken an Bord zu schmuggeln. Damals war ihm die ganze Sache so einfach vorgekommen. Eine Million Dollar für jeden, und nichts weiter zu tun, als die beiden achtundvierzig Stunden lang zu verstecken. Einundvierzigtausend Dollar Stundenlohn. Ein solches Angebot konnte man unmöglich ablehnen! Aber wenn sie jetzt geschnappt wurden, dann würden die beiden stocksteif behaupten, er sei ihr Komplize, und alles Leugnen wäre sinnlos. Eric wusste, er würde niemals einen Lügendetektor-Test überstehen.

Er starrte Bullauge ebenso wütend an. »Das ganze Theater wäre nicht nötig, wenn du nicht in der Kapelle angefangen hättest, Gymnastik zu treiben«, sagte er. »Du solltest dein Weihnachtsmannkostüm tragen, sodass niemand Verdacht schöpft, der dich sieht. Die Leute hätten gedacht, du betest oder meditierst oder was weiß ich. Und jetzt raus hier! Ich bringe euch nach oben, und dann muss ich diese Kabine wieder in einen menschenwürdigen Zustand versetzen. Anziehen, Bullauge!«

»Jetzt gibst du tatsächlich mir die Schuld!«, schnauzte Bullauge zurück. »Wohin gehen wir?«

»Zurück in die Kapelle.«

»Bist du wahnsinnig geworden?«

»Nur für ein Weilchen, bis ich euch in meine Kabine bringen kann. Im Moment habe ich einfach keinen anderen Platz, wo ich euch verstecken könnte.«

»Na, dann wollen wir mal hoffen, dass nicht am Ende dein Onkel hier in der Kapelle ein Gebet für dich sprechen muss«, bemerkte Bullauge und trank seinen Kaffee aus. Er hatte sein Weihnachtsmannkostüm auf den Boden fallen lassen, als er es ausgezogen hatte, um in den Bademantel zu schlüpfen. Als er jetzt die nasse, verknautschte Hose und die Jacke wieder anziehen musste, ließ er eine ganze Welle von Verwünschungen hören. Der falsche Bart war eine klebrige Masse aus säuerlich riechenden Fusseln. Er befestigte ihn an seinen Ohren und begann zu niesen.

»Ich gehe vor«, sagte Eric. »Wenn wir es erst mal bis zu dem Niedergang geschafft haben, werden wir wohl kaum jemandem begegnen, dafür ist es noch zu früh.« Er öffnete die Tür einen Spalt breit und horchte, aber auf dem Gang war kein Laut zu hören. Auch Jonathan ließ sich zum Glück nicht blicken. »Los«, zischte er Bullauge und Highbridge zu.

Es war noch früh, erst fünf vor halb sieben, und auf dem Schiff herrschte noch himmlische Ruhe. Auch Winston würde noch mindestens zwanzig Minuten auf sich warten lassen, bevor er auf dem Bootsdeck erschien. Um Viertel nach sieben brachte er dem Commodore allmorgendlich das Frühstück. Aber Onkel Randolph wird jetzt bald erwachen, schoss es Eric durch den Kopf. Er macht von Viertel vor sieben bis Viertel nach sieben seine Yogaübungen, und er hat mir erzählt, dass er sich künftig etwas mehr Zeit nehmen will, um seinen Lotussitz zu verbessern.

Ohne Schwierigkeiten erreichten sie das höher gelegene Deck. Zwei. Drei. Die Stille beruhigte Erics zitternde Nerven. Sie wandten sich nach rechts und gingen den Gang zur Kapelle hinunter. Eric öffnete die Tür, warf einen vorsichtigen Blick hinein und dankte dem Herrn, dass er keine frühen Beter hierhergeschickt hatte. Er führte die beiden Schurken durch den Mittelgang bis zum Altar. »Ihr kriecht jetzt da drunter und rührt euch nicht«, befahl er. »Und diesmal rührt ihr euch wirklich nicht. Ich bin in ein paar Stunden zurück. Wenn der Butler meines Onkels das Bett gemacht und aufgeräumt hat, lässt er meine Kabine bis heute Abend in Ruhe. Ich besorge euch auch etwas zu essen.«

Als Bullauge sich auf die Knie hinunterließ, bemerkte Eric die lederne Aktenmappe unter seinem Arm. »Woher hast du die?«, fragte er.

»Hab ich draußen gefunden, als ich gestern Abend so schön nass geworden bin«, gab Bullauge sarkastisch zurück. »Aber mal ganz was anderes: Ich habe meine Spielkarten im Nachttisch deiner ersten Kabine vergessen. Eigentlich müssten sie dort immer noch liegen. Sieh zu, dass du sie holst, sie sind sehr wichtig für mich.«

Spielkarten! Eric dachte an Willy Meehan, der ihm ein Kartenspiel gezeigt hatte. »Ich wusste ja nicht ...«, begann er.

»Was wusstest du nicht?«

»Ach, nichts, nichts, ich hole sie. Aber jetzt muss ich los.«

Es war eine Minute nach halb sieben, als Eric aus der Kapelle eilte, und eine Minute später war er auch schon in dem Vorratsraum in der Nähe der Eignerkabine. Er holte sich Handtücher und Waschlappen und zwei säuberlich gefaltete Bademäntel, um diejenigen zu ersetzen, die Highbridge und Bullauge genommen hatten, und ließ alles in einen Plastiksack fallen. Ein bisschen ordentlicher hätten die beiden schon sein können, dachte er und erinnerte sich an die Bonbonpapierchen, die er auf dem Schreibtisch gesehen hatte. Sie hätten ebenso gut ein Schild an die Tür hängen können: Einbrecher bei der Arbeit, bitte verhaften Sie uns.

Eric war noch nie besonders begeistert gewesen, wenn

es darum gegangen war, aufzuräumen; dennoch arbeitete er bemerkenswert zügig, als er zurück in Craters Kabine war. Er nahm die nassen Handtücher weg, hängte frische hin, spülte die Gläser aus und trocknete sie ab, polierte den Spiegel über dem Waschbecken und hängte die frischen Bademäntel in den Schrank. Während des gestrigen Abendessens hatte Jonathan das Bett bereits heruntergeklappt und die Vorhänge geschlossen. Eric schüttelte die Kissen auf und strich die Bettdecke glatt. Zumindest hatten die zwei Halunken nicht auch noch unter der Decke geschlafen, und so waren Laken und Decke sauber geblieben. Ob Bullauge diese Aktenmappe wohl hier mitgenommen hatte?, fragte sich Eric unruhig. Wenn ja, würde er ihm die Hölle heiß machen.

Es war zehn vor sieben. Er musste zurück in die Krankenstation, damit er seinem Onkel von einem Besuch bei Crater berichten konnte. Zuerst lief er aber hinauf zum Pool und ließ die schmutzigen Handtücher und Bademäntel auf einen Liegestuhl fallen.

Als er die Krankenstation wieder betrat, wurde Crater soeben mit einem Rollstuhl ins Wartezimmer gefahren. Dr. Gephardt war bei ihm und sagte gerade: »Mr Crater, ihre Werte zeigen uns, dass Sie ernsthaft krank sind. Wenn Sie jetzt zurück in Ihre Kabine gehen, sollten Sie auf jeden Fall im Bett bleiben. Sie haben einen schweren Schock erlitten.«

Craters Gesicht war puterrot. Eric konnte zwei dunkle Druckstellen an seinem Hals sehen. Ob das die Sanitäter gemacht hatten, als sie ihn am Abend aus dem Speisesaal getragen hatten?, fragte sich Eric.

»Mr Crater«, begann er, »mein Onkel, also der Commodore ...«

Crater beäugte ihn misstrauisch. »Aus dem Weg«, schnarrte er.

»Wir sind alle untröstlich, dass das passieren konnte. Ich werde Sie zu Ihrer Kabine begleiten«, erwiderte Eric mit fester Stimme.
»Eric, könnte ich Sie einen Moment sprechen?«, fragte Gephardt.
»Jetzt nicht, später, ich will erst Mr Crater zu seiner Kabine bringen, damit er es sich bequem machen kann.«
»Dann wäre er schön, wenn Sie danach noch einmal herkämen.«
Was soll das denn?, dachte Eric und begann, den Rollstuhl auf den Gang zu schieben. »Ich komme sofort«, versprach er.
Vor Craters Kabine bat Eric ihn um seine Schlüssel. Crater muss ja nicht wissen, dass ich mit meinem Generalschlüssel auch so hineinkomme, dachte er. Zu seiner Erleichterung schien Crater die Kabine genauso wahrzunehmen, als wäre er gestern Abend hierher zurückgekehrt. Crater stand auf. »Gut, Sie haben mich hier abgeliefert, nun lassen Sie mich in Ruhe.«
Der Mann hat Angst, dachte Eric. Vielleicht spinne ich ja, aber er macht den Eindruck, als hätte er wirklich Angst, selbst vor mir. »Bin schon weg, Sir. Melden Sie sich einfach, wenn Sie irgendetwas brauchen.«
»Geht in Ordnung. Und suchen Sie nach meinem Handy, ich habe schon denen in der Krankenstation gesagt, sie sollen es wieder herschaffen. Es muss mir gestern Abend aus der Tasche gefallen sein, als diese beiden kleinen Teufelsbraten mich zu Boden geschlagen haben.«
»Keine Sorge, das findet sich sicher bald. Und jetzt, gute Besserung, Sir.« Jedenfalls habe ich jetzt etwas, was ich Onkel Randolph berichten kann, dachte er und versuchte, sich innerlich ein wenig aufzumuntern, während er den Rollstuhl zurück zur Krankenstation schob.
Dr. Gephardt saß in seinem Büro. »Kommen Sie rein, Eric«, sagte er mit leiser Stimme.

Eric blieb in der Tür stehen. »Ich habe nicht viel Zeit, ich muss duschen und mich anziehen. Mein Onkel wird sich sowieso schon fragen, wo ich bleibe.«

»Eric, Sie haben doch sicher die Druckstellen am Hals von Mr Crater bemerkt?«

»Sicher.«

»Jemand hat letzte Nacht versucht, ihn zu ermorden.«

»Wovon reden Sie da?«, fragte Eric, ohne recht zu glauben, was er hörte.

»Ich rede von einem Mordversuch. Jemand hat letzte Nacht versucht, einen meiner Patienten zu ermorden. Wir müssen den Commodore davon in Kenntnis setzen und Alarm schlagen.«

Eric versuchte, sich zu konzentrieren. »Hat Crater das erzählt?«

»Im Gegenteil, er leugnet es hartnäckig.«

»Wovon reden wir dann also?«

Gephardt erzählte ihm alles, was er wusste, und dass eine Besucherin der Krankenstation, Maggie Quirk, nachts um vier Uhr einen Unbekannten gesehen hatte, der die Station durch das Wartezimmer verließ.

»Doktor, Sie haben sie doch nicht mehr alle«, sagte Eric. »Warum sollte Crater denn abstreiten, dass jemand versucht hat, ihn zu ersticken?«

»Gute Frage, aber genau so ist es. Wenn Mrs Quirk nicht zufällig gekommen wäre und auf die Klingel gedrückt hätte, dann hätte unsere Krankenschwester Mrs Rich irgendwann eine erstickte Leiche gefunden.«

Eric blieb bei der Tatsache, dass Crater alles abstritt. »Verstehen Sie nicht, wie lächerlich es aussieht, wenn wir behaupten, es habe einen Mordversuch gegeben, und das Opfer behauptet, das sei gar nicht wahr?«

»Lächerlich oder nicht, wir können keinen potenziellen Mörder frei auf diesem Schiff herumlaufen lassen! Wir sollten sofort nach ihm suchen lassen. Übrigens hat Mrs

Quirk angegeben, der Unbekannte habe eine gewisse Ähnlichkeit mit Linker-Haken-Louie gehabt, dem Schriftsteller, dessen Bilder überall auf dem Schiff hängen. Ihre Beschreibung ähnelt sehr der von Mrs Pickering, nachdem sie angeblich einen Mann in der Kapelle gesehen hatte, nicht wahr?«

Eric erstarrte. Kein Zweifel, hier war von Bullauge die Rede. Hatte dieser Idiot in der Nacht die Kabine verlassen? Er begann zu stottern. »Aber ... aber ... Sie wollen doch nicht etwa vorschlagen, dass wir nach einem Gespenst suchen sollen? Können Sie sich vorstellen, was aus dieser Kreuzfahrtlinie wird, wenn das bekannt wird? Wir sind geliefert, wenn irgendjemand davon erfährt, das ist Ihnen doch hoffentlich klar, oder? Seien Sie doch ein bisschen loyal Ihrem Arbeitgeber gegenüber, Doktor, und vergessen Sie diese albernen Geschichten.«

Alvirah war aufgestanden, um zur Toilette zu gehen, und hatte jedes Wort mitgehört. Junge, Junge, dachte sie. Auf diesem Schiff ist aber wirklich allerhand los. Gut, dass ich mir den Kopf angeschlagen habe, sonst hätte ich das alles nicht mitbekommen.

35

Nach ihrem erstaunlichen Bericht in Alvirahs Kabine hatte sich Maggie fast schon wieder entschuldigt. »Ich weiß ja, dass das verrückt klingt, so als hätte ich ein Gespenst gesehen«, hatte sie gesagt.

»Das Traurige ist nur, wenn man weiß, was hier heute Nacht geschehen ist, dann klingt es überhaupt nicht mehr verrückt«, erklärte Alvirah.

Als Maggie und Ted die Krankenstation verlassen hatten, um ihr abgebrochenes Lauftraining wieder aufzunehmen, bat Dr. Gephardt die Reillys etwas nervös, die Kabine zu verlassen. Er wollte die Wunde auf Alvirahs Stirn nähen und ihren Kopf vorsichtshalber röntgen. »Es dauert bestimmt nicht lange«, versicherte er. »Und wenn Mrs Meehan sich dann wohlfühlt, können Sie sie mitnehmen, und sie kann sich auf Deck in einem Liegestuhl ausruhen. Aber keine Wettrennen mehr!«, versuchte er einen kleinen Scherz.

Die vier Reillys, Regan und Jack, Nora und Luke, machten sich einstweilen auf den Weg ins Lido-Restaurant. Draußen herrschte jetzt das schönste Wetter, aber nachdem sie sich am Buffet ihr Frühstück zusammengestellt hatten, trugen sie ihre Tabletts trotzdem an einen Ecktisch im Innern des Restaurants. Ein guter Platz zum Beobachten und zum Reden. Regan rief Dudley an und erzählte ihm von Alvirahs Unfall.

»Könnten Sie bitte zu uns kommen?«, bat sie ihn. »Es ist dringend.«

Dudley, der die halbe Nacht an seiner zweiten Presseerklärung gearbeitet hatte, mit der die fröhliche Atmosphäre dieser Kreuzfahrt ins rechte Licht gerückt werden sollte, fiel fast in Ohnmacht, als er von dem rüpelhaften Weihnachtsmann hörte. Er musste einen der gestohlenen Anzüge getragen haben, vermutete er. Selbst dieser unangenehme Bobby Grimes hätte Mrs Meehan niemals einfach dort liegen gelassen. »Ich bin gleich bei Ihnen«, krächzte er ins Telefon. Auf seinem Bett, auf dem Schreibtisch und auf dem Boden lagen Papiere verstreut und zeugten von seinem vergeblichen Versuch, kreativ zu sein und die Missgeschicke des ersten Kreuzfahrttages als harmlose Zwischenfälle zu beschreiben, während er die gemeinsame Freude der guten Menschen herausstellte, zusammen auf Reisen zu sein.

Während die Reillys noch auf Dudley warteten, winkten Regan und Jack einen der Stewards herbei und ließen sich Kaffee nachschenken.

»Waren Sie schon hier, als das Restaurant um sechs Uhr öffnete?«, fragte Jack.

»Ja, Sir, ich war hier.«

»Und haben Sie den Weihnachtsmann bemerkt? Er muss einer der ersten Gäste gewesen sein.«

»Er war der allererste«, erklärte der Steward und musste lachen. »Übrigens glaube ich, er war auch einer von den zwei Weihnachtsmännern, die gestern Abend so früh beim Mitternachtsbuffet waren.«

Die Reillys stutzten. »Fängt dieses Buffet nicht eigentlich erst nach dem Ende des Abendessens an?«, fragte Nora.

»Was soll ich dazu sagen? Die Leute essen halt gern, wenn sie auf einer Kreuzfahrt sind. Eigentlich wird das Buffet um elf Uhr eröffnet, aber als diese beiden Weihnachtsmänner hier auftauchten, da hatten wir gerade erst damit begonnen, es aufzubauen. Sie haben sich die Teller mit Käse, Crackern und Weintrauben vollgepackt.«

»Klingt ganz so, als hätten sie das Abendessen verpasst«, sagte Luke.

»Aber es waren acht Weihnachtsmänner beim Abendessen«, gab Nora zurück. »Ich bin mir absolut sicher.«

»Kann ich sonst noch was für Sie tun?«, fragte der Steward.

»Nein, schon in Ordnung, vielen Dank«, antwortete Regan. Als der Steward sich entfernte, trat Dudley an ihren Tisch. Der Kreuzfahrtdirektor, der gestern noch mit einem strahlenden Lächeln auf dem Schiff herumgelaufen war, sah aus, als brauchte er erstens ein Beruhigungsmittel und zweitens eine ordentliche Mütze voll Schlaf.

»Guten Morgen«, sagte er und bemühte sich automatisch, fröhlich zu klingen. Er setzte sich. »Die Sache mit Mrs Meehan ist ja furchtbar!«

»Dudley«, unterbrach ihn Jack, um sofort zur Sache zu kommen, »wir glauben, dass jemand in den gestohlenen Weihnachtsmannkostümen auf dem Schiff herumläuft. Vermutlich zwei Personen. Mrs Meehan ist sich fast sicher, dass der Weihnachtsmann, der sie heute früh umrannte, nur ein Glöckchen an seiner Mütze hatte. Wir wären Ihnen dankbar, wenn Sie alle zehn Weihnachtsmänner zusammentrommeln könnten und sie bitten würden, die Kostüme mitzubringen, damit wir feststellen können, ob an einer der Mützen ein Glöckchen fehlt – was wir nicht vermuten. Und wenn tatsächlich alle Mützen in Ordnung und mit zwei Glöckchen versehen sind – was wir vermuten –, dann können wir ziemlich sicher sein, dass eines der gestohlenen Kostüme verwendet worden ist.

Dudley legte die Hand aufs Herz, als wolle er es auf diese Weise beruhigen. »Ich mache alles, was Sie sagen.«

Dann berichtete Regan ihm von Maggie Quirks nächtlicher Beobachtung.

»Ach du lieber Himmel!«, seufzte Dudley. »Sie wissen ja, Miss Quirk und Miss Pickering schlafen in derselben Kabine und sind mit derselben Gruppe hier. Sie alle verehren Linker-Haken-Louie sehr. Vielleicht sitzen wir hier einem riesengroßen Streich auf.«

Die Reillys schüttelten die Köpfe. »Nichts wäre mir lieber als das«, sagte Jack. »Aber wir glauben nicht daran. Wir sind überzeugt davon, dass mindestens eine Person auf diesem Schiff ganz eigene Pläne verfolgt, und zwar böse Pläne. Dudley, es hilft nichts, ich brauche eine Liste aller Passagiere und Mannschaftsmitglieder. Ich werde sie an meine Leute schicken, damit sie jeden Einzelnen überprüfen.«

Dudley wollte kurz protestieren, wurde aber unterbrochen, weil Alvirahs Stimme hinter ihm erklang. »Huhu!« Sie trug einen dicken Verband um die Stirn und zog Willy hinter sich her. »Ihr glaubt ja nicht, was ich gerade gehört habe.« Sie blickte Dudley an. »Ich denke, Sie erfahren es ohnehin, also können Sie es ebensogut jetzt hören. Also: Heute Nacht hat jemand in der Krankenstation versucht, Mr Crater umzubringen. Er selbst behauptet zwar, das sei nicht der Fall, aber es muss der Kerl gewesen sein, den Maggie gesehen hat, als er durch das Wartezimmer ging, der Kerl, der aussieht wie Linker-Haken-Louie.«

Dudley stöhnte leise auf. »Ich hole Ihnen die Listen. Jetzt, sofort.«

Und damit sprang er auf und rannte aus dem Restaurant. Auf dem Weg hinaus griff er sich noch schnell eine Tasse Kaffee.

36

Um halb acht weckte das Klingeln von Harry Craters Handy Gwendolyn und Fredericka. Die zehnjährige Fredericka setzte sich im Bett auf, wühlte in ihrer Tasche und zog das Telefon heraus.

»Guten Morgen, hier spricht Fredericka«, zwitscherte sie, wie sie es in ihrem Benimm-Kurs gelernt hatte: Ein freundlicher Gruß, und dann den Namen nennen, ganz einfach.

»Oh, da muss ich mich verwählt haben«, murmelte eine schlecht gelaunte Stimme. Ein deutliches Klicken zeigte Fredericka, dass der Anrufer aufgehängt hatte.

»Wie unhöflich!«, sagte sie zu ihrer Schwester. »Wenn man eine falsche Nummer wählt, kann man sich doch wohl entschuldigen, dass man den anderen gestört hat, oder? Na, egal, jetzt müssen wir auf jeden Fall in die Krankenstation und Onkel Harry aufmuntern.«

Das Telefon klingelte wieder.

»Jetzt bin ich dran!«, rief die achtjährige Gwendolyn und griff nach dem Handy. »Einen wunderschönen guten Morgen, hier spricht Gwendolyn.«

Als Antwort kam eines jener Wörter, die ihre Mutter ihr streng verboten hatte. »Welche Nummer habe ich denn gewählt?«, fragte der Anrufer dann.

»Keine Ahnung, dieses Telefon gehört Onkel Harry.«

»Onkel Harry, wer zum Teufel soll das sein?«

»Er ist in der Krankenstation, wir wollen ihn gerade besuchen.«

»Was fehlt ihm denn?«

»Er ist gefallen und konnte nicht mehr aufstehen, und da haben sie ihn auf einer Trage aus dem Speisesaal gebracht.«

Gwendolyn hörte das verbotene Wort noch einmal, dann einen scharfen Befehl: »Sag ihm, er soll sofort seinen Hausarzt anrufen.«

»Vielen Dank, Doktor, ich werde Ihre Nachricht sofort weitergeben. Einen schönen Tag noch.« Sie beendete das Gespräch. »Der klang aber unfreundlich«, sagte sie zu ihrer Schwester.

»Die meisten alten Leute sind unfreundlich«, antwortete Fredericka. »Jeder, den wir morgens besuchen, ist unfreundlich. Wir haben die Aufgabe, die Leute glücklich zu machen, aber es wird irgendwie immer schwieriger. Komm, wir ziehen uns an und gehen.«

Drei Minuten später zogen sie los, in Shorts, die die gleiche Farbe hatten, und Kreuzfahrt-T-Shirts. Die Bilder, die sie gestern Abend noch für Onkel Harry hatten malen dürfen, nahmen sie mit. Fredericka's Bild zeigte einen Sonnenaufgang in den Bergen, Gwendolyns Meisterstück zeigte einen Hubschrauber, der auf einen Schiff landete.

So leise sie konnte öffnete Fredericka die Tür zur Kabine ihrer Eltern. Durch den Spalt hörte sie die beiden schnarchen. »Die Luft ist rein«, berichtete sie ihrer Schwester. »Los! Bevor die beiden wach werden, sind wir wieder da.«

In der Krankenstation sagte ihnen die diensthabende Schwester, Allison Keane, Mr Crater sei bereits wieder in seiner Kabine. »Und ich glaube nicht, dass er Besuch empfängt«, fügte sie hinzu.

Die Kinder zeigten ihr ihre Bilder. »Aber wir haben das hier für ihn gemalt!«

»Wie reizend«, erwiderte die Schwester unsicher. »Wenn ihr sie hier lasst, sorgen wir dafür, dass er sie bekommt.«

»Aber wir wollen ihn besuchen! Wir haben Onkel Harry so gern!«

»Tut mir leid, von mir könnt ihr seine Kabinennummer nicht bekommen«, sagte die Schwester entschieden.
»Aber ...«, protestierte Gwendolyn.
Fredericka knuffte sie. »Ist schon in Ordnung«, sagte sie. »Vielleicht kommt er ja heute Abend wieder an unseren Tisch. Vielen Dank, Schwester.« Sie machte einen Knicks, und dann liefen sie zur Tür hinaus.
»Aber ich wollte doch Onkel Harry besuchen«, quengelte Gwendolyn.
»Komm mit.« Fredericka steuerte das nächste Haustelefon an, das auf einem Tischchen im Gang stand. Sie nahm den Hörer ab und verlangte Harry Crater. Einen Augenblick später hatte sie ihn am Apparat, aber seine Stimme klang mehr als ungehalten. »Wie geht es Ihnen heute?«, fragte Fredericka, nachdem sie sich brav vorgestellt hatte.
»Grauenhaft. Was willst du?«
»Wir haben Bilder für Sie gemalt und möchten sie Ihnen gern bringen. Wir glauben, dass es Ihnen viel besser gehen wird, wenn Sie sie erst gesehen haben.«
»Ich muss mich ausruhen, lasst mich in Frieden.«
»Wir möchten Ihnen auch Ihr Handy bringen.«
Nun hörte Fredericka am Telefon eines dieser verbotenen Wörter.
»Wo seid ihr?«, fragte Crater.
»Wo sind Sie, Onkel Harry? Wir bringen es Ihnen sofort.«
Crater nannte ihnen seine Kabinennummer. Ein paar Minuten später klopften die beiden Mädchen an seine Tür. Als er öffnete, sahen sie ihm an der Nasenspitze an, dass er sie nicht hereinbitten würde.
»Ihr Arzt hat angerufen«, berichtete Fredericka. »Er möchte, dass Sie ihn zurückrufen.«
»Ja, das kann ich mir denken«, murmelte Crater und griff nach dem Telefon.
»Hier sind unsere Bilder«, platzte Gwendolyn heraus.

»Wenn Sie etwas Klebeband haben, heften wir sie Ihnen gern an die Wand.«
Crater starrte ungläubig auf das Bild mit dem Hubschrauber, der auf dem Schiff landete. »Wer hat das gezeichnet?«, fragte er.
»Ich!«, antwortete Gwendolyn stolz. »Kann ich mal mitfliegen?«
»Woher weißt du, dass ich einen Hubschrauber habe?«
»Als Sie gestern Abend in die Krankenstation gebracht wurden, hat irgendjemand Mama und Papa erzählt, dass der Hubschrauber kommt und Sie abholt, wenn es Ihnen irgendwie schlechter geht oder Sie das Gefühl haben, dass Sie gleich sterben oder so. Echt cool!«
»Ja, ja. Hört mal, Kinder, ich muss mich jetzt wirklich ausruhen.«
»Wir kommen später wieder vorbei und sehen nach, ob Sie nicht wieder gestürzt sind. Wir sorgen sehr gern für kranke alte Leute.«
Crater schlug ihnen die Tür vor der Nase zu.
Die Mädchen zuckten die Schultern, als sie hörten, wie er von innen abschloss. »Papa würde jetzt sagen: Keine gute Tat bleibt ungestraft«, kommentierte Gwendolyn. »Aber der liebe Gott sieht uns und lächelt.«
»Und jetzt holen wir Kaffee für Mama und Papa und bringen ihn den beiden ans Bett«, schlug Fredericka vor. »Du weißt ja, Mama braucht morgens erst mal eine Tasse Kaffee.«
Wie eine Herde Elefanten donnerten die Mädchen die Treppe hinunter Richtung Restaurant, bereit, schon zu dieser frühen Stunde die zweite gute Tat des Tages zu vollbringen.

37

Im Wohnzimmer seiner Suite, noch angetan mit seinem blau und weiß gestreiften Schlafanzug, saß der Commodore im Lotussitz auf dem Boden und versuchte, inneren Frieden zu finden. Er wappnete sich damit gegen die Lokalnachrichten aus Miami, die gleich auf seinem eigens eingerichteten Satellitenfernseher erscheinen würden. An inneren Frieden war in dieser Situation nicht zu denken. Er hatte sich vorgestellt, dass die *Royal Mermaid* ihm den Trost schenken würde, den er nach drei unglücklichen Ehen und dem Tod seiner geliebten Mutter so bitter nötig hatte. Aber das war wohl nur ein schöner Traum gewesen.

Der Commodore hatte noch nicht gefrühstückt. Eric war von seinem frühen Ausflug zurückgekehrt und hatte ihm von Alvirah Meehans Unfall berichtet, gerade als Winston den Servierwagen mit dem Frühstück hereinbrachte. Was kann denn hier noch schiefgehen?, dachte der Commodore gerade, als die dramatische Erkennungsmelodie der Acht-Uhr-Nachrichten aus dem Fernsehgerät ertönte.

»Guten Morgen, meine Damen und Herren«, sagte der gut aussehende Sprecher mit dem faltenfreien Botox-Gesicht und lächelte in die Kamera. »Heute ist der 27. Dezember. Die wichtigste Nachricht des Tages betrifft die ausgeweitete Suche nach ›Bullauge‹ Tony Pinto. Angeblich wurde er von mehreren Zeugen an der Grenze nach Mexiko, aber auch in Kanada gesehen, alle diese Spuren haben sich jedoch als falsch herausgestellt. Seine Frau, die sich nach wie vor in dem gemeinsamen Haus in Miami aufhält, behauptet immer noch, sie mache sich große Sorgen um ›ihren Tony‹, wie sie ihn nennt. Angeblich war er verschwunden, als sie gestern früh aufwachte. Sie befürchtet, dass die Anspannung wegen des bevorstehenden Prozesses ihn in eine seelische Krise gestürzt hat und dass er möglicherweise irgendwo herumirrt, ohne sich an sein früheres Leben zu erinnern. Sie hat eine Belohnung von tausend Dollar für denjenigen ausgesetzt, der Hinweise auf seinen Aufenthaltsort geben kann.«

»Tausend Dollar, ich werde wahnsinnig«, murmelte der Commodore. Es klopfte an der Tür. »Herein!«, schnauzte er.

Dudley trat ein, und der Commodore winkte ihm, still zu sein

»Mrs Pinto hat überall in der Stadt Flugblätter verteilen lassen. Auf dem Foto hält Bullauge einen Preis für ehrenwerte Bürger hoch, den er von einer unbekannten Gruppe erhalten hat.«

Ob ich wohl auch bald verschwinden und mich verstecken muss, um aus meinen Schwierigkeiten herauszukommen?, fragte sich der Commodore düster. Und ich hatte gehofft, auf See noch ein paar sorglose, glückliche Jahre zu erleben.

»Und nun«, fuhr der Sprecher fort, »berichtet Bianca Garcia uns mehr über die Weihnachtskreuzfahrt, die vor weniger als vierundzwanzig Stunden im Hafen von Miami gestartet ist. Bianca?«

Die Kamera machte einen Schwenk auf Bianca, die trotz der wenigen Stunden Schlaf, die sie in dieser Nacht bekommen hatte, mit leuchtenden Augen dastand. In Gedanken stand sie schon vor dem Rockefeller Center und moderierte die Sendung *Today.*

»Ja, Adam, ich kann Ihnen sagen, diese Kreuzfahrt da draußen auf hoher See ist wirklich eine ausgesprochen seltsame Veranstaltung, und der unerwartete Sturm, der das Schiff gestern Abend schwer ins Schaukeln gebracht hat, scheint noch das geringste Problem zu sein.« Der Commodore versuchte aufzustehen, aber inzwischen waren ihm die Füße eingeschlafen, sodass er das Gleichgewicht verlor und ungeschickt zur Seite kippte. Bianca fasste ihre bisherige Berichterstattung kurz zusammen: »Und gestern Abend nach der Sendung habe ich von einer meiner Kontaktpersonen an Bord erfahren, dass es offenbar weitere Aufregung gab. Zwei Weihnachtsmann-Kostüme sind aus einem verschlossenen Vorratsraum entwendet worden, und ein weibliches Mitglied der Schreiber und Leser aus Oklahoma tauchte während des Abendessens schreiend im Speisesaal auf. Sie schwört Stein und Bein, sie habe den Geist von Linker-Haken-Louie in der Schiffskapelle gesehen. Erst vor wenigen Minuten habe ich gehört, das die berühmte Lotteriegewinnerin Alvirah Meehan heute Morgen an Deck ausgerutscht und schwer gestürzt ist, als sie einen der Weihnachtsmänner, die am Programm der Kreuzfahrt mitwirken, einholen wollte. Der Mann lief aber ganz offenbar vor ihr davon. Sehr unhöflich, ich hatte bisher gedacht, es seien nur Wohltäter der Menschheit auf diesem Schiff zugegen. Was geht dort vor? Gestern Abend habe ich schon erwähnt, dass vielleicht der Geist des ersten Schiffseigners, Angus ›Mac‹ MacDuffie an Bord umgehe. Nun behauptet eine Frau, sie habe den Geist von Linker-Haken-Louie gesehen.« Fotos der beiden Männer wurden nebeneinander auf dem Bildschirm eingeblendet. »Kaum zu glauben, nicht wahr? Beide Männer waren groß und kräftig gebaut und trugen Shorts mit Schottenkaro. Ich persönlich glaube eher, dass MacDuffies Geist auf dem Schiff umgeht. Es ist allgemein bekannt, dass MacDuffie sehr exzentrisch war. Er verließ das Schiff praktisch nie, nicht einmal, nachdem es im Garten des Familienanwesens gestrandet war, das er von seinen Eltern geerbt hatte. Seine Eltern waren leidenschaftliche Sammler von Antiquitäten aller Art, von griechischen Skulpturen bis hin zu alten Waschbrettern, und sie konnten nichts wegwerfen. Das Haus war so vollgestopft mit Gegenständen, dass es von der Feuerwehr als Risikogebäude eingestuft wurde. Die Yacht war MacDuffies einzige Zuflucht. Er war gern auf See, liebte die Weite, und er hat immer wieder betont, dass er sein Schiff niemals verlassen wollte. Und ich vermute wirklich, er ist immer noch dort. Welcher dieser beiden Männer geht auf dem Schiff um? Linker-Haken-Louie, den man auf dieser Fahrt besonders ehrt, oder ›Mac‹ MacDuffie, der behauptet hat, die Yacht werde immer und ewig sein Eigentum bleiben? Schicken Sie mir eine E-Mail und lassen Sie mich wissen, was Sie darüber denken. Meine Kontaktpersonen werden weiter aus der Karibik berichten, und ich halte Sie auf dem Laufenden.«

Während Bianca munter dahinplapperte, war Winston ins Zimmer getreten. Er hatte dem Commodore eine Tasse mit frischem Kaffee und zwei Scheiben Vollkorntoast gebracht, denn er hoffte, nun würde sein Chef wieder etwas Appetit haben.

»Diese Frau ist der Nagel zu meinem Sarg!«, rief der Commodore.

»Nur die Ruhe, Sir«, gab Winston mit leiser Stimme zurück. »Wenn Sie erst einmal Ihren Kaffee getrunken haben, werden Sie die Dinge gleich ganz anders sehen. Sie wissen doch, eine Tasse Kaffee am Morgen macht Sie optimistisch und glücklich.«

»Ach, Winston, Sie wissen einfach, was ich brauche«, seufzte der Commodore und starrte wütend auf den Bildschirm, auf dem jetzt eine Werbung für Lufterfrischer flimmerte.

»Commodore Weed«, sagte Dudley strahlend, »ich habe gestern Abend und heute früh zwei Presseerklärungen

herausgegeben, und ich bin sicher, diese Erklärungen werden die Wende bringen.«
»Irgendwelche Antworten?«
»Noch nicht, aber …« Er brach ab.
Der Commodore schüttelte den Kopf. »Meine arme Mutter«, seufzte er und griff nach der Porzellantasse mit dem Kaffee. »Ihre Asche wird inzwischen in ihrem Kästchen rotieren.«
Dudley starrte auf die Glasvitrine. Das silberne Kästchen mit der Asche stand so still wie eh und je, aber nun rotierte etwas in seinem Kopf. Er drehte sich zu Winston um. »Vielen Dank, Winston, ja, ich nehme gern auch eine Tasse Kaffee. Und wenn es Ihnen nichts ausmacht, würde ich dann gern unter vier Augen mit dem Commodore sprechen.«
Winston wurde stocksteif. »Ich werde Ihnen einen Becher holen«, sagte er mit einem Schnüffeln. »Das ist ja wohl eher angemessen als das feine Porzellan«, fuhr er herablassend fort.
»Winston, Sie bemerken einfach alles und vergessen nie etwas«, sagte der Commodore. »Was für ein Glück, dass ich Sie gefunden habe.«
»Gutes Personal ist heutzutage wirklich schwer zu finden«, stimmte Dudley ihm zu.
Kurz darauf stellte Winston einen Keramikbecher auf den Kaffeetisch vor Dudley und schenkte ihm aus einer silbernen Kaffeekanne ein. Als Dudley den Becher nahm, war er sicher, dass Winston ihn vorher mit kaltem Wasser ausgespült hatte, der Henkel war eisig.
Als Winston endlich verschwunden war, räusperte Dudley sich.
»Zunächst einmal, Sir, wo ist eigentlich Eric?«
»Oh, vor einer Weile war er noch hier. Er ist früh aufgestanden und hat nach Mr Crater gesehen, dann kam er zurück, hat geduscht und sich angezogen und wollte

dann an Deck, um nach den anderen Passagieren zu sehen. Er arbeitet wirklich schwer, der Junge. Von Mrs Meehans Missgeschick hat er mir schon erzählt, aber sagen Sie mir doch, wie konnten denn die Nachrichtenreporter das so schnell herausfinden? Ich frage mich wirklich, wer sie von diesem Schiff aus mit Informationen versorgt. Und ich frage mich, welcher von unseren Weihnachtsmännern so ungehobelt ist.«

Dudley wusste genau, Eric hatte seinem Onkel kein Wort von Dr. Gephardts Verdacht erzählt, dass in der Nacht ein Mordversuch auf Mr Crater stattgefunden hatte. Er hatte die Pflicht, den Commodore zu informieren. Das würde auch den Vorschlag leichter verdaulich machen, den er dem Commodore unterbreiten wollte. Also atmete er tief durch und berichtete dem Commodore von der Unterhaltung, die Alvirah mitgehört hatte.

Der Commodore war schwer schockiert. »Und warum hat Eric mir davon nichts erzählt?«

»Ich vermute, er wollte Sie schonen, Sir, aber ich bin immer noch der Ansicht, Wissen ist Macht.«

»Eric ist ein so guter Junge«, sagte der Commodore unglücklich. »Aber was tun wir, wenn diese Information nach außen dringt?«

»Ich kann Ihnen garantieren, dass weder die Meehans noch die Reillys irgendetwas nach draußen weitergeben werden. Jack Reilly bekommt als Nächstes von mir die Liste aller Passagiere und Mannschaftsmitglieder. Darum hat er gebeten. Sein Büro in New York wird sämtliche Leute durchchecken und feststellen, ob irgendjemand ...« Dudley hielt kurz inne. »... ob wir jemanden an Bord haben, der in Schwierigkeiten steckt.«

»Wer auch immer die Kontaktperson dieser Reporterin ist, hat sich auf meinem Schiff eingeschlichen, um Klatsch und Tratsch zu verbreiten, und er wird danach

suchen, wo immer er etwas finden kann«, überlegte der Commodore laut und verzog angewidert das Gesicht.
»Und diese Leute bekommen eine Kreuzfahrt geschenkt! Ich bin einfach vom Pech verfolgt.«
»Das muss nicht so sein. Und ihre selige Mutter wird Ihnen helfen.«
»Meine Mutter?«, fragte der Commodore mit Verzweiflung in der Stimme.
»Ja, Sir. Ich wette, diese Reporterin hat größtes Interesse an der herzerwärmenden Geschichte, wie Sie die Asche von Mutter Weed der See übergeben.«
»Meinen Sie?«
»Absolut. Aber dann dürfen Sie nicht bis morgen früh damit warten, wir müssen damit in die Abendnachrichten.«
»Aber morgen ist Mutters Geburtstag! Deshalb sollte die Seebestattung doch an diesem Tag stattfinden!«
»Um wie viel Uhr wurde sie geboren?«
»Um drei Uhr nachts.«
»Und zwar in London, nicht wahr?«
»Genau.«
»Da war hier noch der 27. Dezember.«
Der Commodore überlegte einen Moment. »Und Sie glauben wirklich, wir könnten eine schöne Geschichte bekommen, in der von der Seebestattung die Rede ist?«
»Da bin ich absolut sicher, Sir. Vertrauen Sie mir. Es ist inzwischen nicht mehr unüblich, dass Menschen auf einer Kreuzfahrt die Asche ihrer Lieben dem Meer übergeben. Diese fürchterliche Reporterin wäre sicher leidenschaftlich an einem Film über die Feier interessiert, und die Zuschauer wären bezaubert. Wir könnten die Zeremonie heute bei Sonnenuntergang anberaumen. Und glauben Sie mir, es werden viel mehr Kreuzfahrtgäste teilnehmen, wenn die Feier am frühen Abend stattfindet.«

Der Commodore warf einen Blick auf die Glasvitrine. »Was meinst du, Mutter?«, fragte er in ihre Richtung. Dudley erwartete beinahe, dass das Silberkästchen aufspringen würde, um den Geist der Mutter zu entlassen.
»Und Sie meinen wirklich, auf diese Weise würden mehr Gäste an der Feier teilnehmen?«, fragte der Commodore noch einmal nach.
»Wesentlich mehr, Sir. Wir halten die Zeremonie bei Sonnenuntergang draußen auf Deck ab. Ihre Ansprache wird kurz und prägnant sein, und dann werden wir ein Kirchenlied singen, und nachdem Sie die sterblichen Überreste Ihrer Frau Mutter dem Meer überantwortet haben, werden wir ein Glas Champagner zu ihren Ehren trinken.«
Der Commodore zögerte. »Würden wir auf diese Weise nicht die Bestattung meiner Mutter für meine egoistischen Zwecke ausnutzen?«
»Sie ist Ihre Mutter«, antwortet Dudley schnell. »Sie wäre doch wohl mehr als glücklich, Ihnen aus diesen Schwierigkeiten herauszuhelfen, oder nicht?«
Der Commodore dachte kurz darüber nach. »Ja, das wäre sie«, bestätigte er endlich. »Sie war so selbstlos. Also, Sie meinten, wir könnten die Feier draußen an Deck abhalten. Aber was wird dann aus der wunderschönen Kapelle, die ich für diesen Zweck eigens entworfen habe?«
»Die Kapelle wird wohl zu klein für all die Menschen sein. Ich werde dafür sorgen, dass alle Gäste heute Abend an der Feier teilnehmen. Wir werden Hinweiszettel aufhängen, den Termin über den Lautsprecher bekannt machen, und um die Mittagszeit, wenn alle Gäste versammelt sind, werden wir von Tisch zu Tisch gehen und unsere Gäste daran erinnern, dass sie die Feier doch sicher nicht versäumen wollen.«
»Gut, Dudley. Ich denke, dann werde ich diesen Tag allein mit meiner Mutter verbringen. So bleiben mir nur

noch neun Stunden mit ihr, und ...« Seine Stimme versagte. »Ich würde diese kurze Zeit gern noch genießen.«
»Sie sollten aber unbedingt beim Mittagessen zugegen sein, Sir. Ihre Anwesenheit sagt mehr als tausend Worte.«
»Da haben Sie nun auch wieder recht, Dudley.« Der Commodore stand auf. »Höchste Zeit, zu duschen und mich anzuziehen. Schon als ich noch ein Kind war, konnte meine Mutter es nicht leiden, wenn ich im Schlafanzug herumsaß.«
»Ich mache mich jetzt auf den Weg, um die Hinweiszettel vorzubereiten und die Mannschaft zu informieren«, sagte Dudley. »Ich werde Sie nur im absoluten Notfall stören, Sir.«

38

Crater war außer sich vor Zorn. Es war schon schlimm genug, dass jemand versucht hatte, ihn umzubringen, und er war ungeheuer erleichtert, dass diese lästigen Kinder ihm sein Handy gebracht hatten, aber nun musste er feststellen, dass die Aktenmappe mit seinem gesamten Bargeld und seinen verschiedenen Pässen nicht mehr da war.

Zweifellos war jemand während seiner Abwesenheit in seiner Kabine gewesen. Aber wie konnte er den Diebstahl anzeigen? Wenn jemand nur an dem Geld interessiert war und die Aktenmappe wegwarf, konnte es ihm nur recht sein, wenn möglichst wenig danach gesucht wurde. Denn wenn seine falschen Pässe gefunden wurden, stand er sofort unter Verdacht. Die andere Frage war: Würde der Mörder noch einmal zuschlagen und versuchen, ihn umzubringen?

Crater rief seinen Kontaktmann an und erklärte schnell, warum die Kinder sein Telefon gehabt hatten. »Ihr seid immer noch bereit, morgen in aller Frühe hier aufzutauchen, oder?«, fragte er. »Nach allem, was bisher geschehen ist, wird es mir garantiert nicht schwerfallen, einen medizinischen Notfall zu simulieren.«

»Wir sind bereit«, war die beruhigende Antwort. »Wir haben allerdings einige Fernsehberichte über Probleme auf dem Schiff gesehen, glauben Sie, dass das unsere Pläne beeinflussen kann?«

»Irgendeine Verrückte glaubt, sie hätte ein Gespenst gesehen«, schnauzte Crater. »Vergesst es, das macht mir die wenigsten Sorgen. Seht zu, dass ihr möglichst schnell wieder abfliegen könnt, sobald ihr mich an Bord

habt, wir dürfen nicht viel Zeit verlieren. Und es wäre besser, wenn es keine Verletzten gäbe, also keine Panikreaktionen«, warnte er.
Crater ging davon aus, dass die drei Männer, die in dem Hubschrauber sitzen würden, ihm gegenüber loyal waren. Trotzdem beschloss er nach kurzem Überlegen, nichts von dem Mordversuch zu erzählen. Die Jungs hatten keine Ahnung, dass er nicht der Kopf dieses Unternehmens war. Sie wussten nicht einmal von »ihrer« Existenz.
Und so hatte »sie« es auch gewollt, erinnerte er sich. Er hatte genug damit zu tun, »ihre« Wünsche zu erfüllen, und würde heilfroh sein, wenn der Job vorbei war. Dann würde er das Geld kassieren und den Beginn des neuen Jahres an Land feiern – und nie mehr ein Schiff betreten.
Als er den Fernseher einschaltete, sah er ein Stück der Nachrichteneinspielung über Bullauge Tony Pinto und die Aussagen von Zeugen, die ihn in Mexiko und in Kanada gesehen haben wollten. Craters Mund wurde trocken, als er Pintos Foto auf dem Bildschirm sah.
Die Worte, die ihm der Mörder letzte Nacht ins Ohr geflüstert hatte, waren plötzlich wieder da: »Jetzt bekommst du, was du verdienst.«
Bullauge hat damals geschworen, dass er mich kriegt, nachdem ich seinen Vater verpfiffen habe, erinnerte sich Crater. Die erstaunliche Ähnlichkeit zwischen Bullauge und dem Schriftsteller auf den Plakaten fiel ihm ins Auge. Moment mal, dachte er. Als ich mit dem alten Pinto zusammengearbeitet habe, war da nicht von einem Bruder seiner Frau die Rede, der Boxer gewesen war und inzwischen Bücher schrieb? Doch, da war etwas ...
Ein Sturzbach von Gedanken strömte durch sein Gehirn. Diese Frau, die den Schriftsteller in der Kapelle

gesehen haben will. Der Mordversuch letzte Nacht. Bullauge sieht aus wie der Mann auf den Plakaten. Und es kann durchaus sein, dass die zwei verwandt sind …

»Du bekommst, was du verdienst«, hallte es in ihm nach.

Allmählich wurde ihm übel. Die Leute vom Fernsehen waren wirklich auf der richtigen Spur. Bullauge war weder in Kanada noch in Mexiko. Crater wusste es bis in die Fingerspitzen: Bullauge, der Mann, der geschworen hatte, ihn zur Strecke zu bringen, war irgendwo auf diesem Schiff.

39

Das Lido-Restaurant füllte sich schnell mit hungrigen Gästen. Die Reillys und Meehans, die nicht unbedingt belauscht werden wollten, hatten sich in Alvirahs und Willys Kabine zurückgezogen, wo sie in Ruhe sprechen konnten. Außerdem wollte Alvirah sich ein bisschen hinlegen.

»Hier fühle ich mich sicherer als in der Krankenstation«, erklärte sie. »Aber wer weiß, ob überhaupt irgendjemand auf diesem Schiff noch in Sicherheit ist. Es tut mir so leid, dass ich euch da mit hineinziehe!«

»Erzähl keine Märchen, Alvirah«, lächelte Nora.

»Du ziehst Schwierigkeiten förmlich an, und es gefällt dir so«, bestätigt Luke.

»Zugegeben, ich fühle mich lebendig, wenn so etwas passiert«, gab Alvirah zu und nickte. Aber im gleichen Moment bereute sie das Nicken auch schon, denn durch ihre Stirn schoss ein scharfer Schmerz. »Ich habe schon als Putzfrau immer lieber bei Leuten gearbeitet, die ein bisschen schräg waren«, erklärte sie. »Das war einfach viel interessanter, als einfach nur aufzuräumen und zu putzen.«

»Selbst beim Weihnachtsmann ist niemand mehr in Sicherheit«, kommentierte Luke.

Alvirah räusperte sich und kam zurück zur Sache. »Ich weiß, wir haben überhaupt keine Beweise, aber es klingt so, als ob wirklich jemand versucht hat, Crater umzubringen. Warum gerade ihn? Und warum bestreitet Crater das Ganze? Wenn es tatsächlich so ist, dann ist ein potenzieller Mörder auf diesem Schiff, der jederzeit wieder zuschlagen kann. Aber wir können ja nicht irgendwelchen Gästen auf die Schulter tippen und sie fragen, ob sie vielleicht heute Nacht Mr Crater ein Kopfkissen aufs Gesicht gedrückt haben.«

»Dudley hat mir versprochen, so schnell wie möglich eine Liste der Passagiere und Mannschaftsmitglieder herbeizuzaubern«, sagte Jack. »Meine Leute lassen die ganze Liste durch den Zentralcomputer laufen, sodass wir in ein paar Stunden ein Ergebnis haben. Wenn sie herausfinden, dass irgendjemand auf der Liste Dreck am Stecken hat, dann sind wir schon ein Stück weiter. Und wir werden sehen, was mit Crater ist.«

»Noch was«, sagte Alvirah.

Sie versuchte, ihre Kopfschmerzen zu ignorieren, zog die Schublade am Nachttisch auf und holte das Kartenspiel heraus. Sie berichtete, wie sie die seltsamen Markierungen auf den Bildkarten gefunden hatte und was passierte, wenn man die Karten vor einen Spiegel hielt.

»Willy hat die Karten in dieser Schublade gefunden. Die Kabine hat vorher Eric gehört, aber der schien nichts über die Karten zu wissen, als wir versuchten, sie ihm zurückzugeben. Vielleicht steht auf diesen Spielkarten die Lösung für alle Rätsel, die uns hier Kopfzerbrechen bereiten.«

Alvirahs Telefon klingelte.

Es war Dudley, und Alvirah schaltete den Lautsprecher ein.

»Ich treffe in einer Viertelstunde alle Weihnachtsmänner in meinem Büro, und bis dahin habe ich auch die Liste der Passagiere und Mannschaftsmitglieder.«

»Jack und ich kommen gleich vorbei«, antwortete Regan.

»Wunderbar.«

Dudley hängte auf.

Jack nahm das Kartenspiel an sich, als sie aufstanden,

um Alvirahs Kabine zu verlassen. »Ich wette, diese Karten gehören einem Falschspieler. Mal sehen, ob ich die Symbole entschlüsseln kann. Einer meiner Mitarbeiter ist auf Falschspieler spezialisiert, und wenn irgendwer über diese Zahlen etwas sagen kann, dann er.«

Alvirah wäre am liebsten mit Regan und Jack gegangen, aber sie wusste, man würde sie nicht mitnehmen. Voller Bedauern sah sie die zwei verschwinden.

»Ich werde meine Denkmütze aufsetzen«, rief sie hinter ihnen her. »Das verspreche ich euch.«

40

Die zehn Weihnachtsmänner, acht von ihnen im Kostüm, standen dicht gedrängt in Dudleys kleinem Büro. Die Mützen waren schnell überprüft, und tatsächlich hatte jede Mütze ihre zwei Glöckchen. Die Geschichte von Alvirahs Unfall hatte sich schnell herumgesprochen, und alle Weihnachtsmänner waren empört gewesen, als sie gehört hatten, dass sie von jemandem in einem Weihnachtsmann-Kostüm umgerannt worden war. Selbst Bobby Grimes regte sich auf.
»Dieser Kerl verdirbt unseren Ruf!«, schimpfte er. »Ich habe ja schon gestern Abend gesagt: Aufpassen!«
Dudley warf Jack einen Blick zu, und dieser ergriff auch gleich das Wort. »Wir brauchen jetzt Ihre Hilfe«, erklärte er. »Wir vermuten alle, dass derjenige, der die zwei Kostüme gestohlen hat, entweder ein Passagier oder ein Mitglied der Mannschaft und vermutlich darauf aus ist, uns allen ein paar Streiche zu spielen. Wie wir aber an Mrs Meehan gesehen haben, können solche Streiche ein böses Ende nehmen. Sie alle können uns ausgesprochen hilfreich sein, aber Sie dürfen nichts von dem, was wir hier besprechen, nach außen dringen lassen. Halten Sie bitte die Augen offen, ob Sie einen Weihnachtsmann sehen, der nur ein Glöckchen an seiner Mütze hat. Wir müssen ihn unbedingt finden.«
»Wie ich mein Glück kenne, fällt bei mir gleich ein Glöckchen ab«, beklagt sich Bobby Grimes.
»Aber Sie sind uns ja schon bekannt«, lächelte Jack.
»Wer macht denn so etwas?«, fragte Nelson ratlos.
Dudley zuckte mit den Schultern. »Ihr Job als Weihnachtsmann war es, die Wünsche der Menschen ken-

nenzulernen. Der Job hier besteht einfach darin, einen üblen Störenfried ausfindig zu machen.«

»Das Problem ist, man müsste den Weihnachtsmann von hinten sehen, um die Glöckchen zählen zu können«, warf Ted Cannon ein.

»Daran haben wir schon gedacht«, antwortete Dudley. »Deshalb gebe ich jetzt jedem von Ihnen einen Souvenir-Pin der *Royal Mermaid.* Eigentlich werden diese Pins erst als Abschiedsgeschenk verteilt. Wenn Sie sie vorn an Ihrer Jacke tragen, können wir Sie sofort als offiziellen Weihnachtsmann identifizieren.«

»Wir haben ja alle die Nachrichten im Fernsehen gesehen«, sagte Nelson kopfschüttelnd. »Dieses Schiff steht ganz schön im Rampenlicht.«

»Da macht jemand aus einer Mücke einen Elefanten«, erwiderte Dudley leichthin. »Und letzten Endes läuft alles auf unseren Störenfried hinaus.«

»Auch die Sache mit dem Steward, der über Bord gesprungen ist?«, fragte einer der Weihnachtsmänner. »Vielleicht hat er noch Freunde hier an Bord.«

»Darum kümmere ich mich«, sagte Jack. »Wir sind dabei, ihn zu überprüfen.«

»Ich möchte Sie daran erinnern, dass Sie auf dieser Reise besondere Gäste des Commodore sind«, sagte Dudley mit ernstem Gesicht. »Ich will ganz ehrlich mit Ihnen sein. Die schlechte Presse, die wir im Moment bekommen, könnte das Ende seines Traums bedeuten – denn dieses Schiff *ist* sein großer Traum. Andererseits: Wenn es Ihnen gelingt, die gute Stimmung unter den Passagieren zu erhalten, helfen Sie dem Commodore möglicherweise, seinen großen Traum doch noch zu verwirklichen: die Chance, ein erfolgreiches Kreuzfahrtschiff zu betreiben, auf dem die Menschen für eine Weile ihre Sorgen vergessen und einfach glücklich sein dürfen.«

Gut gegeben, Dudley, dachte Regan.

»Und dann habe ich noch eine wichtige Ankündigung«, fuhr Dudley fort. »Der Commodore stand seiner verstorbenen Mutter sehr nahe. Er hat ihre Asche hier an Bord. Heute Abend bei Sonnenuntergang werden wir eine kleine Feier zu ihren Ehren auf dem Promenadendeck durchführen. Alle Passagiere werden eingeladen, daran teilzunehmen. Es wird eine kurze Zeremonie geben, ein paar Lieder, der Commodore wird Abschied von seiner Mutter nehmen und das silberne Kästchen mit ihrer Asche liebevoll dem Meer übergeben. Und dann werden wir zur Erinnerung an sie ein Glas Champagner miteinander trinken.«
»Warum wirft er das ganze Kästchen über Bord?«, fragte Grimes. »Wird nicht die Asche in den Wind gestreut?«
»Das ist Umweltverschmutzung«, erklärte Nelson. »Das machen sie nur in Filmen. Mein Therapeut hat mir mal von einem seiner Patienten erzählt, der die Asche seines Vaters in der Nähe aller Bars verstreuen wollte, in denen er alte Herr verkehrt hatte. Aber die Stadt New York hat ihm das natürlich verboten. So musste er mit der Asche seines Vaters in einen See springen.«
»Und zwar in einem Kästchen«, fügte jemand hinzu.
»Ich würde mir für heute Abend eine Eskorte aus Weihnachtsmännern für den Commodore wünschen«, fuhr Dudley fort. »Acht von Ihnen im Kostüm werden Commodore Weed und seine Mutter begleiten, wenn er für ein kurzes Gebet von seiner Suite zur Kapelle geht, dann den Niedergang hinunter und hinaus aufs Promenadendeck, wo sich die Passagiere versammeln werden. Wer würde gern daran teilnehmen?«
Zehn Hände schossen in die Höhe.
Dudley lächelte. »Wir werden Strohhalme ziehen, denke ich. Und wer weiß, wenn wir die Diebe mit den zwei restlichen Kostümen finden, können Sie vielleicht doch alle teilnehmen.«

41

Highbridge und Bullauge, die genau wussten, dass ihre Stunden an Bord gezählt waren und die Freiheit immer näherrückte, saßen unter dem Altar in der Kapelle. Sie hatten die Arme um die Knie geschlungen und ruckelten unruhig herum, um eine einigermaßen bequeme Position zu finden, aber es gab keine.

Es war furchtbar schwierig, so still zu sitzen. Bullauge, der normalerweise sehr schwer atmete, schien dem nervösen Highbridge entsetzlich laut zu sein. Das feuchtkalte Weihnachtsmannkostüm fühlte sich scheußlich an. Er fror und war gereizter Stimmung. Sie hatten beide die Bärte abgenommen, hielten sie aber auf dem Schoß fest, um sie im Notfall sofort wieder befestigen zu können. Was uns vermutlich nicht das Geringste nützen würde, dachte Highbridge. Wenn jemand in die Kapelle kommt und dieses Tuch hochhebt, was machen wir dann? Sollen wir behaupten, wir spielten Verstecken?

Müde und im Bewusstsein ihrer schlimmen Lage an diesem öffentlich zugänglichen Ort hofften die beiden gegen alle Wahrscheinlichkeit, dass sie niemand finden würde, bevor Eric kam und sie in die relative Sicherheit seiner Kabine begleitete.

Um halb zehn hörten sie, wie die Tür zur Kapelle sich öffnete. Sie erstarrten, und Bullauge hörte fast auf zu atmen.

»So, Mutter, da wären wir«, hörten sie eine Männerstimme sagen.

Aber es gab keine Antwort.

Schritte kamen den Mittelgang hinunter, näherten sich dem Altar, bis beide Männer schweißgebadet waren.

Dann stoppten die Schritte etwa bei der ersten oder zweiten Reihe, und ein leises Quietschen signalisierte, dass sich jemand hingesetzt hatte.
»Eine schöne Kapelle, nicht wahr, Mutter?«
Wieder kam keine Antwort. Bullauge und Highbridge blickten sich verwirrt an.
»Ich wollte dich morgen früh über Bord werfen, aber wir haben die Feier vorverlegt auf heute Abend bei Sonnenuntergang. Ich hoffe, das macht dir nichts aus. Dudley meint, es macht dir bestimmt nichts aus – Mütter sind halt so –, und du würdest mir in einer Notsituation gern helfen. Wir haben hier wirklich sehr viele Schwierigkeiten, schon seit wir losgefahren sind. Ich schwöre dir, wenn ich denjenigen finde, der die Weihnachtsmann-Kostüme gestohlen hat, erschlage ich ihn. Tut mir leid, Mutter, ich weiß, ich sollte nicht so reden. Die ganze Zeit muss ich an die schönen Reisen denken, die wir miteinander gemacht haben. Erinnerst du dich noch, wie dein Hut mit dem Wind davonflog, als wir auf der alten *Queen Elizabeth* den Atlantik überquerten? Irgendjemand auf dem Oberdeck, der den Hut auf dem Wasser sah, dachte, du würdest ihn noch tragen, und rief ›Lady über Bord!‹«
Der Commodore lachte liebevoll. »Damals hast du gesagt, du möchtest auf See deine letzte Ruhestätte finden. Und ich habe dir versprochen, dass ich dafür Sorge trage. Heute werde ich dieses Versprechen einlösen ...«
Fünf Minuten lang saß der Commodore still da, das Silberkästchen auf dem Schoß, und bewegte die zärtlichen Erinnerungen an seine Mutter in seinem Herzen. Als er gerade wieder aufgestanden war, ging die Tür auf, und die Frau, die am Abend zuvor angeblich ein Gespenst gesehen hatte, stand vor ihm.
»Commodore Weed! Ich bin so froh, dass ich Sie hier finde. Ich habe mich zwar sehr davor gefürchtet, noch

einmal in die Kapelle zu gehen, aber es heißt ja, man soll seinen Ängsten ins Gesicht sehen. Und das tue ich jetzt und habe Glück, dass ich Sie hier treffe.«

»Die Freude ist ganz auf meiner Seite«, erwiderte der Commodore steif. Ivy konnte deutlich sehen, dass er den Aufruhr vom Abend zuvor missbilligte.

»Ich weiß, dass Sie wütend auf mich sind, Commodore Weed, und ich verstehe Sie vollkommen, aber ich sage Ihnen, ich habe wirklich jemanden hier gesehen. Ich wollte keine Schwierigkeiten machen.« Ivys Stimme zitterte jetzt.

Bullauge und Highbridge hielten die Luft an. Lieber Gott, dachte Highbridge, bitte mach, dass jetzt niemand unter den Altar schaut.

»Diese Kreuzfahrt ist das Schönste, was mir in meinem ganzen Leben widerfahren ist«, fuhr Ivy fort. »Das Schiff ist wunderbar, das Essen ist wunderbar, die Menschen sind so aufregend! Ich weiß, das alles ist Ihr Werk, und ich weiß, dieses Schiff ist Ihr großer Traum, und ich möchte nichts tun, was diesen Traum in Gefahr bringt.«

Ganz gegen seine Absicht war der Commodore nun doch gerührt. »Vielen Dank, Miss Pickering, ich weiß das wohl zu schätzen. Ich habe noch nicht viel Dankbarkeit zu spüren bekommen, und ehrlich gesagt, schmerzt mich das schon ein wenig.« Er blickte ihr in die Augen. »Na na, jetzt müssen Sie doch nicht weinen.«

Ivy wischte sich über die Augen und sah das Kästchen in der Hand des Commodore. »Was für ein wunderhübsches Schmuckkästchen Sie da haben! Meine Mutter hat genau das Gleiche.«

Der Commodore griff nach ihrer Hand. »Ihre Mutter?«, sagte er flüsternd und hielt das Kästchen in die Höhe. »Die Asche meiner Mutter ist in diesem Kästchen. Und Sie sagen, Ihre Mutter besitzt ein ähnliches?«

»Ja, mein Vater hat es für sie damals auf der Hochzeits-

reise in einem Museumsladen gekauft. Es steht auf ihrer Kommode im Schlafzimmer.«
Wieder ging die Tür auf. Diesmal war es Eric, der erschöpft und atemlos da stand. Er starrte sie an, starrte auf den Altar, dann zurück auf Ivy und seinen Onkel. Man sah genau, wie er sich zusammenriss. »Onkel Randolph, ich habe soeben von deinen neuen Plänen gehört, was Großmutter angeht.« Mit seiner üblichen Unhöflichkeit übersah er Ivy einfach. »Das wird sicher ein ganz besonderes Ereignis.«
Der Commodore berührte Ivy noch einmal an der Hand. »Würden Sie wohl eine Tasse Tee mit mir trinken und mir Genaueres darüber erzählen?«, fragte er. »Bitte!«, fügte er fast flehend hinzu, als die Antwort auf sich warten ließ.
Sie ließen Eric in der Kapelle zurück. Ohne zu wissen, was er finden würde, lief er eilends zum Altar, bückte sich und hob die Decke. »Dein Onkel klingt, als wäre er nicht recht bei Trost«, murmelte Bullauge. Dann ließ er den gewaltigen Nieser los, den er seit einer Ewigkeit zurückhielt.

42

Ich bin einfach nicht mehr so widerstandsfähig wie noch vor ein paar Jahren, dachte Alvirah bedauernd. Sie hatte jetzt wirklich heftige Kopfschmerzen, und auch der Rest ihres Körpers ließ sie spüren, dass sie kräftig gestürzt war. Weil sie darauf bestanden hatte, war Willy um zehn Uhr zu seinem Termin im Fitnessstudio gegangen. Inzwischen hatte Winston ihr Tee, einen Obstkorb und Toast gebracht, und selbst Willy musste zugeben, dass sie abgesehen von dem Verband und der gänseeiergroßen Beule am Kopf so aussah, als ging es ihr gut. Alvirah hatte ihn mit sanfter Gewalt aus der Kabine komplimentiert: »Willy, mach dich ruhig auf den Weg. Ich muss nachdenken. Aber zuerst mach mir doch bitte noch den Fernseher an, ich möchte wissen, was draußen in der Welt vor sich geht.«

»Gut«, stimmte Willy zu. »Ich bin in weniger als einer Stunde zurück, und dieser komische Winston ist ja auch in der Nähe. Wenn irgendetwas ist, rufst du ihn, ja?«

Die Welt hatte sich während der letzten vierundzwanzig Stunden nicht sehr verändert. Es war eine Ferienwoche, und die meisten Politiker hatten sich zurückgezogen und die gegenseitigen Beleidigungen für eine Weile eingestellt. Die nach-weihnachtlichen Sonderangebote in den Läden brachen alle Rekorde. Andererseits hatten die Umtäusche in diesem Jahr ebenfalls stark zugenommen. Daran sieht man, wie viel Müll die Leute verschenken, nur um irgendwelche Geschenke zu machen, dachte Alvirah. Um ein Haar wäre sie eingenickt, aber da tauchte das Foto von Bullauge Tony Pinto auf dem Bildschirm auf.

»Himmel!«, murmelte sie. Sie hatte von ihm gelesen, als er noch in New York gelebt hatte und oft in den Schlagzeilen der *New York Post* und der *Daily News* aufgetaucht war. Sie musste zugeben, dass sie immer gern gelesen hatte, was er so trieb, er war eine so schillernde Persönlichkeit. Wegen einiger kleinerer Sachen war er mal im Gefängnis gewesen, aber etwas Größeres hatte man ihm nie nachweisen können. Dabei wusste jeder, dass er ein Killer war. Er hatte den Ruf, jeden aus dem Weg zu räumen, der ihm irgendwie in die Quere kam.

»Gleich geht es weiter«, sagte der Sprecher, »mit den neuesten Neuigkeiten über die Jagd nach dem Ausbrecher Bullauge Tony Pinto, der gestern aus seinem Haus in Miami verschwunden ist. Aber zuerst gibt es ein wenig Werbung.«

Sie übersah die vier Werbespots für Medikamente und anderes, denn die erstaunliche Ähnlichkeit zwischen Tony Pinto und Linker-Haken-Louie nahm sie vollkommen gefangen.

»Ja, ist es denn die Möglichkeit?«, dachte sie laut vor sich hin. »Ja, ich denke, es ist sogar mehr als möglich«, schloss sie. Sie musste mit Regan und Jack sprechen. Wenn Bullauge nämlich auf diesem Schiff war, um von hier aus in die Freiheit zu entkommen, dann war es durchaus denkbar, dass er schon einen Mordversuch begangen hatte. Immer wieder hatte er unter Mordverdacht gestanden, aber man hatte ihm nie etwas beweisen können. Aber was hatte er mit Crater zu schaffen? Und wenn er wirklich versucht hatte, Crater zu ermorden, wer stand wohl noch auf seiner Liste?

Sie schaltete ihr Mikrofon ein. »Pinto lebt in Miami. Er versucht, außer Landes zu kommen. Unser Schiff fährt am Tag seines Verschwindens in Miami ab. Er sieht aus wie dieser Schriftsteller auf den Plakaten, den Ivy und Maggie gesehen haben wollen. Aber wenn er wirklich an Bord ist, muss ihm jemand geholfen haben, aufs Schiff zu kommen, und dieser Jemand versteckt ihn. Vielleicht dieselbe Person, die auch die Weihnachtsmann-Kostüme gestohlen hat. Aber wer könnte das sein?«

Schnell kam in ihr ein Verdacht auf, der bald zur Gewissheit wurde. »Vom ersten Augenblick an hatte ich ein komisches Gefühl mit diesem Eric, diesem Neffen«, sagte sie. »Er ist so schrecklich nervös. Allmählich denke ich, vielleicht hat er wirklich etwas zu verbergen.« In diesem Augenblick klingelte ihr Telefon. Eric.

»Mrs Meehan, ich hoffe, es geht Ihnen schon wieder etwas besser.«

»Ja, doch, durchaus.«

»Sagen Sie mal, dieses Kartenspiel, das Mr Meehan mir gestern Abend gezeigt hat, das war mir vollkommen aus dem Gedächtnis verschwunden. Einer der Offiziere war gestern kurz auf einen Drink bei mir, bevor Sie an Bord kamen, und die Karten gehören ihm. Er muss sie hingelegt haben, und als wir zum Abendessen gingen, hat Winston sie wahrscheinlich in die Schublade gelegt, weil er annehmen musste, sie gehörten mir. Kann ich kurz vorbeikommen und sie abholen?«

Alvirah glaubte ihm kein Wort. »Ich liege im Bett, und Willy ist gerade nicht da«, sagte sie. »Ich rufe Sie zurück, ja? Oder sagen Sie mir doch den Namen des Offiziers, dann gebe ich sie ihm direkt zurück.«

»Ach, das wird nicht nötig sein. Er hat heute Abend auch gar keinen Dienst. Ich komme dann einfach später vorbei.«

Ja, ich wette, dass du das tun wirst, dachte Alvirah, als sie den Hörer auflegte, um die Verbindung zu beenden. Warte nur, bis ich das Regan und Jack erzähle, mein Lieber, freute sie sich, nahm den Hörer wieder auf und begann zu wählen.

43

Nach den Morgennachrichten freute sich Bianca über eine ganze Reihe von E-Mails. Ich muss die Geschichte am Laufen halten, dachte sie. Bis sie mehr Informationen von ihren Kontaktleuten über die Vorgänge auf dem Schiff bekam, musste sie die Geschichte unbedingt am Laufen halten, sonst würde irgendetwas anderes aufkommen, und in ein paar Tagen würden die Zuschauer das Interesse verlieren.

Die Leute, die ihr geschrieben hatten, äußerten ihre Vermutungen über die Identität des Gespenstes. Die meisten glaubten, es sei Mac. Aber dann kam eine E-Mail, bei der sie wirklich die Luft anhielt.

Liebe Bianca,
als MacDuffie vor ein paar Jahren starb, gingen meine Mutter und ich zur Versteigerung des Anwesens. Alle Antiquitätenhändler aus der Umgebung waren da und sahen die Sachen durch. Das meiste war nur Müll, aber meine Mutter und ich steigern allzu gern bei solchen Auktionen mit, und deshalb kauften wir ein paar Möbelstücke und ein paar Kartons voller alter Zeitschriften. Und tatsächlich fanden wir zwischen den Zeitschriften das Tagebuch, das MacDuffie auf seiner Yacht geführt hatte. Darin stand zu lesen, dass sein Vater einen Großteil des Familienvermögens verschleudert hatte, um ein berühmtes Schmuckkästchen zu erstehen, von dem er wusste, dass es aus einem Museum gestohlen worden war. Er behauptete immer, es sei ein Geschenk von Marc Anton an Kleopatra gewesen und es sei von

unschätzbarem Wert. Ich bitte Sie, was für Drogen hat der Mann denn genommen?
Mac schreibt, er könne das Kästchen nicht verkaufen, weil es den guten Ruf seiner Familie zerstören würde, wenn die Geschichte bekannt würde. Außerdem würde das Museum das Kästchen dann von dem Käufer zurückfordern. Wörtlich schreibt er: »So sitze ich also hier auf meiner Yacht und denke an einen Tag vor fünftausend Jahren, als ein gut aussehender Römer dieses Kästchen einer schönen jungen Frau überreichte.« Ja klar, und meine Mutter und ich, wir sind die Gabor-Zwillinge.
Wie auch immer, ich dachte mir, das würde Sie interessieren. Meine Vermutung ist, dass Mac auf dem Schiff spukt, und vielleicht ist Kleopatra ja auch dort. Übrigens haben meine Mutter und ich die damalige Versteigerungsliste durchgesehen und kein Kästchen dieser Art darauf gefunden.
Ihr Fan
Kimmie Keating

Perfekt!, dachte Bianca und las die E-Mail gleich noch einmal. Geistergeschichten waren wunderbar. Aber Geschichten über verschwundene Schätze waren natürlich noch viel besser.

44

He's making a list, checking it twice«, sang Dudley in einem schwachen Versuch, die Atmosphäre ein wenig aufzuheitern, nachdem die Weihnachtsmänner sein Büro verlassen hatten.

Jack rief seinen Assistenten Keith an. »Der Kreuzfahrtdirektor mailt dir die Passagierliste und die Mannschaftsliste jetzt gleich«, erklärte er ihm. »Überprüft bitte alle Namen, aber beginnt unbedingt mit Harry Crater. Er steht auf der Passagierliste. Ich rufe dich in ein paar Minuten aus meiner Kabine wieder an.« Er legte auf, drehte sich zu Dudley um und fragte: »Wie ist Crater eigentlich auf dieses Schiff gekommen?«

»Eine Krankenschwester hat mir geschrieben, wie viel Gutes er getan hat und dass er sehr krank sei. Sie meinte, das hier würde wohl seine letzte Kreuzfahrt sein.« Dudley zog einen Schnellhefter heraus und reichte Jack den Brief, in dem die zahlreichen Spenden aufgelistet waren, die Crater angeblich im letzten Jahr guten Zwecken hatte zukommen lassen.

»Können Sie uns davon eine Kopie machen?«, fragte Regan.

»Selbstverständlich.«

Als Regan und Jack mit den Listen in der Hand Dudleys Büro verließen, stand Ted Cannon auf dem Gang und wartete auf sie.

»Ich wollte vorhin vor den anderen nichts sagen«, begann er. »Aber mir ist da etwas eingefallen, was vielleicht von Interesse für Sie ist. Vielleicht ist es auch Blödsinn ...«

»Worum geht es denn?«, fragte Regan.

»Na, dieser Harry Crater, der jetzt in der Krankenstation ist. Ich weiß doch, dass er allein reist. Als ich gestern Abend zu Bett ging, hörte ich Geräusche aus seiner Kabine. Der Fernseher lief, und ich konnte Leute reden hören, und Schubladen wurden aufgezogen und zugeschoben. Aber ich hatte doch gesehen, wie sie ihn in die Krankenstation gebracht hatten, nachdem er gestürzt war, und da dachte ich, sie hätten ihn vielleicht doch schon früher in seine Kabine zurückgebracht. Das scheint aber nicht der Fall zu sein. Irgendwie kommt mir das alles komisch vor, und ich dachte mir, ich sage Ihnen lieber Bescheid.«

»Solche Informationen sind immer wichtig«, antwortete Jack ausweichend.

»Hat man schon herausgefunden, wer das war, den Maggie im Wartezimmer gesehen hat?«, fragte Ted.

»Nicht, dass wir wüssten«, sagte Regan.

»Ich muss zugeben, es macht mir ein wenig Sorgen, dass Maggie allein in diesem Wartezimmer saß und dass ein Unbekannter einfach dort herumlief.«

Da hat er recht, dachte Regan. Und er weiß noch nicht einmal, dass dieser Mann vermutlich versucht hat, Harry Crater umzubringen. Maggie hätte in böse Schwierigkeiten kommen können, vor allem, wenn es kein klares Motiv für den Mord gab und der Eindringling vielleicht einfach nur ein Irrer war. »Ja, das ist wirklich unheimlich«, stimmte sie Ted zu.

»Ich habe Maggie gesagt, wenn es Ivy nachts noch einmal schlecht geht, soll sie mich anrufen und auf keinen Fall allein losgehen«, sagte er bestimmt. »Ich weiß, Sie sehen jetzt die Passagier- und Mannschaftslisten durch. Wenn ich Ihnen irgendwie behilflich sein kann, melden Sie sich bitte bei mir. Ansonsten sehen wir uns ohnehin später.« Mit einem Winken drehte er sich um und eilte den Gang hinunter.

»Da hat Maggie aber einen guten Fang gemacht«, bemerkte Regan.
»Aber wirklich. Ich habe ein ganz schlechtes Gewissen, weil wir ihm nicht verraten haben, dass der Unbekannte einen Mordversuch unternommen hat.«
»Ich auch«, gab Regan zu.
Sie gingen an einem Plakat mit dem Konterfei von Linker-Haken-Louie vorbei, das an die Wand geklebt worden war. Kurz blieben sie stehen und dachten beide an das Foto des verschwundenen Tony Pinto, das sie im Fernsehen gesehen hatten.
»Möglich wäre es immerhin«, sagte Jack nach einer Weile leise.
Regan wusste sofort, was er meinte.
Als sie ihre Kabine betraten, klingelte das Telefon. Regan lief zum Nachttisch, um das Gespräch entgegenzunehmen. Es war Alvirah.
»Na, Regan, wie gut, dass ich hier in der Kabine geblieben bin. Zwei Dinge habe ich zu berichten. Erstens habe ich die Nachrichten gesehen, und es gibt da einen Verbrecher, der verschwunden ist, der …«
»Bullauge Tony Pinto«, unterbrach Regan sie. »Ich weiß schon, was du sagen willst, denn Jack und ich sind gerade zu demselben Schluss gekommen. Wir haben gestern Abend schon Witze darüber gemacht, aber inzwischen ist es kein Spaß mehr.«
»Man muss nur zwei und zwei zusammenzählen«, sagte Alvirah. »Er hat versucht, das Land zu verlassen. Er lebt in Miami. Er ist verschwunden seit dem Tag, an dem unser Schiff in See stach, und zwei Leute auf diesem Schiff behaupten, jemanden gesehen zu haben, der ihm zum Verwechseln ähnlich sieht. Und sie haben ihn nie irgendwo auf Deck gesehen. Es gibt aber noch eine zweite Neuigkeit«, fuhr sie fort, ohne einen Kommentar von Regan abzuwarten. »Und zwar hat sich Eric bei mir

gemeldet, dieser Neffe. Er hat mich gerade angerufen und mir eine windige Geschichte über dieses Kartenspiel erzählt. Angeblich gehört es einem Schiffsoffizier, und er will vorbeikommen und es abholen. Ich habe ihm gesagt, Willy würde das Kartenspiel dem Offizier gern selbst überreichen, aber natürlich hat der angebliche Besitzer gerade keinen Dienst und so weiter ...«

»Warte mal, Alvirah.« Regan berichtete Jack schnell, was sie gehört hatte. Jack nahm ihr den Hörer ab.

»Alvirah, ich fotografiere die Karten sofort, und dann bringe ich sie dir zurück. Wenn Eric auf irgendeine Weise mit den Schwierigkeiten zu tun hat, die auf diesem Schiff aufgetreten sind, dann sollten wir ihn noch ein bisschen in Sicherheit wiegen. Ich sage meinen Leuten, sie sollen ihn besonders gründlich durchchecken.«

Sobald sie das Gespräch beendet hatten, fotografierte er die Bildkarten mit seiner Digitalkamera, mailte sie nach New York und rief seinen Stellvertreter Keith wieder an. Solange er noch sprach, nahm Regan die Karten, ging ins Bad, hielt sie vor den Vergrößerungsspiegel und schrieb die Ziffern auf. Wenn wir diese Karten Eric zurückgeben, dachte sie, will ich sicher sein, dass wir die Zahlen haben.

Sie ging zurück ins Schlafzimmer. Jack hatte gerade sein Gespräch beendet. »Keith hat mir versprochen, so schnell wie möglich zurückzurufen.«

»Ich habe eine Idee«, sagte Regan. »Lass uns doch mal ein Weilchen auf dem Schiff spazieren gehen. Wenn Ivy, Maggie und Alvirah es einfach so geschafft haben, irgendwelchen seltsamen Gestalten zu begegnen, vielleicht gelingt es uns ja auch, wenn wir uns ein bisschen anstrengen. Außerdem könnte ich mal einen Schluck frische Luft vertragen.«

»Von mir aus gern, das kann bestimmt nicht schaden. So groß ist das Schiff schließlich nicht. Wenn Tony Pinto an

Bord ist, kann er nicht weit von uns entfernt sein.« Jacks Handy klingelte. Er hob fragend die Augenbrauen, als er den Anruf entgegennahm. Die Anruferin war Regans beste Freundin Kit. »Hallo, Kit«, sagte er. »Wie geht's denn?«

»Ich suche immer noch nach der ultimativen Verabredung für Silvester. Gestern Abend war ich auf einer Party in Greenwich, in der Hoffnung, jemanden kennenzulernen, der auch noch nichts vorhat. Das hat natürlich nicht geklappt. Aber ich habe was für euch, das gefällt euch sicher.«

»Warte mal, Kit, ich reiche dich weiter.«

Regan nahm das Telefon. »Ich habe schon alles mitgehört. Keine Sorge wegen Silvester, eigentlich ist es sowieso immer ein ziemlich schrecklicher Abend.«

»Ich weiß, aber das heißt nicht, dass ich mir keine Gedanken mache. Aber jetzt pass auf! Ich war gestern Abend bei meiner Freundin Donna, die immer kurz nach Weihnachten in Greenwich eine große Party gibt. Und da sprachen alle nur von diesem Typen namens Highbridge, der so viele Investoren betrogen hat, auch eine ganze Reihe von Leuten auf diesem Fest. Wie ihr vielleicht gehört habt, ist er auf der Flucht, und man vermutet, dass er sich in die Karibik abgesetzt hat. Da habe ich an euch gedacht. Und es geht noch weiter: Eine der Frauen auf der Party hat erzählt, dass Highbridge' Exfreundin Lindsay, die eine ganze Reihe von Leuten in Greenwich kennt, behauptet hat, er habe sie gestern angerufen. Die Nummer war auf dem Display nicht zu sehen, aber im Hintergrund hörte man ein Radio, und sie war sicher, sie hat den lokalen Wetterbericht von Miami gehört.«

»Du machst Witze, oder?«, fragte Regan. »Die beiden müssen ja ziemlichen Krach gehabt haben, wenn sie anderen Leuten von diesem Anruf erzählt.«

»Sie ist mit ihrem neuesten Verehrer in Aspen und hat wohl gestern Abend in irgendeinem Club damit angegeben. Vermutlich hatte sie was getrunken. Die Schwester der Frau, die gestern auf der Party davon erzählte, stand gleich daneben, als sie anfing, von Highbridge zu erzählen.«

»Hat sie gesagt, dass sie damit zur Polizei geht?«

»Nein. Und inzwischen streitet sie natürlich auch ab, dass sie irgendwas über Highbridge gesagt hat. Aber ich dachte mir, vielleicht interessiert euch das, denn ihr fahrt ja in die Karibik und seid von Miami aus gestartet.«

»Allerdings interessiert mich das«, sagte Regan. »Du hast Highbridge nie auf einer von Donnas Partys getroffen, oder?«

»Doch, aber das ist schon fünf oder sechs Jahre her.«

»Und was hattest du damals für einen Eindruck von ihm?«

»Groß, langweilig, schrecklich von sich eingenommen.«

»Na, ich sehe schon, er hat dich nicht nach deiner Telefonnummer gefragt«, kicherte Regan.

»Woher weißt du das?«, lachte Kit. »Nein, ich vermute, nachdem er begriffen hatte, dass bei mir kein Geld zu holen war, ist er schnell weitergegangen.«

Regan beendete das Gespräch, und sie beschlossen, dass Jack noch einmal in seinem New Yorker Büro anrufen sollte.

»Keith«, sagte Jack zu seinem Assistenten, »vielleicht ist das ziemlich viel Aufwand, aber bitte versuch doch mal rauszubekommen, ob es irgendeine Verbindung zwischen Bullauge Tony Pinto und dem Baron Highbridge gibt.« Er machte eine kleine Pause. »Abgesehen von der Tatsache, dass sie beide auf der Flucht sind.«

45

Weil ihre Mutter darauf bestanden hatte, gingen Fredericka und Gwendolyn zum Schwimmen in den Pool. »Eine gesunder Geist in einem gesunden Körper«, zwitscherte Eldona, die am Beckenrand saß und die Beine baumeln ließ. Zwei Seiten von ihrem Weihnachtsbrief fürs nächste Jahr hatte sie schon geschrieben. »Auf der Jungfernfahrt der *Royal Mermaid* war die Freundlichkeit meiner Mädchen in aller Munde ...«

Als die beiden ihre befohlenen Runden gedreht hatten, gab es eine Wasserschlacht, bei der die Sonnenanbeter rund um den Pool einigermaßen nass wurden. »Mit ihrer kindlichen Energie erfreuen sie alle Herzen«, fuhr Eldona fort, nachdem sie ihre Sonnenbrille trocken gewischt hatte.

Die Stewards, die bereits die ersten Bloody Marys und Margaritas servierten, verbreiteten die Neuigkeit von der Andacht zu Ehren von Commodore Weeds Mutter. Natürlich hatten Fredericka und Gwendolyn als Erste davon erfahren. Jetzt kletterten sie aufgeregt aus dem Pool.

»Mama«, sagte Fredericka atemlos, »hast du von dem Gottesdienst zum Sonnenuntergang gehört?«

»Ja, Liebes. Und natürlich dürft ihr daran teilnehmen, es wird sicher ganz besonders schön.«

»Vielleicht könnten wir singen wie zu Hause in der Kirche.«

Eldonas Augen wurden feucht vor Zärtlichkeit. »Was für eine wunderbare Idee. Ja, ich denke, das wird dem Commodore gefallen. Aber man sollte ihn vorher fragen. Geht doch schnell zurück in die Kabine, zieht

euch etwas Trockenes an, und dann fragt ihr ihn selbst.«
»Jaaaaa!« Die Kinder klatschten in die Hände und sprangen in die Luft. »Wo ist Papa? Das müssen wir Papa erzählen.«
»Da drüben in der Ecke.« Eldona zeigte auf ihren Mann, der es sich in einem Liegestuhl gemütlich gemacht hatte, eine Zeitschrift über dem Gesicht. »Er hat sich in den Schatten gelegt, ihr wisst ja, wie vorsichtig er mit seiner Gesundheit ist. Er wird sich sicher sehr freuen, von eurer guten Idee zu hören.«
»Ich habe noch eine bessere Idee, Mama. Wir überraschen ihn damit heute Abend.«
»Wie ihr wollt, meine Lieben. Und nun lauft!«

Der Commodore und Ivy waren inzwischen bei der dritten Tasse englischen Frühstückstees. Das Silberkästchen mit der Asche seiner Mutter hatte er liebevoll auf den kleinen Tisch gestellt. Als Winston das Tablett mit der Teekanne, dem Sieb, den Tassen und Untertassen hereinbrachte, hatte er das Kästchen wegnehmen wollen, aber der Commodore hatte ihn streng zurechtgewiesen.
»Dieses Kästchen fasst niemand an außer mir, Winston. Lassen Sie es hier auf dem Tisch. Mutter hat eine Einladung zum Tee nie ausgeschlagen.«
»Meine Mutter liebt Tee ebenfalls«, sagte Ivy. Sie war mächtig aufgeregt, in der Kabine des Commodore zu sitzen. Als sie ihn zum ersten Mal getroffen hatte, war sie eher eingeschüchtert gewesen, weil er ein so imponierender, maskuliner Mann war. Die Sorte Mann, von der ihre Mutter gesagt hätte, er sei ein »schöner, großer Junge«. Aber nun, da sie mit ihm hier saß und sprach, spürte sie, wie weich er im Innern war, und dass er, wie so viele Menschen, einfach nur jemanden suchte, der ihn liebte.

Als der Commodore nun ihre Tasse noch einmal füllte, sagte er: »Ivy, wie ich Ihnen schon in der Kapelle sagte, Sie lassen das gute Gefühl für diese Kreuzfahrt in mir wieder aufkeimen.«
Er lachte.
»Wissen Sie, ich war dreimal verheiratet, und alle drei Frauen haben mich geheiratet, weil sie glaubten, ich könnte ihnen etwas geben. Tatsächlich bin ich mit meiner letzten Frau Reeney immer noch befreundet ...«
Ivy spürte, wie die Eifersucht in ihr hochstieg.
»Aber wir waren in so vielen Dingen unterschiedlicher Meinung. Sie wollte zum Beispiel ständig Antiquitäten einkaufen. Sie bildete sich ein, sie hätte ein gutes Auge für den Wert von Gegenständen, aber ich schwöre Ihnen, das war nicht der Fall. Und sie hasste Schiffe.«
»Oh, ich liebe Schiffe«, fiel Ivy ein.
»Ich auch. Trotzdem, Reeney hat mir in vielerlei Hinsicht geholfen, muss ich zugeben. Sie kann hervorragend organisieren. Sie hat mir zum Beispiel bei der Ausstattung des Hauses in Miami geholfen, das ich nach unserer Scheidung gekauft habe. Sogar Winston habe ich ihr zu verdanken. Sie hat mir irgendwann gesagt, ich brauche keine Ehefrau, sondern einen Butler, jemanden, der für mich sorgt.«
Ivy musste sich auf die Zunge beißen, um nicht herauszuplatzen: »Ich würde so gern für Sie sorgen.«
»Sie sagten, Sie seien nie verheiratet gewesen, Ivy?«, fragte der Commodore mit einem staunenden Unterton. Unbewusst hatte er sie mit dem Vornamen angesprochen. »Eine attraktive Frau wie Sie?«
Ivy spürte, wie sie glühte. Es ging ihr so gut! Sie hätte ewig so weitermachen können. Sie murmelte ein verschämtes »Oooh, danke ...«, aber genau in diesem Augenblick schlug jemand laut an die Tür, sodass sie beide zusammenzuckten.

»Was ist das denn?«, fragte der Commodore, stand auf und durchquerte ungehalten den Raum, um die Tür zu öffnen.
Fredericka und Gwendolyn standen vor der Tür und knicksten artig.
»Guten Morgen, Commodore Weed.« Ohne dass er sie hereingebeten hätte, schossen sie an ihm vorbei in die Kabine.
»Guten Morgen!«, sagten sie zu Ivy und knicksten wieder.
»Hallo, Kinder«, erwiderte Ivy und dachte, wie albern der Knicks war, nachdem sie geradezu gewaltsam in die Kabine eingedrungen waren.
»Oh, wie hübsch!«, rief Fredericka und streckte auch schon die Hand nach dem silbernen Kästchen aus. Aber Ivy war schneller und legte die Hand darüber. »Das gehört dem Commodore«, sagte sie fest.
Der Commodore war fast in Ohnmacht gefallen, als er die Gefahr sah, dass die Asche seiner Mutter von diesem ungezogenen Kind verstreut werden könnte. »Was kann ich für euch tun, Kinder?«, fragte er und versuchte krampfhaft, seine wahren Gefühle zu verbergen.
»Wir haben gehört, dass Sie heute Abend einen Gottesdienst für Ihre Mama halten wollen. Und wir würden dabei gern singen«, erklärte Fredericka.
»Wissen Sie, wir sind zu Hause im Kinderchor«, fügte Gwendolyn hinzu.
Lieber Himmel, hilf mir, dachte der Commodore.
»Wir haben in der Schule gerade ein Lied gelernt, das wunderbar passen würde. Wir müssen nur ein Wort ändern, dann heißt es: My Mommy is over the ocean, my mommy is over the sea.«
Ivy beobachtete die Szene ungläubig.
»Vielen Dank«, sagte der Commodore. »Das wäre wirklich sehr schön. Vielleicht am Ende des Gottesdienstes.

Und nun geht ruhig und übt noch ein wenig«, fügte er mit heiserer Stimme hinzu.
»Super!«, riefen sie. »Wir werden allen Leuten auf dem Schiff sagen, dass sie unbedingt kommen müssen.« Und damit waren sie zur Tür hinaus.
Draußen drehte sich Gwendolyn zu Fredericka um. »Und jetzt wollen wir sehen, wie es Onkel Harry geht. Wir werden ihm von dem Gottesdienst erzählen, schließlich könnten wir ihm einen Platz reservieren und ihm helfen, an Deck zu kommen. Ich bin sicher, das wird er nicht verpassen wollen.«

46

Eric hatte die Kapelle an diesem Vormittag nur einmal verlassen, als er Alvirah Meehan angerufen hatte, um sie nach den Spielkarten zu fragen. Er wusste, er durfte die Kapelle jetzt nicht mehr unbewacht lassen, bis er gegen Mittag Bullauge und Highbridge unbemerkt in seine Kabine schmuggeln konnte. Wenn sie erst einmal dort waren, konnte er sie bis morgen früh um vier gut in seinem Kleiderschrank verstecken.
Dann würde er sie zum untersten Außendeck führen, wo sie das Schlauchboot klarmachen würden, das er an Bord versteckt hatte. Die beiden Männer würden Schwimmwesten anziehen und in das Boot springen. Und ihre Leute würden in der Nähe warten, um sie zu übernehmen, sobald die *Royal Mermaid* weit genug weg war. Ich möchte trotzdem nicht in ihren Schuhen – in ihren patschnassen Schuhen – stecken, dachte Eric. Aber immer noch besser, als den Rest des Lebens im Gefängnis zu verbringen.
Er setzte sich in die dritte Reihe, wo er nun jede Menge Zeit hatte, sich Sorgen zu machen, was mit Bullauge und Highbridge passieren würde, wenn sie entdeckt würden. Highbridge war derjenige, der seine hochwohlgeborene Kehle gelegentlich durch ein Räuspern säuberte, ein Ton, der in der Kapelle von allen Wänden widerhallte. Aber jetzt hatte er es schon lange nicht mehr gehört. Eric war beim ersten Mal zum Altar geeilt, um Highbridge zum Schweigen zu bringen, aber da hatte Bullauge ihm schon eine fleischige Hand über den Mund gelegt und ihm gesagt, er werde ihn eigenhändig umbringen, wenn das noch einmal passierte. Und Eric

zweifelte keinen Augenblick daran, dass diese Drohung ernst gemeint war. Bullauge war in allererster Linie ein Killer.

Eric zählte die Minuten, bis es endlich zwölf Uhr war und sein Onkel zum Mittagessen hinunterging. Um elf Uhr kam ein Steward herein und wollte staubsaugen und -wischen.

»Das ist nicht nötig«, sagte Eric.

»Aber ich habe Anweisung, dafür zu sorgen, dass die Kapelle blitzblank ist. Die Leute kommen vielleicht vor dem Gottesdienst für Ihre Großmutter hierher.«

»Warten Sie bis zum Nachmittag«, befahl Eric ihm. »Und bringen Sie dann gleich ein paar frische Blumen für den Altar mit.«

»Selbstverständlich.«

Eric spürte die Schweißperlen auf seiner Stirn. Der Steward hätte mit Sicherheit das Altartuch hochgehoben, um darunter staubzusaugen. Allein die Vorstellung, wenn er mit der Düse an Bullauge gestoßen wäre!

Um Viertel nach zwölf stand der Commodore in der Tür zur Kapelle. »Oh, was für eine Überraschung, dich hier zu finden«, sagte er.

»Ich bin nur kurz hier vorbeigegangen, um ein Gebet für Großmutter zu sprechen. Irgendwie muss ich heute immerzu an sie denken.«

»O ja, das geht mir genauso. Aber jetzt komm, ich möchte, dass du mich zum Mittagessen begleitest. Ivy – ich meine, Miss Pickering – wird ebenfalls an meinem Tisch sitzen. Eine reizende Frau, wirklich, ganz reizend.«

Eric wusste, das war ein zarter Hinweis, Ivy nie wieder links liegen zu lassen. »Ich mache mich nur schnell ein bisschen frisch«, sagte er, ging mit dem Commodore zum Aufzug, drückte den »Hinunter«-Knopf und wartete, bis er seinen Onkel sicher im Aufzug wusste, um dann eilig den Gang hinunterzulaufen. Wie er befürchtet hatte, stieß er mit Winston zusammen, der auf dem Weg zu seiner Kabine war. Um die Mittagszeit hatte er immer zwei Stunden Pause.

»Kann ich noch irgendetwas für Sie tun, bevor ich gehe?«, fragte Winston.

»Nein, ich gehe in ein paar Minuten ohnehin in den Speisesaal.«

Eric öffnete die Tür zu der Suite und blieb für einen Augenblick drinnen stehen, bis er sicher sein konnte, dass Winston fort war. Dann eilte er zurück zur Kapelle.

»Los, kommt! Ich bleibe vor der Tür der Meehans stehen, und wenn sie rauskommen, dann lenke ich sie ab. Ihr beeilt euch, dass ihr in die Suite kommt, und zwar bitte so leise wie möglich. Die Tür ist offen.«

Die Vorsichtsmaßnahmen waren aber unnötig, und die beiden Schurken betraten die Suite, ohne dass sie jemand bemerkte. Eric ging mit ihnen hinein. »Wir dürfen auf keinen Fall ein Risiko eingehen. Nehmt euch was zu trinken und zu essen aus dem Kühlschrank mit, und dann steigt in den Schrank und bleibt dort. Bleibt unbedingt dort drinnen. Ich komme so schnell wie möglich zurück.«

»Und vergiss meine Spielkarten nicht!«, bemerkte Bullauge.

Eric spritzte sich etwas Wasser ins Gesicht und kämmte sich. Als er diesmal die Suite verließ, kamen Alvirah und Willy gerade aus ihrer Luxuskabine.

»Hallo!«, rief er ihnen zu. »Kann ich gerade schnell diese Spielkarten haben, bevor Sie die Tür schließen?«

Alvirah staunte, wie blitzschnell Willy reagierte. »Ach, Eric, könnten Sie nicht bis nach dem Mittagessen warten? Ich lege gerade eine Patience, und es sieht ganz so aus, als ginge sie diesmal endlich auf«, scherzte er.

Eric rang sich ein Lachen ab. »Oh, selbstverständlich.

Dann komme ich heute Nachmittag kurz vorbei.« Aber er war alles andere als glücklich. Irgendetwas stimmte da nicht, das spürte er genau. Sie wussten, dass er die Karten brauchte, warum hatte Willy also damit eine Patience gelegt? Er glaubte kein Wort von dieser Geschichte, aber was sollte er tun?

Er erinnerte sich daran, dass Alvirah sich selbst als eine gute Amateurdetektivin bezeichnet hatte, und diese Erinnerung nagte an ihm, als sie mit dem Aufzug hinunter zum Speisesaal fuhren.

47

Harry Crater saß im Sessel seiner Kabine. Seine Nerven schleiften am Boden. Die Würgemale an seinem Hals hatten sich inzwischen dunkelrot verfärbt und sich unter der Haut ausgebreitet wie Rotweinflecken auf einem Tischtuch. Der Albtraum, der Wahrheit geworden war, spulte sich immer wieder in seinem Kopf ab. Ich werde in meiner Kabine bleiben und mir die Mahlzeiten hierherbringen lassen, dachte er. Ich muss ja nur noch bis morgen bei Tagesanbruch durchhalten. Niemand kommt hier herein, wenn ich die Tür zweimal abschließe.

Den größten Teil seines Frühstücks hatte er bereits hinuntergeschlungen. Der Anblick des leeren Tellers, auf dem man ihm Rühreier und Schinken serviert hatte, erinnerte ihn daran, wie viel Glück er gehabt hatte, dass er an diesem Morgen überhaupt noch hatte frühstücken können. Er machte sich Sorgen wegen Bullauge, und tief in seinem Innern war er sicher, dass die große Chefin noch jemanden auf diesem Schiff untergebracht hatte. Aber wen? Und was würde er oder sie tun, wenn der Hubschrauber landete?

Er griff nach dem Kaffeebecher, in der Hoffnung, dass noch ein paar Schlucke darin waren, als ihn ein heftiges Klopfen an der Tür zusammenfahren ließ. Der restliche Kaffee aus dem Becher landete auf dem Tablett.

»Onkel Harry!«

»Geht weg, ich liege im Bett!«

»Wir haben eine Einladung für Sie!«

»Wozu?«, fragte er.

»Wir werden bei der Feier singen, wenn der Commo-

dore die Asche seiner Mutter ins Meer wirft.« Harry wurde bleich. Er stand auf und eilte zur Tür.
Gwendolyn und Fredericka strahlten ihn an. »Gerade haben wir den Commodore besucht«, sagten sie und fielen einander ständig ins Wort, so aufgeregt waren sie über die Neuigkeit. »Sie müssen heute Abend unbedingt kommen, Sie müssen! Wir werden singen. Wir kommen und holen Sie ab und reservieren einen Sitzplatz.«
»Er wirft die Asche seiner Mutter heute Abend ins Meer? Ich dachte, das soll morgen früh bei Sonnenaufgang passieren!«
»Heute Abend«, sagte Fredericka bestimmt.
»Ich werde dort sein.« Er spie die Worte förmlich aus, schloss die Tür und rannte zu seinem Handy.
Als er mit seinem Anruf durchkam, schnauzte er ins Telefon: »Wir müssen den Plan vorverlegen! Ich gehe davon aus, dass ihr uns verfolgt. Wo seid ihr?«
»Wir sind auf Shark Island«, lautete die Antwort. »Das sind zwei Flugstunden. Wir haben einen zusätzlichen Tank mit Treibstoff, um auch den Rückweg zu schaffen, wenn wir jetzt losfliegen müssen.«
»Dann los! Der Commodore hat die Zeremonie vorverlegt, sie findet jetzt bei Sonnenuntergang statt. Ich wusste, dass wir uns auf seine Pläne wegen des Geburtstags seiner Mutter nicht verlassen konnten. Wir können nicht einmal sicher sein, dass er den Termin nicht noch einmal verlegt. Und wenn ihr erst hier seid, werdet ihr sicher an dem Gottesdienst teilnehmen wollen.« Sarkastisch fügte er hinzu: »Der Commodore wird sehr gerührt sein. Ihr drei Ärzte könnt die Ehrengarde rund um meinen Rollstuhl bilden.« Er hörte einen Moment lang zu. »Erzähl mir bloß nichts von ruhig Blut. Irgendjemand hat letzte Nacht versucht, mich umzubringen, und ich bin ziemlich sicher, dass ich weiß, wer!« Damit knallte er das Telefon auf die Tischplatte.

48

Das Seminar der Leser und Schreiber aus Oklahoma war seit neun Uhr in vollem Gange. In Kleingruppen hatte man lebhaft über die Kunst des Schreibens von Kriminalromanen gesprochen, die sich auf so berühmte Autoren wie Sir Arthur Conan Doyle und Dame Agatha Christie zurückführte.

Um halb zwölf sollte Bosley P. Brevers, der Autor einer umfassenden Lebensbeschreibung von Linker-Haken-Louie, einen Vortrag über sein Lieblingsthema halten und in dem kleinen Theater neben dem Speisesaal Dias aus Louies Leben zeigen.

Regan und Jack hatten Nora und Luke an Deck getroffen, und sie hatten beschlossen, sich den Vortrag anzuhören. Regan hatte ihren Eltern von dem Verdacht erzählt, dass Tony Pinto vielleicht als blinder Passagier an Bord sein könnte.

Unter Bosleys Zuhörern entdeckten sie Ivy Pickering und Maggie Quirk, die ein wenig links von ihnen eine Reihe weiter hinten saßen. Regan hob kurz die Augenbrauen. Ivy, die eigentlich eher wie eine Frau wirkte, die sich niemals auch nur die Nase puderte, trug jetzt ein Make-up, das ihr sehr gut stand, und eine blaue Leinenjacke, die ihre kornblumenblauen Augen wunderbar zur Geltung brachte. Sie hatte sich seit gestern Abend wirklich sehr zu ihrem Vorteil verändert.

Auf der Bühne wurde jetzt Brevers vorgestellt. Die Seminarleiterin lobte seine fünfjährigen Studien über das Thema und bemerkte, dass er während dieser Zeit auch eine renommierte Highschool geleitet hatte. Brevers, ein kleiner Mann Mitte sechzig mit eher zartem Körperbau und schlohweißem Haar, begab sich zum Lesepult. Er schickte die üblichen Bemerkungen vorweg, dass es ihm eine große Ehre sei, hier sprechen zu dürfen, und wie aufregend es sei, an dieser Kreuzfahrt teilnehmen zu können, vor allem, seit man ernsthaft die Möglichkeit in Erwägung ziehen müsse, dass Linker-Haken-Louie mit an Bord sei. Er wartete auf ein Lachen aus dem Publikum, aber das blieb aus.

»Nun ja«, fuhr er mit einem kurzen Husten fort, »dann wollen wir anfangen.« Er räusperte sich. »In ärmlichsten Verhältnissen geboren«, begann er und zeigte ein Dia des zweijährigen Louie, der mit seiner Mutter auf den Treppenstufen eines Mietshauses saß.

»Vom Tellerwäscher zum Millionär«, flüsterte Luke Nora zu. »Na wunderbar, geht das wieder los!«

Nora zog eine Grimasse.

Während der ersten zehn Minuten wurde eine Reihe von Dias gezeigt, die Linker-Haken-Louie bei den verschiedensten Jobs zeigten, die er angenommen hatte, um irgendwie Geld zu verdienen. Damit hatte er im Alter von acht Jahren begonnen. Auf einem Foto betrieb er mit seiner Schwester Maria eine Schuhputzerstation an der Ecke 10th Avenue und 43. Straße in New York City. Stolz hielt Maria ein Schild in die Höhe: Fünf Cent pro Stück, und Ihre Schuhe sehen aus wie neu!

Luke flüsterte seiner Frau zu: »Eine echte Unternehmerpersönlichkeit, wo doch die meisten Leute zwei Schuhe tragen ...«

Es folgten jede Menge weiterer Dias. »Hier sehen Sie den zwölfjährigen Louie beim Ausliefern eines großen Eisblocks. Er musste das Eis fünf Stockwerke hoch schleppen, aber niemals hörte man eine Klage von ihm«, erklärte Brevers. »Der tapfere kleine Kerl wusste damals noch nicht, dass er die Muskeln entwickelte, die ihn später zu einem meisterhaften Boxer machen würden. Während viele andere, beispielsweise sein Kinderfreund Charley-Boy Pinto, eine kriminelle Laufbahn einschlugen …«

Regan und Jack beugten sich beide gleichzeitig vor: »Pinto?«

»Louie war sehr enttäuscht, als seine geliebte Schwester Maria mit achtzehn Jahren Pinto heiratete. Weder er noch seine Eltern sprachen je wieder ein Wort mit ihr. Charley-Boy verbrachte die letzten fünfzehn Jahre seines Lebens im Gefängnis, aber in den Jahren zuvor hatte er seinem Sohn alles über sein ›Geschäft‹ beigebracht. Dieser Sohn, Anthony, wurde der bekannte Kriminelle Bullauge Tony Pinto, ein äußerst gefährlicher Mann, von dem Sie ja in den letzten Tagen in den Nachrichten gehört haben. Er hat seinen Onkel Louie vermutlich nie persönlich kennengelernt, aber er sieht ihm erstaunlich ähnlich, wie Sie gleich bemerken werden.«

Nun erschienen die Fotos nebeneinander auf der Leinwand. Regan hörte zwei unterdrückte Aufschreie hinter sich. Als sie sich umdrehte, waren Maggie und Ivy bereits aufgestanden und gingen zur Tür. Die vier Reillys folgten ihnen.

Ivy zitterte wie Espenlaub, und Maggie war leichenblass geworden.

»Da drüben kann man sich hinsetzen«, sagte Nora.

»Ich will hier wirklich keine Schwierigkeiten machen«, sagte Ivy. »Ich weiß, das wäre schrecklich für den Commodore. Und ich weiß, dass derjenige, den ich gesehen habe, genauso aussah wie Linker-Haken-Louie. Aber wenn ich die beiden Bilder nebeneinander sehe, dann erkenne ich den Unterschied, und der Mann, den ich in der Kapelle gesehen habe, das war mit Sicherheit Tony Pinto! Ist dieser Mann wirklich ein gefährlicher Krimineller? Weshalb ist er in Schwierigkeiten?«

»Er ist aus seinem Haus in Miami geflüchtet, um einem Prozess zu entgehen«, erklärte Regan.
Ivy schwankte und griff nach Maggies Hand. »Und, hast du ihn auch gesehen?«
»Ja, ich glaube schon«, sagte Maggie bemüht ruhig. Sie blickte Regan und Jack an. »Und was werden Sie jetzt unternehmen?«
»Wenn das allgemein bekannt wird, bricht hier an Bord Panik aus. Wir können natürlich nicht sicher sein, dass Pinto an Bord ist, und wenn er tatsächlich hier ist, dann wissen wir nicht, ob er bewaffnet ist. Im Interesse der Sicherheit an Bord sollten wir die Sache geheim halten«, sagte Jack bestimmt.
»Aber warum in aller Welt sollte er hier an Bord sein?«, fragte Ivy.
»Weil er, wenn er es schafft, in Fishbowl Island von Bord zu gehen, nicht an die USA ausgeliefert werden kann«, antwortete Regan.
»Dann sollten wir umkehren und nach Miami zurückfahren«, quietschte Ivy.
»Sie könnten behaupten, dass das Schiff einen Maschinenschaden hat«, schlug Nora vor.
»Aber dann glauben die Leute, dass wir womöglich sinken, und dann bekommen wir erst recht eine Panik«, überlegte Ivy.
»Nicht, wenn man ihnen erklärt, dass es sich nur um eine kleine Maschinenreparatur handelt«, erklärte Nora. »Ungefähr die Hälfte aller größeren Schiffe hat bei der Jungfernfahrt Probleme. Das würden die Leute schon verstehen.«
»Es gibt nur ein Problem dabei«, warf Luke ein. »Wenn Tony Pinto tatsächlich an Bord ist und damit rechnet, nach Fishbowl Island zu kommen, was tut er, wenn er merkt, dass wir zurückfahren?«
Darauf hatte keiner von ihnen eine Antwort.

»Da drüben ist Dudley«, sagte Regan plötzlich und eilte hinaus, um ihn anzuhalten. »Wir müssen sofort mit Ihnen sprechen, dort drüben in der Pianobar. Wo ist der Commodore?«

»Der Commodore steht am Eingang zum Speisesaal und lädt die Passagiere zu dem Gottesdienst bei Sonnenuntergang ein.«

»Holen Sie ihn bitte schnell hierher.«

Dudley war klug genug, nicht lange zu fragen. »Sofort, Regan«, versicherte er ihr und lief los. Wenige Augenblicke später kehrte er mit dem Commodore zurück, gefolgt von Alvirah und Willy.

Regan war nicht überrascht, Alvirah hier zu sehen. Die Frau war wie ein Bluthund, und wenn es irgendwo etwas zu ermitteln gab, dann tauchte sie unweigerlich auf.

Das Gesicht des Commodore strahlte, als er Ivy sah, aber seine Freude war nur kurz, denn sie platzte heraus: »Es tut mir schrecklich leid, Randolph, aber der Mann, den ich gestern Abend gesehen habe, ist ein Krimineller, der sich an Bord geschlichen hat.«

»Was?«, fragte der Commodore und wurde blass.

Regan machte die Tür hinter ihm zu und erklärte die Situation.

»Das überleben wir nicht«, sagte der Commodore. »Aber die Sicherheit der Passagiere hat natürlich höchste Priorität. Was schlagen Sie also vor?«

»Wir sollten wirklich nach Miami zurückkehren, alle Passagiere von Bord bringen und dann durch die Polizei das Schiff durchsuchen lassen, wenn niemand mehr in Gefahr ist«, antwortete Jack.

»Und was sagen wir den Passagieren?«, fragte der Commodore.

»Es gibt einen kleinen Maschinenschaden, wir fahren nach Miami zurück, um das Ersatzteil an Bord zu neh-

men, und dann fahren wir bis Donnerstag in der Nähe von Miami weiter.«
»Und wir können den Passagieren durchaus eine Gratis-Kreuzfahrt versprechen«, schlug Dudley aufgeregt vor.
»Seien Sie bloß still«, schnauzte der Commodore ihn an. »Sie und Ihre krausen Ideen mit Gratis-Kreuzfahrten! Dadurch ist das ganze Elend doch erst entstanden! Von jetzt an behalten Sie Ihre Vorschläge bitte für sich.«
Dudley schrumpfte sichtlich zusammen. »Ich dachte ja bloß ...«, fing er an. »Ich wollte ja nur ...« Er sehnte sich nach dem Moment zurück, als er noch gedacht hatte, sein Sturz von der Kletterwand sei das Schlimmste, was ihm auf diesem Schiff passieren konnte. Ob er wohl bei einer anderen Kreuzfahrtlinie eine Stelle bekommen könnte?
»Holen Sie Kapitän Smith«, befahl der Commodore. »Soweit ich weiß, ist er bereits im Speisesaal.«
Wieder eilte Dudley davon. Weniger als eine Minute später kehrte er mit Kapitän Smith zurück, dessen Gesicht unbewegt blieb, als er von dem mutmaßlichen blinden Passagier hörte.
»Wissen Sie, ich erinnere mich an eine Jungfernfahrt, wo uns in einem schlimmen Sturm die gesamte Elektrik ausfiel und wir zwei Tage lang unbarmherzig von den Wellen durchgeschüttelt wurden ...«
»Jaja«, unterbrach der Commodore ihn ungeduldig.
Dudley wusste, dass nur der Kapitän dem Commodore ebenbürtig war, wenn es darum ging, längst vergangene Ereignisse minutiös wiederzugeben.
»Es ist also durchaus nicht unwahrscheinlich, dass ein Schiff bei seiner Jungfernfahrt einen Maschinenschaden hat und repariert werden muss«, fuhr der Kapitän ungerührt fort. »Ich werde jetzt sofort auf die Brücke gehen, die Fahrt allmählich verlangsamen und gegen

Ende des Mittagessens vollkommen zum Stillstand bringen. Dann werde ich in den Speisesaal kommen und Ihnen mit Nachdruck davon berichten, Commodore.«

Der Commodore dachte nach. »Und dann werde ich die Nachricht an die Passagiere weitergeben, und ich werde auch ankündigen, dass unter diesen Umständen die Zeremonie zu Ehren meiner lieben Mutter bereits um halb drei beginnt.«

»Ich dachte, Sie wollten sie zum Sonnenuntergang ...«, unterbrach ihn Dudley.

»Das war einmal. Wenn wir zurückfahren müssen, dann sind wir jetzt wenigstens noch einigermaßen nahe an der Stelle, die ich für Mutter geplant hatte.«

Mit einem kurzen Nicken und ohne ein weiteres Wort verließ Kapitän Smith die Gruppe.

Alvirah kämpfte mit sich. Sollte sie den Commodore warnen, dass er Eric nichts über Tony Pinto sagen durfte? Aber mit welcher Begründung? Sollte sie erklären, dass Eric nach einem Kartenspiel suchte und dass sie daraus schloss, er könnte Verbindungen zu Tony Pinto haben? Dass sie in seiner Kabine geheimnisvolle Kartoffelchips auf dem Boden gefunden hatte, die er niemals gegessen haben konnte? Nein, unmöglich, entschied sie. Wenn Eric wirklich in die Sache verwickelt war, dann würde sein Onkel das früh genug herausfinden.

Der Commodore straffte sich. »Unsere Gäste beginnen jetzt mit dem Mittagessen, und ich muss mich zu ihnen gesellen. Ivy, ich habe einen Platz für Sie an meinem Tisch reservieren lassen.« Damit nahm er ihren Arm und führte sie zur Tür.

Die anderen beobachteten das Paar.

»Der Kerl hat wirklich Klasse«, kommentierte Luke.

»Diese Geschichte könnte seine Pläne mit dem Kreuz-

fahrtschiff vollkommen ruinieren«, bemerkte Dudley traurig. »Er steht finanziell mit dem Rücken zur Wand.«
Nora seufzte. »Na, vielleicht sollten wir auch hineingehen.« Sie wandte sich zu Maggie um. »Wollen Sie nicht bei uns sitzen?«
Mit einem leisen Lächeln fügte sie hinzu: »Schließlich sind sie eine Mitverschwörerin.«
»Danke, aber Ted wollte sich zum Mittagessen zu mir setzen.«
»Jack und ich kommen gleich nach«, sagte Regan, als sie gemeinsam zur Tür gingen.
»Ich muss im Büro anrufen und dort mitteilen, was wir vorhaben«, erklärte Jack mit angespannter Stimme.
»Und bringt uns die Karten mit«, bat Alvirah. »Eric schöpft sonst Verdacht.«
»Wir bringen sie mit«, versicherte Regan.
Regan und Jack gingen zu den Aufzügen, während die anderen den Speisesaal betraten. Eine Viertelstunde später eilten auch sie an ihren Tisch.
»Und?«, fragte Alvirah, noch bevor sie sich gesetzt hatten.
Regan antwortete mit leiser Stimme.
»Wir haben gerade erfahren, dass es eine enge Verbindung zwischen Bullauge Tony Pinto und dem Baron Highbridge gibt, diesem Oberklasse-Schurken aus Greenwich, der einen riesigen Investmentbetrug aufgezogen hat und kurz vor seinem Prozess stand. Highbridge ist letzte Woche verschwunden, und seine Exfreundin ist sicher, dass er sie aus Miami angerufen hat. Und sein Adlatus ist ein Cousin von Bingo Mullens, von dem die Polizei wiederum annimmt, er habe Bullauges Flucht organisiert.«
»Wie sieht dieser Highbridge aus?«, fragte Alvirah.
»Groß und dürr«, antwortete Regan.
»Genau wie der Weihnachtsmann mit dem einzelnen

Glöckchen, der mich heute früh umgerannt hat«, rief Alvirah.

Jack nahm die Karten aus der Tasche und schob sie über den Tisch. »Du kannst Eric die Karten zurückgeben«, sagte er. »Meine Leute sind ziemlich sicher, dass es sich um Nummern von Schweizer Bankkonten handelt. Sie arbeiten daran und werden bald genau wissen, was dahintersteckt.«

»Naja«, sagte Alvirah gedehnt. »Die große Frage ist jetzt nur: Was machen diese Karten in Erics Kabine?«

49

Eric konnte kaum glauben, was geschah. Das Schiff hatte inzwischen die Maschinen vollständig gestoppt und würde bald zurück nach Miami fahren. Ich bin ein toter Mann, dachte er verzweifelt. Wenn ich diese zwei Typen nicht vom Schiff kriege und sie in Miami entdeckt werden, dann wird Bullauge dafür sorgen, dass ich nicht mehr lange lebe. Selbst im Gefängnis wird er eine Möglichkeit finden, mich umzubringen ...

Eric war wütend über seine eigene Dummheit. Wenn ich einfach nur Onkel Randolph geholfen hätte, diese Fahrt zu einem Erfolg zu machen, hätte ich ein gutes Leben haben können, dachte er. Ich bin sein Alleinerbe. Diese Kreuzfahrten hätten richtig viel Geld gebracht, und auf jeder Kreuzfahrt gibt es haufenweise alleinstehende Frauen. Ich hätte leben können wie die Made im Speck! Ich muss dafür sorgen, dass die zwei irgendwie von diesem Schiff kommen.

Er eilte hinauf in die Suite und öffnete die Tür zu seiner Kabine. Während er noch darüber nachdachte, was er den zwei Männern in seinem Kleiderschrank jetzt sagen sollte, hörte er die Tür vom Gang aufgehen. Der Commodore war ihm gefolgt.

Eric drehte sich zu ihm um. »Ach, Onkel Randolph, ich kann dir gar nicht sagen, wie leid es mir tut, dass wir jetzt zurück nach Miami fahren müssen. Ich weiß, wie schrecklich das für dich sein muss, und das bei all der schlechten Presse, die wir ohnehin schon bekommen.«

Der Commodore ließ sich schwer auf die Couch fallen und vergrub das Gesicht in den Händen. »Mein Junge«, sagte er, »es ist ja noch viel schlimmer. *Viel* schlimmer.« Was konnte denn nun noch kommen?, dachte Eric, der spürte, wie ihm der Schweiß ausbrach. »Was ist denn?«, krächzte er.

»Wir sind praktisch sicher, dass wir einen blinden Passagier an Bord haben, einen Schwerverbrecher, einen gewissen Tony Pinto, genannt Bullauge.«

»W… was?«, stotterte Eric.

»Es gibt überhaupt keine Schwierigkeiten mit unserer Maschine. Wir behaupten das nur, um eine Panik unter den Passagieren zu vermeiden. Du solltest wissen, dass Jack Reilly Chef der Abteilung für Schwerverbrechen bei der Polizei in New York ist. Und wir folgen seinem Rat. Wir werden nach Miami zurückkehren, und dort wird die Polizei das gesamte Schiff durchsuchen. Aber warte nur, bis ich herausfinde, wo er sich versteckt hält und wer ihn versteckt.« Die Stimme des Commodore wurde lauter. »Gib mir nur zwei Minuten mit diesem Schurken in einem geschlossenen Raum. Dann zeige ich ihm, was ein Bullauge ist!«

Eric krümmte sich zusammen. Bullauge und Highbridge können uns hören, dachte er. Na, wenigstens brauche ich ihnen die Nachricht so nicht zu überbringen. Er erinnerte sich an einen Ausspruch seiner Großmutter: »Wir trösten uns mit dem, was wir haben.« Eric warf einen Blick auf die verschlossene Glasvitrine, in der die Asche seiner Großmutter in dem silbernen Kästchen ruhte. Du hast mich nie leiden können, dachte er. Und das ist einer der Gründe, warum ich so geworden bin.

Der Commodore stand auf. »Die Zeremonie zu Ehren deiner Großmutter wird bald beginnen«, sagte er. »Wir werden es kurz machen, aber schön, und dann wird der Kapitän die Maschine wieder anlassen, und wir fahren nach Hause. Ich werde diese letzten kostbaren Minuten mit deiner Großmutter in der Kapelle verbringen.«

Sobald sein Onkel verschwunden war, ging Eric in seine Kabine und schloss die Tür hinter sich. Seine Hände waren so feucht, dass er die Schranktür kaum öffnen konnte, aber er riss sich zusammen und drehte am Türknopf.

»Ich würde dich am liebsten jetzt gleich umbringen, aber ich brauche dich noch ein Weilchen«, sagte Bullauge mit tonloser Stimme.

»Wir müssen von diesem Schiff runter, solange es steht«, erklärte Highbridge. »Gib mir dein Satellitentelefon. Besorg uns die genaue Position des Schiffes. Wir werden unsere Leute anrufen und ihnen erklären, wo sie uns mit dem Boot finden. Sie können sich ja ausrechnen, wie weit wir inzwischen treiben.«

Bullauge fasste in die Tasche seines Weihnachtsmann-Kostüms und zog Craters Waffe heraus. »Das Geld kommt mit, auch das, was wir dir schon gegeben haben.« Eric blickte zum Regal und sah, dass sein verschlossener Koffer aufgebrochen worden war.

»Eigentlich haben wir nach unseren Kleidern gesucht«, erklärte Bullauge mit bösem Lächeln. »Dein Pech, dass du den Vorschuss nicht zur Bank gebracht hast. Aber vergiss es, es wäre einfacher für uns gewesen, nach Fishbowl zu schwimmen, als uns deinen Plänen anzuvertrauen. Und ich gehe nicht ohne meine Karten.«

Eric lief hinaus in die Kabine seines Onkels, überprüfte die Position des Schiffs und informierte Highbridge. »Während ihr anruft, besorge ich die Karten«, versprach er verzweifelt. Er schloss die Schranktür und die Tür zu seiner Kabine, eilte durch die Suite und trat hinaus auf den Gang. Bevor er zur Kabine der Meehans ging und an der Tür klopfen wollte, blickte er noch einmal Richtung Aufzug, und richtig, da kamen die beiden. Er wartete einen Augenblick, und zu seiner riesigen Erleichterung musste er sie nicht einmal nach den Karten fragen.

»Oh, Eric«, rief ihm Alvirah schon von Weitem zu. »Wir haben die Karten für Ihren Freund«, und Willy ergänzte: »Sagen Sie ihm, wenn er mal Lust auf ein Spielchen hat, muss er nur Bescheid sagen.«
Eric griff mit feuchten Händen nach Bullauges Karten. »Äh, sicher, sicher, das sage ich ihm. Dankeschön.« Aus dem Augenwinkel bemerkte er die Schokoladenflecken auf Willys Hemd.
Willy lachte. »Ich bin nicht ganz so schlampig, wie Sie jetzt vielleicht denken. Der Kellner wollte großzügig sein, verpasste aber meine Schüssel mit Vanilleeis, als er die heiße Schokoladensauce verteilte. Ich bin gerade auf dem Weg, um mich umzuziehen.«
»Ach, das tut mir leid«, erwiderte Eric, der die Karten so fest umklammerte, dass sie ihm in die Handflächen schnitten.
»Wir sehen uns dann sicher bei der Zeremonie für ihre Großmutter«, sagte Alvirah im Weitergehen.
Eric wartete, bis die Meehans sicher in ihrer Kabine verschwunden waren. Ich brauche dreißig Sekunden, um Bullauge und Highbridge zum Mannschafts-Niedergang zu bringen, dachte er. Dieser Gang führte direkt zum Heck des Schiffes, wo sie das Schlauchboot versteckt hatten. Es war natürlich ein Risiko, um diese Zeit die Treppen zu benutzen, aber selbst wenn sie einem Mitglied der Mannschaft begegneten, würde niemand Eric fragen, wohin er wollte. Winston könnte natürlich ein Problem darstellen; er benutzte diese Treppe immer, um in seine Kabine zu kommen, und er hatte so eine Art, plötzlich wie aus dem Nichts aufzutauchen.
Eric wusste, dass er Bullauge und Highbridge nach draußen aufs unterste Deck am Heck bringen musste, dorthin, wo Netze, Haken und alle möglichen wasserfesten Gerätschaften aufbewahrt wurden. Dort gab es

keine verborgenen Schränke oder Ecken, und deshalb hatte er nie darüber nachgedacht, die beiden Männer dort zu verstecken. Aber es gab dort einen Überhang, sodass niemand von einem der oberen Decks sehen konnte, was unten vor sich ging. Natürlich konnte es sein, dass man sie beobachtete, wenn sie das Schlauchboot über das Heck hinauswarfen. Sobald die beiden in dem Boot wären, könnten sie eine Segeltuchdecke über sich ziehen, und jeder, der das Boot sah, würde glauben, es sei leer. Seine Hoffnung war, dass alle Passagiere und die meisten Mannschaftsmitglieder an der Zeremonie für seine Großmutter teilnehmen würden.

Eric ging zurück zur Suite seines Onkels, betrat seine Kabine und öffnete die Schranktür. Er reichte Bullauge die Karten. »Los«, schnauzte er. Er hatte durchaus bemerkt, dass Bullauge die Aktenmappe bei sich trug, die er gestohlen hatte. Highbridge trug Erics Reisetasche, in die sie offenbar Erics Geld und ihre Kleider gestopft hatten.

»Wir kommen ja schon«, schnauzte Bullauge zurück.

Glücklich gelangten sie zum Mannschafts-Niedergang, ohne einer Menschenseele zu begegnen. Was sie jedoch nicht bemerkten, war Alvirah, die an ihrer einen Spalt breit geöffneten Tür stand und lauschte. Als sie hörte, dass die Tür des Commodore geschlossen wurde, steckte sie den Kopf hinaus und sah gerade noch Eric und die beiden Weihnachtsmänner durch die unbeschriftete Tür verschwinden, die sich am anderen Ende des Ganges befand. Diese Tür hatte auch Winston immer benutzt, und sie vermutete, dass dieser Durchgang nur für die Mannschaft bestimmt war.

Lieber Himmel!, dachte sie. Das muss also Bullauge gewesen sein, und der andere war der Weihnachtsmann, den ich heute früh gesehen habe. Eric steckt also unter einer Decke mit den beiden! Ich darf keine Sekunde verlieren. Willy steht unter der Dusche, aber wenn ich ihm jetzt erst erkläre, was ich gesehen habe, dann ist es zu spät, und ich verliere ihre Spur. Sie rannte den Gang hinunter, so schnell ihre rheumatischen Knie es zuließen, öffnete leise die Tür, durch die die drei Männer verschwunden waren, und konnte ihre Schritte noch in einiger Entfernung hören. Sie waren schon ein paar Decks tiefer, das war klar. Sie hielt sich am Geländer fest, als sie ihnen folgte.

Als sie das unterste Deck erreichte, sah sie eine Eisentür zu ihrer Linken. Sie öffnete sie einen Spalt weit. Drinnen wurde ein Schlauchboot aufgeblasen, und sie sah zwei Männer, die Schwimmwesten über ihre Weihnachtsmannkostüme zogen.

Hilfe! Ich muss Hilfe holen, dachte sie. Sie drehte sich um und begann, die Treppe hinaufzugehen, aber kaum hatte sie sechs Schritte gemacht, da öffnete sich auch schon die Tür hinter ihr. Sie versuchte, schneller zu laufen, aber es gab kein Entkommen. Eine starke Hand legte sich über ihren Mund, ein kräftiger Arm zog sie zurück, und dann hörte sie Eric sagen: »So eine geniale Amateurdetektivin sind Sie nun auch wieder nicht, Mrs Meehan.«

50

Crater war in Panik geraten, als Fredericka und Gwendolyn ihn noch einmal über eine Verlegung der Zeremonie für die Mutter des Commodore informierten. Er rief wieder seine Leute an. »Keine Verspätungen!«

»Geht in Ordnung, wir sind schon fast da«, lautete die Antwort.

Als Nächstes hatte er Dr. Gephardt informiert, dass er nun doch seinen Hubschrauber bestellt habe. »Auf diesem maroden Schiff fühle ich mich einfach nicht wohl, und aus früherer Erfahrung weiß ich, dass mir ein böser Asthmaanfall bevorsteht. Mir wird jetzt schon die Luft knapp. Wissen Sie, ich muss jetzt einfach nach Hause, wo ich jederzeit in guter medizinischer Behandlung bin.«

Was für ein unmöglicher Mensch, hatte Dr. Gephardt gedacht. Er saß in seinem Büro, und während er Crater am Telefon zuhörte, spielte er mit einem Stift herum.

»Aber ich freue mich sehr auf die Zeremonie für die Mutter des Commodore. Die beiden reizenden kleinen Mädchen, die so nett zu mir waren, werden bei dieser Gelegenheit singen, habe ich gehört.«

»Ja, das habe ich auch gehört«, sagte Dr. Gephardt, der nur daran denken konnte, wie froh er sein würde, wenn Crater erst einmal von Bord war. Wer auch immer versucht hatte, den Kerl umzubringen, könnte es leicht wieder versuchen. Jack Reilly würde sich vielleicht für Craters Pläne interessieren, dachte Gephardt, als er den Hörer auflegte. Er wählte die Kabine der Reillys an, aber es ging niemand ans Telefon.

Auf dem obersten Deck am Bug des Schiffes versammelten sich bereits viele Menschen für die Feier. Mitglieder der Mannschaft hatten Klappstühle zu beiden Seiten eines provisorischen Mittelgangs aufgestellt, den der Commodore, Eric und die Ehrengarde aus Weihnachtsmännern hinunterschreiten würden. Vor der wartenden Menge stand ein kleiner Tisch aus der Kabine des Commodore, und darauf lagen ein Strauß Blumen und ein Handmikrofon. Große Lautsprecher waren aufgestellt worden, um im entscheidenden Augenblick »Amazing Grace« zu Gehör zu bringen.
Die Sonne schien, das Meer lag ruhig da, die einzigen Bewegungen der *Royal Mermaid* rührten von den kleinen Wellen her, die sanft gegen den Rumpf des Schiffes schlugen.
Das Geräusch eines Hubschraubers ließ die Menschen aufblicken. Ein Murmeln ging durch die Menge, und einen Augenblick später war das Deck voller Menschen, die aufgeregt durcheinandersprachen. Dudley eilte nach vorn und griff nach dem Mikrofon. »Kein Grund zur Aufregung!«, rief er. »Unser Freund Mr Crater …« Er nickte Crater zu, der in einem Rollstuhl am Ende der ersten Reihe gleich an der Reling saß. »Unser Freund Mr Crater muss sich in die Obhut seines Hausarztes begeben.«
»Lauter!«, schrie jemand. »Wir können nichts hören.«
Dudley legte den Finger an die Lippen und deutete auf den Hubschrauber. Alle sahen wie gebannt zu, als sich die Maschine auf den Landeplatz senkte. Die Maschine röhrte, die Rotorblätter peitschten durch die Luft, nicht weit von dem Ort, wo die Zeremonie stattfinden sollte. Fredericka und Gwendolyn, die zu beiden Seiten des Rollstuhls standen, bedeckten Craters Ohren mit ihren Händen. Die restlichen Plätze in der linken vorderen Reihe waren reserviert für den Commodore, Eric, Dud-

ley und Winston. Auf der anderen Seite des Mittelgangs war Platz für die Weihnachtsmänner.
Auf einen Schlag stoppte der Hubschrauber seine Maschine, und die Rotorblätter wurden langsamer, bis sie sich endlich nicht mehr bewegten. Dudley wiederholte schnell, was er schon gesagt hatte, und fuhr dann fort: »Wir werden unsere wunderbare Feier für Mrs Penelope Weed in wenigen Minuten beginnen. Bitte nehmen Sie Ihre Plätze ein.«
Die vier Reillys, Ivy und Maggie saßen in der zweiten Reihe. Sie hatten zwei Plätze für Willy und Alvirah freigehalten, aber Willy betrat das Deck allein. Sein Gesicht war sehr besorgt, als er entdeckte, dass Alvirah nicht bei ihnen war.
»Wo ist Alvirah?«, fragte er unruhig.
»Keine Ahnung, hier war sie nicht«, antwortete Nora ihm.
»Auf einmal war sie verschwunden, als ich aus der Dusche kam. Ich habe mich gewundert, dann aber gedacht, sie ist vermutlich hier.«
»Oh, ich bin sicher, es ist alles in Ordnung«, versuchte Nora ihn zu beruhigen.
Der Hubschrauber zog alle Blicke auf sich. Inzwischen waren drei Männer in Sanitäter-Uniformen ausgestiegen, und Dudley war hinübergelaufen, um sie zu begrüßen.
»Irgendwie kommt mir das alles reichlich seltsam vor«, flüsterte Regan Jack zu.
Jack sah den drei Sanitätern mit schmalgezogenen Augen zu, als sie jetzt Dudley zu Craters Rollstuhl folgten. Sie beugten sich zu ihm herab und wechselten kurz ein paar Worte mit ihm. Jack bemerkte, wie einer der drei Blickkontakt mit Winston aufnahm. Die zwei kennen sich, dachte er. Was soll das denn?
Die ersten Töne von »Amazing Grace« erklangen aus

den Lautsprechern, und alle Gäste fuhren zusammen. Nun sah man auch schon den Zug von der Kapelle herankommen. Die zwei Weihnachtsmänner, die vorneweg gingen, trugen keine Kostüme, dafür aber lange brennende Kerzen. Die acht Weihnachtsmänner im Kostüm folgten ihnen, dann kam Eric und schließlich der Commodore, der das Silberkästchen mit der Asche seiner Mutter trug.

Regan starrte Eric an, während die Gemeinde das Lied sang.

Willy hatte Platz genommen, war aber sichtlich nervös. Der Commodore stellte das Silberkästchen auf dem Tisch neben den beiden Kerzen ab, während die Teilnehmer der Prozession ihre Plätze in der ersten Reihe einnahmen.

Ein dünner Mann mittleren Alters aus der Oklahoma-Gruppe, der in seiner Kirche zu Hause als Prediger tätig war, trat nun vor und ergriff das Mikrofon. »Gnadenreicher Gott, dieses Leben ist nicht zu Ende gegangen, es wurde nur verwandelt«, begann er.

Willy drehte sich um und spähte in den hinteren Reihen verzweifelt nach seiner Frau. Er war sicher, sie hätte niemals freiwillig auf diese Feier verzichtet. Das war vollkommen unmöglich, er kannte doch seine Frau!

Irgendetwas musste ihr passiert sein, das spürte er.

51

Als Eric Alvirah die Treppe hinunter und aufs Deck gezerrt hatte, nahm Bullauge seinen Bart ab und machte daraus einen provisorischen Knebel für sie. Highbridge drehte ihr die Hände auf den Rücken und benutzte seine Weihnachtsmannmütze, um sie zu fesseln. Dann schubste Eric sie zu Boden gegen eine Wand, an der Netze und Angelausrüstung hingen. »Ich muss jetzt los, ich darf auf keinen Fall zu spät zu dieser Feier kommen. Das Letzte, was wir jetzt gebrauchen können, ist, dass sie nach mir suchen. Passt gut auf sie auf!«, sagte er hektisch. »Sie ist einfach zu neugierig, das ist gar nicht gesund. Und außerdem ist sie schuld, dass wir aus meiner Kabine ausziehen mussten.«

Bullauge zielte probeweise mit der Waffe auf sie. »Wenn Sie so neugierig sind, erzählen Sie mir doch mal, was dieser nichtsnutzige Crater hier auf dem Schiff macht. Er ist mit Sicherheit nicht ohne Grund hier, und dieser Grund hat nichts, aber auch gar nichts mit seiner Wohltätigkeit zu tun.« Bullauge spuckte auf den Boden. »Der Kerl hat seinerzeit meinen Vater an die Bullen verpfiffen. Und was hat er jetzt vor?«

»Ich wünschte, ich wüsste es«, antwortete Alvirah.

»Ich gebe Ihnen eine Minute, darüber nachzudenken, dann haue ich Ihnen eine runter.«

Das Geräusch des Hubschraubers ließ alle drei herumfahren.

»Wenn das die Bullen sind ...« Highbridge war einer Panik nahe. Er und Bullauge arbeiteten fieberhaft. Als sie das Schlauchboot vom Heck des Schiffes hinunterließen, begann Alvirah, hektisch ihre Hände zu bewegen. Sie hatte an ihrer rechten Seite eine Art Haken, jedenfalls einen scharfkantigen Gegenstand aus Metall, gefunden, und nun drehte sie sich ein bisschen, sodass sie mit ihren Händen daran reiben konnte. Wenn ich nur einen kleinen Riss in die Mütze kriege, dachte sie, dann habe ich gewonnen. Es ist ziemlich dünnes, billiges Material. Das einsame Glöckchen an der Spitze bimmelte leise, aber Bullauge und Highbridge waren zu beschäftigt, um es zu hören.

Bullauge ließ eine Aktenmappe in eine Reisetasche fallen und verschloss die Tasche dann sorgfältig.

Alvirah versuchte, ruhig zu bleiben, und bewegte die Mütze vorsichtig über das Material, bis sie endlich ein Loch hineingerissen hatte. Sie dachte an ihr früheres Leben als Putzfrau, als sie alte Handtücher zu Putzlappen verarbeitet hatte, und endlich konnte sie die Mütze zerreißen und bekam die Hände frei.

Sie warf einen Blick über die niedrige Reling. Das geht, dachte sie. Es muss gehen. Ich kann Willy doch noch nicht allein lassen, er braucht mich noch. Das einzige Problem ist, wie stehe ich auf? Das dauert möglicherweise so lange, dass ich keine Chance mehr habe, zu springen. Aber ich muss es versuchen.

Highbridge kletterte auf die Reling, saß einen Augenblick darauf und blickte hinunter auf das Wasser.

Alvirah beobachtete Bullauge, der die Reisetasche auf die Reling wuchtete. Highbridge griff danach, und Bullauge reichte ihm ein Ruder. »Nichts fallen lassen, auf keinen Fall die Tasche. Ich bin gleich hinter dir.«

»Ich werde doch mein Geld nicht sausen lassen«, bemerkte Highbridge halb beleidigt, bevor er sprang. Bullauge, die Waffe in der rechten Hand, beobachtete den Sprung.

Alvirah hörte ein Platschen, als Highbridge im Wasser landete. Bullauge hatte nur Augen für die Tasche und achtete darauf, dass sie sicher in dem Schlauchboot ankam.

Jetzt oder nie, dachte Alvirah. Sie spürte den Schmerz in ihren Knien kaum, als sie aufsprang, zur seitlichen Reling lief, hinüberkletterte, sich die Nase zuhielt und sprang. Bullauge drehte sich verwirrt zu ihr um, aber da war sie schon in der Luft. Unmittelbar bevor sie im Wasser aufkam, hörte sie eine Kugel an ihrem Ohr vorbeizischen. Das war knapp, dachte sie, aber nicht unbedingt ein Zeichen für eine ruhige Hand.

Sie tauchte ganz unter, und dann begann sie sofort, zum Bug des Schiffes zu schwimmen.

52

Einer der wenigen Passagiere, die nicht an der Zeremonie teilnahmen, war Bosley P. Brevers, der sich immer noch ärgerte, weil sein Vortrag ein solcher Schlag ins Wasser gewesen war. Gerade die Zuhörer, die er hatte beeindrucken wollen – die berühmte Autorin und ihr Mann, die Tochter, die Privatdetektivin war, und ihr Mann, der ein hohes Tier bei der New Yorker Polizei war –, gerade diese Leute hatten irgendwann geschlossen den Saal verlassen. Er hatte durchaus bemerkt, dass sie diskret sein wollten, aber er war trotzdem sehr ärgerlich darüber. Und die zwei Frauen aus seiner Gruppe, Maggie und Ivy, hatten ihm wohl die Aufmerksamkeit nicht gegönnt; sie waren als Allererste gegangen.

So eine Gemeinheit!

Verletzt hatte er sich in seine Kabine zurückgezogen, ein Sandwich bestellt und sein Skript durchgesehen, um den zweiten Teil des Vortrags womöglich noch etwas interessanter zu gestalten. Er hatte gerade seinen Stift hingelegt, als er das Geräusch eines Hubschraubers hörte, der sich dem Schiff näherte. Er ging auf den Balkon, um ihn genauer sehen zu können, verlor dann aber schnell wieder das Interesse, ging zurück in die Kabine und schaltete den Fernseher ein. Er wollte sehen, ob es irgendwelche Neuigkeiten über die Suche nach dem Neffen von Linker-Haken-Louie gab, diesem Tony Pinto. Wenn die Polizei den Kerl schnappte, verlieh das auch seinem Vortrag ein bisschen mehr Farbe. Der zweite Teil war für morgen früh angesetzt. Während Brevers von einem Sender zum anderen zappte, konnte er von ferne die leisen Klänge von »Amazing Grace« hören. Offenbar hatte die Feier des Commodore begonnen.

Eine hübsche junge Nachrichtensprecherin erschien auf dem Bildschirm. »Ich habe interessante Neuigkeiten!«, sagte sie aufgeregt. »Wie Sie sich sicher noch erinnern, habe ich Ihnen über die Weihnachtskreuzfahrt der *Royal Mermaid* berichtet. Das Schiff gehörte früher dem kürzlich verstorbenen Angus ›Mac‹ MacDuffie. Nun hat sich herausgestellt, dass MacDuffies Vater vor vielen Jahren illegal eine sehr wertvolle Antiquität erstanden hat, die aus einem Museum in Boston gestohlen worden war. Es handelt sich um ein silbernes Schmuckkästchen, das einst der ägyptischen Königin Kleopatra gehört hat und Millionen wert ist. Ja, tatsächlich, genau diese Kleopatra, die mit der schönen Nase! Heute früh habe ich die Familie besucht, die nach MacDuffies Tod Möbel und Papiere aus dem Nachlass erstanden hat. In einer Schublade haben diese Leute ein Tagebuch gefunden, in dem MacDuffie darüber schreibt, dass er von der Sache wusste. Heute haben wir uns die Mühe gemacht, stundenlang staubige alte Zeitschriftenseiten und Briefe durchzusehen, und tatsächlich haben wir einen Brief von MacDuffie an seine Mutter gefunden, in dem er schreibt, er habe das Silberkästchen in einer Geheimschublade in der Eignersuite seiner Yacht versteckt. So werde er das Geheimnis mit ins Grab nehmen und die Schande, die sein Vater über die Familie gebracht habe, ebenso. Vielleicht wird Commodore Weed jetzt zu einer Schatzsuche auf dem Schiff aufrufen …«

Ein Foto des Kästchens wurde eingeblendet.

Brevers machte große Augen. Am Vortag war er einer der ersten Passagiere auf dem Schiff gewesen und hatte den Commodore besucht, um ihm ein signiertes Exemplar seines Buches zu bringen. Der Commodore hatte ihn in seine Suite gebeten, und sie hatten kurz miteinander gesprochen. Bei der Gelegenheit hatte Brevers ein kostbares Silberkästchen in einer Glasvitrine entdeckt und seine Bewunderung für das schöne Stück ausgedrückt. Der Commodore hatte ihm anvertraut, dass er darin die Asche seiner Mutter aufbewahrte.

Konnte das möglich sein?, fragte sich Brevers. Seine Gedanken überschlugen sich. Er hatte heute früh gehört, dass der Commodore die Asche seiner Mutter in einem Kästchen dem Meer anvertrauen würde. Konnte es sich um das wertvolle Stück handeln, das er soeben auf dem Bildschirm gesehen hatte? Das Kästchen in der Kabine des Commodore hatte jedenfalls genauso ausgesehen.

Ohne sich auch nur die Schuhe anzuziehen, rannte Brevers los, den verlassenen Gang hinunter und Richtung Bug. Kleopatras Schmuckkästchen durfte auf keinen Fall auf dem Grund des Meeres landen!

53

Abschiede sind immer traurig, aber nun ist die Zeit gekommen, meine Mutter gehen zu lassen, die beste Mutter, die sich ein Junge nur wünschen konnte. Ich bin sehr dankbar, dass Sie diesen zärtlichen, wenngleich schmerzhaften Augenblick mit mir teilen.« Der Commodore nickte Gwendolyn und Fredericka zu, die vortraten und ihr Lied anstimmten.
»My Mommy lies over the ocean …«
Der Commodore drehte sich um und ging zur Reling, das Silberkästchen in der Hand.

***

Alvirah hielt die Luft an, so lange sie konnte, aber irgendwann musste sie auftauchen. Das Wasser fühlt sich alles andere als tropisch an, dachte sie. Der Bart war ihr im Weg und würgte sie. Mit einer Hand griff sie danach, und obwohl er fest um ihren Mund geknotet war, konnte sie ihn herunterreißen. Keuchend und zitternd warf sie einen Blick über die Schulter. Aber die beiden Verbrecher hatte offenbar nur noch eine Sorge, nämlich möglichst schnell vom Schiff zu kommen. Sie haben keine Zeit, sich über mich Gedanken zu machen, sagte sie sich und war froh darüber.
Obwohl das Schiff keine Fahrt machte, wurde es doch von der Strömung leicht vorwärts bewegt. Die Entfernung zum Bug schien eher größer zu werden.
Ihre Hosen und Sandalen schienen Tonnen zu wiegen. Sie versuchte, die Sandalen abzuschütteln, aber dabei schluckte sie nur Wasser. Schwimmen, dachte sie. Ein-

fach weiterschwimmen. Eine Welle spülte über ihr Gesicht, und sie schluckte noch mehr Wasser. »Willy!«, versuchte sie zu rufen. Inzwischen macht er sich sicher Sorgen um mich, dachte sie. Aber er wird wohl kaum auf die Idee kommen, mich hier zu suchen.

O Willy, wenn der ungeschickte Steward dir nicht die blöde Schokoladensauce übers Hemd gekleckert hätte, dann wärst du nicht in der Dusche gewesen, als ich die Kerle sah.

Ihre Arme waren wie Blei. Das Schiff sah aus, als würde es wieder Fahrt aufnehmen. Es heißt ja, dass das ganze Leben wie ein Film an einem vorbeizieht, wenn man ertrinkt, dachte sie, aber ich kann die ganze Zeit nur an die blöde Schokoladensauce auf Willys neuem blauem Hemd denken.

Ich liebe dich, Willy.

Sie kraulte weiter, immer einen Arm vor den anderen, immer langsamer, und zwang sich, in Bewegung zu bleiben.

***

Auf dem Schiff ging jetzt alles sehr schnell. Als der Commodore gerade an Craters Rollstuhl vorbeiging, kam Brevers aufs Deck gestürzt.

»Nicht werfen!«, brüllte er. »Das Ding ist Millionen wert!«

Im gleichen Augenblick sprang Crater wie ein Raubtier aus seinem Rollstuhl.

***

Ich komme näher, machte Alvirah sich Mut. Ich komme immer näher. Ihre Arme wurden schwerer, und sie bekam kaum noch Luft. Sie zitterte am ganzen Körper.

Aber sie war jetzt wirklich fast auf der Höhe des Bugs, und sie hoffte und betete, dass dort Leute sein würden, die sie sahen. Als sie nach oben blickte, sah sie drei Männer, die an der Reling standen. »Hilfe!«, wollte sie schreien, aber sie brachte nur noch ein heiseres Krächzen zustande.

Und gerade als sie dachte, die Männer würden sie sehen, drehten sie sich um und eilten weg von der Reling.

***

Der Schreck, den Brevers' Schrei ausgelöst hatte, wurde gefolgt von dem ebenso erschreckenden Anblick, wie Crater dem verdutzten Commodore das Silberkästchen entriss.

Plötzlich startete auch der Hubschrauber wieder seinen Motor, und die Rotorblätter begannen sich zu drehen.

Regan und Jack sprangen auf.

»Das ist grotesk!«, schrie der Commodore, als Crater mit der Asche seiner Mutter loslief und das Kästchen wie ein Footballspieler beim Pass einem der Sanitäter zuwarf, der es auffing und damit zum Hubschrauber rannte.

Fredericka, die sich ärgerte, dass niemand mehr ihrem Gesang zuhörte, streckte einen Fuß aus. Der Sanitäter stolperte, fiel krachend aufs Deck, und das Kästchen flog weiter. Inzwischen waren aber auch Regan, Jack, Luke, Willy und die zehn Weihnachtsmänner in Bewegung gekommen. In einem Gewühl roter Anzüge ging Crater neben dem gestürzten Sanitäter zu Boden. Die anderen beiden rannten zum Hubschrauber.

»Sinnlos!«, rief Jack, und gemeinsam mit Ted rang er die beiden nieder.

In dem Handgemenge war das Kästchen für einen

Augenblick unbeachtet geblieben. Winston lief hin, hob es auf und rannte nun seinerseits zum Hubschrauber. Aber Gwendolyn, die ständig im Wettstreit mit ihrer Schwester stand und als schnellste Läuferin ihrer Klasse galt, war ihm dicht auf den Fersen. Sie schnappte nach seinen Beinen und brachte ihn gekonnt zu Fall. Dann griff sie nach dem Kästchen, lief zur Reling und rief: »Ihr seid gemein! Der Commodore wollte, dass seine Mama genau hier ins Meer kommt.« Dann schob sie vor Anstrengung die Zunge zwischen die Lippen, hob das Kästchen über den Kopf und warf es mit aller Kraft über die Reling.
Regan lief zu ihr, so schnell sie konnte. »Du lieber Himmel!«, schrie sie, als sie hinuntersah und feststellen musste, dass das Kästchen nicht nur Richtung Wasser, sondern auch noch genau auf Alvirahs Kopf zuflog. »Vorsicht, Alvirah!«, rief sie und blickte sich verzweifelt um. Als sie einen weißen Rettungsring erspähte, der gleich neben ihr an einem Haken hing, griff sie danach, kletterte über die Reling und sprang.
»Regan!«, schrie Nora.
»Rettet das Kästchen!«, rief Brevers. »Es ist Millionen wert!«
Die erschöpfte Alvirah, die gelernt hatte, jeden Dollar zu schätzen, streckte die Hand aus und fing das Kästchen auf, kurz bevor es untertauchte. Einen Augenblick danach schob Regan ihr den Rettungsring zu. »Halt dich fest, Alvirah«, befahl sie.
Alvirah reichte ihr das Kästchen und hielt sich an dem Rettungsring fest, auf dessen Rand in schöner Schrift »Weihnachtskreuzfahrt« geschrieben stand.
»Das kommt davon, wenn man Gutes tut«, versuchte Alvirah zu scherzen, aber sie bekam kaum noch Luft. »Ich habe euch ja von Anfang an gesagt, diese Reise wird richtig aufregend.« Ihre Arme waren so taub und kalt,

dass sie fast abrutschte. »Ich weiß nicht, ob ich mich noch lange festhalten kann.«

Aber da wurde sie schon von starken Armen umklammert. »Ich habe dich, Alvirah«, sagte Jack.

»Ihr zwei lasst mich wirklich nie im Stich«, keuchte Alvirah. »Ist mit Willy alles in Ordnung?«

»Es wird ihm noch viel besser gehen, wenn du wieder an Bord bist«, antwortete Jack.

Alvirah spürte, wie ihr schwindlig wurde. »Eine Sache noch«, flüsterte sie dringlich. »Bullauge und Highbridge sind am Heck des Schiffes in einem Schlauchboot. Sie versuchen zu fliehen. Eric ist ihr Komplize.«

Und weil sie wusste, dass sie in guten Händen war und dass der Gerechtigkeit Genüge getan werden würde, wurde sie nun endlich ohnmächtig.

54

Freitag, 30. Dezember

Drei Tage darauf endete die Weihnachtskreuzfahrt ohne all die prominenten und weniger prominenten Kriminellen, die an Bord gewesen waren, im Hafen von Miami.

Alvirah und Willy, Regan und Jack, Luke und Nora, Ivy, Maggie, Ted Cannon, Bosley Brevers, Gwendolyn und Fredericka mit ihren stolzen Eltern – sie alle machten noch einen Abschiedsbesuch in der Suite des Commodore. Dudley und Dr. Gephardt hatten sich ebenfalls dort eingefunden.

Der Commodore blickte auf die Vitrine, wo die Asche seiner Mutter nun wieder ruhte, und zwar in der ursprünglichen Urne, die er in dem Silberkästchen aufbewahrt hatte. Die Polizisten, die eine Stunde nach dem Handgemenge das ganze Schiff durchsucht hatten, waren in der Nähe gewesen, weil dort Drogenschmuggler vermutet wurden. Aber sie hatten nichts gefunden und waren auf dem Weg zurück nach Miami gewesen, als sie Nachricht von den Vorgängen auf der *Royal Mermaid* bekommen hatten. So hatten sie sämtliche Verbrecher und auch Kleopatras Schmuckkästchen gleich mitnehmen können. Als Leihgabe des Museums in Boston, aus dem es gestohlen worden war, würde das wertvolle Stück bald die Reise nach Ägypten antreten.

»Ich werde Mutter noch bis zur nächsten Kreuzfahrt bei mir behalten«, sagte der Commodore zum wer weiß wievielten Mal in den letzten zweiundsiebzig Stunden. »Ich denke, sie war einfach noch nicht bereit, mich zu

verlassen. Und sie hätte es so wunderbar gefunden, für ein paar Stunden in Kleopatras Schmuckkästchen zu ruhen.« Er schüttelte den Kopf. »Komisch, meine Mutter konnte Eric nie leiden. Und ehrlich gesagt, so sehr ich es versucht habe, auch mir ist es nie ganz gelungen. Trotzdem hat es mich sehr verletzt, zu erfahren, wie sehr er mich hintergangen hat. Nun, vielleicht wird die Zeit im Gefängnis ihm die Augen für seinen verdorbenen Lebenswandel öffnen. Aber was ich wirklich nicht glauben kann, ist, dass meine Exfrau Reeney, zu der ich immer so großzügig gewesen bin, den Raub des Silberkästchens geplant haben soll. Selbst Winston hat sie mir ins Nest gesetzt. Es ist wirklich nicht zu fassen! Ich wusste, dass sie Antiquitäten liebte, aber sich vorzustellen, dass sie der Kopf einer ganzen Bande von Gangstern war und seit Jahren mit gestohlenen Antiquitäten handelte ... unglaublich! Sie hat nicht mit der Wimper gezuckt, als ich ihr das Kästchen gezeigt habe. Und dabei habe ich ihr erzählt, dass ich es gefunden habe, als meine Suite renoviert wurde, und zwar hinter einer Geheimtür. Sie hat nur gesagt: ›Was für ein niedliches Kästchen!‹ Niedlich! Sie hat tatsächlich ›niedlich‹ gesagt!«
Fredericka sprang auf und legte die Arme um den Commodore, was immerhin den Effekt hatte, dass seine Erzählung, die sie alle schon mehr als gut kannten, unterbrochen wurde. »Nicht traurig sein, Onkel Randolph. Wir sind jetzt deine Familie.«
»Für immer!«, rief Gwendolyn.
»Ja, ich weiß«, erwiderte der Commodore leise. Seine Stimme versagte.
Hier werden gerade jede Menge Familien gegründet, dachte Alvirah, als sie den zärtlichen Blick sah, den der Commodore zu Ivy hinüberschickte. Maggie und Ted saßen nebeneinander auf der Couch und hielten Händchen. Wie romantisch!, dachte sie glücklich.

Dudley ergriff das Wort, bevor der Commodore wieder einsetzen konnte. Er hob sein Glas.
»Ich schlage vor, wir trinken auf Sie alle, die Sie diese Kreuzfahrt zu einem unvergesslichen Erlebnis gemacht haben«, begann er.
Willy sah Alvirah an.
»Unvergesslich«, murmelte er. »Ja, das kann man wohl sagen.«
»Allerdings«, lächelte Alvirah ihrem Mann zu. Er war ihr in den letzten drei Tagen, seitdem man sie aus dem Wasser gezogen hatte, nicht mehr von der Seite gewichen.
»Ja, unvergesslich«, lachte Dudley. »Unvergesslich und wunderbar. Es ist wunderbar, Sie alle kennengelernt zu haben. Ich bin sicher, der Commodore wird Sie alle jederzeit gern als unsere Gäste auf der *Royal Mermaid* begrüßen.«
Jetzt fängt er schon wieder damit an, dachte der Commodore amüsiert. Er verschenkt einfach gern Dinge, die ihm nicht gehören.
»Aber planen Sie ein bisschen im Voraus«, fuhr Dudley fort. »Denn mit all der Publicity, die unser Schiff bekommen hat, sind wir für die nächsten vier Reisen schon ausgebucht.«
Regan beobachtete lächelnd ihren Vater. Sie wusste, was er dachte.
»Unser Glück.«
Sie drehte sich zu Jack um, der ihr zuzwinkerte. Und sie wusste, auch er war ein bisschen erleichtert.
Ja, wir haben Glück, dachte sie.
In vielerlei Hinsicht.
Zwanzig Minuten später standen sie auf dem sonnigen Deck und sahen zu, wie das Lotsenboot sie an die Pier brachte.
Eine strahlende Bianca Garcia begrüßte die Weih-

nachtskreuzfahrt, das Abenteuer, das ihr den Sprung in die landesweiten Nachrichtensendungen ermöglicht hatte.

Ihr Fernsehsender hatte eine kleine Band engagiert, und als das Schiff anlegte, spielten sie »Auld Lang Syne«. Alle Passagiere, die diese unvergessliche Reise mitgemacht hatten, stimmten ein.

»We'll drink a cup of kindness yet ...«

Die Weihnachtskreuzfahrt war zu Ende. Und ein neues Jahr würde bald beginnen.